アストリッド・リンドグレーン　1930年代

1 sept. 1939

6" I dag började kriget.
Ingen ville tro det.
I går eftermiddag satt
Elsa Gullander o. jag i
Vasaparken och barnen
sprang och lekte runt
omkring oss och vi
skällde i all gemyt-
lighet på Hitler och
kom överens om att
det nog _inte_ skulle
bli krig — och
idag! Tyskarna
har bombarderat
flera polska städer
tidigt i morse
och tränger in i
Polen på alla håll.
Jag har i det

戦争日記の冒頭　1939年9月1日

SLÄPVAGNAR FÖR JUDAR

Endast i släpvagnarna på spårvägarna få judarna i Krakau åka medan motorvagnarna reserverats för tyskar och polacker. Observera anslagen på släpvagnen som omtalar att denne del av spårvagnståget är tillgänglig för judar. Skarpa restriktioner inskränka ej blott rörelsefriheten utan även verksamhetsfältet.

SEXUDDSSTJÄRNAN

Dessa kvinnor sälja den gula armbindel med den sexuddiga Sionstjärnan som numera är obligatorisk för varje polsk jude. Även polacker bära »tecken».

OBLIGATORISKT

. o. m. dessa gamla judekvinnor måste ära den sexuddiga Sionstjärnan som terfinnes på varje gul armbindel inom udekvarteret i Lublins stadscentrum.

戦争日記 1941年2月1日
高い石壁の向こうのユダヤ人街
写真雑誌『見る』(1941年5号)からの切り抜き

Warschau... Polen håller på att genomgå en märklig förvandling. I västra och centrala delarna av Polen förtyskas befolkningen i rask takt, i de östra delarna blir förryskningen alltmera kännbar och i de sydliga delarna där det judiska inslaget varit särskilt starkt, har man inrättat speciella ghettostäder vilka omgärdats med höga stenmurar utanför vilka judarna icke få röra sig. De tvingas dessutom att bära speciella armbindlar för att visa vilken ras de tillhöra. En hel del restriktioner i det dagliga livet beröra också de judiska invånarna i Polen.

Tyskarna ha arbetat energiskt för att införa en hel rad tekniska förbättringar i Polen och särskilt kan man konstatera hur de inflyttade tyskarna och folket av tysk stam som bodde i landet före erövringen, fått det väl ordnat för sig. Detta har naturligtvis skett på bekostnad av den standard polackerna själva åtnjutit. Dessa ha fråntagits en hel del rättigheter, få bl. a. icke tillgång till högre utbildning än folkskola och hålles nere som en arbetande proletärklass, fyllande de funktioner som de härskande tyskarna anvisa åt dem. På en del stora arbetsfält i Tyskland där den billiga polska arbetskraften utnyttjas ser man ofta märket som utmärker polacken och som graderar honom ett eller ett par trappsteg under tysken. Sedan Tyskland officiellt fastslagit att ett fritt Polen »aldrig mera kommer att återuppstå» ser också det polska folket sin framtid i mycket dystra färger. Man saknar också — kanske i hög grad beroende på den slaviska mentalitetens mjukhet — den fasthet i det passiva motståndet som t. ex. präglar tjeckernas tysta kamp mot den tyska överhögheten.

Detta reportage har särskilt ta[illegible] korn på judarnas ställning i det nu[illegible] rande polska generalguvernementet. [illegible] Warschau har man avskilt hela gh[illegible] ton från den övriga delen av staden som f. ö. fortfarande är svårt kr[illegible] märkt och bl. a. blottar ruinerna ef[illegible] 4,000 sönderbombade hus som ännu [illegible] återuppbyggts! — och i Lublin fin[illegible] man också en dylik strängt avskild [illegible] destad. Judarna bilda det lägsta fo[illegible] skiktet i det nuvarande Polen, åtm[illegible] stone vad beträffar de möjligheter s[illegible] ges dem att leva ett drägligt liv. Ov[illegible] för dem komma polackerna, som [illegible] hänvisade till att bli en övervakad [illegible] derklass för tungt arbete, samt slu[illegible] gen ovan dessa folkskikt de gamla e[illegible] inflyttade tyskarna i Polen.

MURARNA

Murarna som avskär judestadsdelen från det övriga Lublin ser ut så här. De återfinnas i alla gator som leda till Ghetton.

1 jan. 1942.

Ett nytt år börjar. Jag undrar
vad vidstående tre gubbar
väntar sig av det nya
året. Hitler ser då åt-
minstone ut som om han
hade åtskilliga sömnlösa
nätter bakom sig, Churchill
ser sorgsen och bekymrad
ut; endast Roosevelt
verkar amerikanskt förhopp-
ningsfull. Men kanske
fotot togs, innan ja-
panerna gick till anfall.
För Tyskland ser det då
faktiskt inte roligt ut.
Det kan inte fördöljas,
hur dåligt det går i
Ryssland sedan en tid
tillbaka. Trots allt
måste vi sucka och hop-

戦争日記 1942年1月1日
ルーズベルト，チャーチル，ヒトラー
切り抜きの出典不明

Roosevelt.

Churchill.

Rikskansler
HITLER.

Gud hjälpe
vår arma av vanvett
slagna planet!

神よ，狂気に打ちのめされた我らが惨めな地球をお救いください！
戦争日記 1939年9月1日より

戦争日記
日記帳のサイズは約20×14 cm

リンドグレーンの
1939–1945
戦争日記

アストリッド・リンドグレーン
石井登志子 訳

岩波書店

Grateful acknowledgement is made to the Swedish Arts Council, Stockholm
for a translation subsidy granted to this book.

本書の刊行はスウェーデンアーツカウンシルの
翻訳出版助成を受けて実現しました.

まえがき

太陽は輝き、暖かくて、美しい。ひょっとすると、この地球は生きるのに素晴らしいところなのかもしれない。

シャスティン・エークマン〔作家、一九三三年生まれ〕

このようにアストリッド・リンドグレーンは、一九三九年九月三日の日記に書いた。続いて、「今日午前一一時、イギリスがドイツに宣戦布告。そしてフランスも同様に宣戦布告したが、正確な時間はわからない」と綴った。この時からはすべてが正確でなければならなかったので、アストリッドは推測をまじえないようにしている。九月一日、ドイツがポーランドに侵攻した時、彼女は戦争の出来事を日記に付けようと決心した。たぶん戦争はすぐに終わると思っていたのだろう。ところが日記を終えたのは、一九四五年の大晦日だった。

初めて日記を付けた日の前日、アストリッドは友人とヴァーサ公園で座って、戦争になるとは思いもせずに、ヒトラーのことを軽い調子でけなしていた。実際はその翌日、戦争が始まった。アストリッドは石けん、ココア、バターなどの買いだめを始めた。そのような戦時下のヴァーサ地区で子どもと共に暮らす中流家庭の日常生活についてももちろん書いているが、戦争日記は、それにとどまらない、はるかに大きな仕事だった。

戦争日記といえば、たいていは司令本部の幹部や野戦部隊などで付けられるものだ。作戦地図、戦闘秘話、戦況分析などを軍人が現地で記録したもので、後年、歴史書の一次資料にもなった。二児の母親である三二歳の事務員が、まるで軍人と同じような仕事にまじめに取り組もうとしたことは驚きだ。しかも彼女は自分の考えと、何が起こるのかをはっきりさせるためだけに書くことにしたのだ。

なんの作品も出版していなかったという意味で、その当時、アストリッドは作家ではなかった。世界的名声を得た『長くつ下のピッピ』は、まだ書かれていなかった。にもかかわらず、戦争日記を書いているアストリッドは、本物の作家だ。彼女には大きな望み、並はずれた勤勉さ、そして強い意志があった。そして何よりも大切なことは、今では彼女独特の表現と呼べる文章力があった。日記は、悲劇的かつ恐ろしい報告をする時でさえも、ユーモアに富んだ、生き生きした文章で綴られている。「ちっちゃな愛すべきヒトラー」などと、たぶん恐怖と憎しみをこらえるために、皮肉をこめて書いている。

一九四一年のクリスマスの翌日、アストリッドは、日本軍は「太平洋で大騒ぎのシラミの如く暴れている」と書いている。日本の艦隊が小さなイェータ運河を通りたがっているという話は、一種の戦争時の冗談だ。この手の冗談は、その頃では普通のことだった。私が子どもの頃住んでいたカトリネホルムの町の自転車屋さんには、次のような大きな看板がかかっていた。

HIT LER OCH SKJUTER ALLA SINA CYKLAR FÖR RENGÖRING

こちらへ笑って自転車を押してきて、きれいにするために。〔一見、自転車屋さんの看板だが、太字部分を読むと、HIT(こちら)、LER(笑う)で、HITLER(ヒトラー)となる。SKJUTER(押してくる)は本来は、撃つという意味。RENGÖRING(きれいにする)にはヒトラーの後継者と見なされていたゲーリングの名が隠れている。すなわち全体で「ヒトラーがゲーリングを粛清(しゅくせい)するために撃つ」という皮肉な言葉遊びになっている。〕

アストリッド・リンドグレーンは、「だれもヒトラーを撃たないのは残念だ」と書いている。戦争反対を唱える時も、冗談まじりの上機嫌でやってのけていた。深刻な戦争の状況は、書くのも難しし辛抱強さが要求されるが、彼女のユーモアのセンスが失われることはなかった。例えば、「ウッレが死んだっていうのに喜んで赤いズボンをはくなんて、あたしゃ、馬鹿なんかい」というスモーランド地方の女中の口調をまねていた。そしてアトラス地区のヴルカヌス通り一二番地に住んでいた時も、生涯住むことになったダーラ通り四六番地に家族と引っ越した後も、決して故郷スモーランドを忘れることはなかった。

だけどその数年間ヨーロッパで起こっていた恐ろしいことについては、真実の言葉で語っている。一九四三年一月、彼女はゲーリングの演説の載った新聞の切り抜きを貼りつけて、批評している。

どういうつもりだろう、「この過ぎた一〇年間、我々の世界観がどのような本質的な力を持っているのか、そしてどのような恩恵を与えられるかを示してきた」だって。こんなことを苦しんでいる哀れなドイツ国民に向かって図々しくも言うなんて。実際にドイツの人びとが、このような国家社会主義の「恩恵」について、何を考え、何を感じているのだろうかと思う。ナチの恩恵とは、人生の最高の時期にある若者を殺す破壊的な戦争、大多数の国々から向けられる敵意と憎悪、貧困と悲惨、無防備な人間に対しての恐ろしい越権行為つまり残酷な行為、国民とくに若者たちの目的意識の愚鈍化と文化的教養の否定、占領した国々での住民への肉体的・精神的拷問、ユダヤ人を助けた人を密告するシステム、家庭生活の崩壊、宗教の破壊、不治の病や精神薄弱の人びとの「死へのお手伝い、安楽死」、愛情を単なる生殖作業に低下させること、外部世界からのあらゆるニュースの遮断などだが――こうしたすべての現象があざむくものでないとすれば――近いうちにすべてのドイツ国民の全面的な崩壊を招く。多くのドイツ人が、自分たちの総統とその他の指導者たちによって、どれほど完全に騙(だま)されていたかを理解すること以外はありえない。

ここには、独裁政治の恐怖に対する非難だけでなく、アストリッドが生涯持ち続けたであろう文化的な見方も映し出されている。ここで描写されているのは暗い否定的な面ではあるが。

戦争日記は、アストリッドができる限り完璧な報告を目指した、とても骨の折れる仕事だった。彼女は毎晩新聞から記事、コラム、写真などを切り抜いた。また戦争の出来事を再現し、理解するために地図を活用し、時々日記に貼りつけた。

哀れな小さなスウェーデンはスイスと同じく、どんなにドイツの支配下国家に押しこめられていることか。それでもスウェーデンとスイスの両国は、鎖でつながれた犬のように、ドイツに対して、ひるみもせず吠えている。幸運にも戦争をせずにすんでいる国がどれほど少ないか――スウェーデン、スイス、スペイン、ポルトガル、アイルランド。

一九四三年の秋、どの国が戦争中で、どの国が戦争を免れているかについて、はたして何人のスウェーデンの二児の母親が、知っていただろうか。どれほどのスウェーデン人が、太平洋での戦いや、北アフリカ戦線での陸軍元帥モントゴメリーと陸軍元帥ロンメルとの一騎打ちのことを理解できていただろうか。一九四二年二月、彼女は太平洋での戦争について不安を抱き、鋭くくわしい分析を加えて報告している。

アストリッドは当時の戦争についてだけでなく、戦争一般についての知識を得ようと、一九四一年の夏季休暇中にフルスンドの別荘で、オーランド海から大砲の轟音を耳にしながら、歴史書を読んでいる。戦争中のフィンランドの話にいたく心を動かされていた彼女は、ホーカン・メルネ著『名誉ある冬』〔一九四〇年刊〕と同時に、アンドレ・モロワ著『フランスの悲劇』〔一九四〇年刊〕も読んでいる。

一九四〇年、アストリッドは弁護士事務所で離婚や動産売買などを扱う穏やかな仕事から、まったく異なる仕事へと転職した。犯罪学のハリー・セーデルマンのところで少し働いていたことがあり、そのセーデルマンが、口外無用の戦時下非常事態政策の秘密業務に推薦してくれたのだ。彼女と親友のアン＝マリー・フリースは、行政機関が設立した手紙検閲局で、検閲官として、何千人もの同僚と共に働いた。当局としては売国活動と潜在的に有害なおしゃべりの両方を把握したかったのだが、彼女は、戦争を免れていたスウェーデンと、ドイツの占領下にある国々の両方の人たちの手紙を読むことによって、洞察を深めていた。手紙はもちろん外国からのものもあった。戦争日記には自分だけが読んだ手紙の内容も時々引用している。そこには戦争の被害を受けた市民たち、とくにユダヤ人の感動的な証言もある。

手紙を読む仕事のことをアン-マリー・フリースは、きわどい仕事と呼んでいた。他人の手紙を読むことがかっこいいとは、彼女たちはだれも思っていなかっただろう。一九七〇年代になって、みんなして彼女たちがかつての仕事について話すのを聞いた時には、もう何もかもが過去のことになっていて、手紙に書かれていたエロチックであけっぴろげな内容を思い出して笑い飛ばしていた。性的必要性は軍隊の駐屯地においては差し迫ったものであり、兵士たちの表現力は豊かだったのだ。

フリース家との友情は大切だった。幼な友達のアン-マリーとは生涯仲が良かった。一九四〇年五月、ヒトラーがヨーロッパを支配しようとしていた時、どれほど地球が冒瀆されるのかという危機感を募らせている。

> 夕方、アン-マリーとステッラン夫妻のところへ行った。三人で、ストーラ・エッシンゲン島のあたりを、満月の明かりのもと、菩提樹の花とウワミズザクラの蕾の香りに鼻をくすぐられながら散歩した。素晴らしかった、素晴らしかった！　けれどもドイツ軍は強行軍で進んでいる。彼らを止められるものは何もない。

スウェーデンの主婦にとって、戦時中は物不足と配給制度はあるものの、普段どおりの毎日だった。お湯が止められていた時には、髪の毛を洗うのにドライシャンプーというものまで売られていた。私も子どもの時には、配給カードから切り取ったクーポン券を持ってお店に行かされたものだ。母親たちは、例えば卵とか不法に屠殺された豚肉などを手に入れた。私の父は買いだめをするべきでない、すべての人は同じ条件に置かれるべきだという意見だった。でも母だけが買いだめをしたわけではない。アストリッド・リンドグレーンも買いだめをしていた。彼女は何キロも卵を買って、それらを缶詰にしていた。私は自宅の地下貯蔵庫に行って、灰色のゼリーのような水ガラス〔ケイ酸ナトリウムの濃い水溶液〕に入ったヘーガネス焼きの壺から卵を取ってくるのが怖かったことを覚えている。

リンドグレーン家は実際のところ、暮らしぶりが良かった。夫のステューレが自動車連盟で理事長になると、所得は増えた。ネースの実家からもお金が送られてきたし、クリスマスにはいつも食料品が届けられた。クリスマスのお祝いをする時、アストリッドは、いまだに以前と変わらず楽しむことができることや、世界の片隅でこれほど自分たちが平和に暮らせることに、心からの感謝の気持ちを絶えず抱いていた。

そして、もっと困難な日々が来るだろうと書いている。たぶんノルウェーやデンマークのように、スウェーデンもドイツに侵略されることを想定していたのだろうが、一九四四年七月、彼女は戦争とは別の個人的な大きな悲しみに打ちひしがれることになった。

でも最後に書いてから何が起こったのかを少しは書いてみることにする。今、私には書くことだけができる。自分の存在に地滑りが起こった。たった一人で凍えたままでいる。「夜明けの時を待つ」ようにしたいが、どうしよう、夜が明けなかったら！

そして彼女は続けて、ロシアのバルト諸国、そしてノルマンディーでの連合国軍の成功について書いている。日記を付けるという仕事への彼女の忍耐強さと責任感は、個人的な地滑りがあっても衰えることはなかったのだ。

二〇一四年秋、スウェーデンで、ナチス時代のユダヤ人の立場について、どれだけのスウェーデン人が実際に理解していたかをめぐる議論が起こった。連合国によって解放されるまで、我々は強制収容所について何も知らなかったのではないかと、ヤン・ギィユーが、自作小説『偉大な世紀』シリーズの四作目で主張したのだ。どんなに議論が激しくなっても彼は確信をもってそう主張し続けたが、当然強い反発にあった。アストリッド・リンドグレーンの戦争日記も、反駁の強力なよりどころになった。引用を楽しんでいたアストリッドなら、『フェンリック・ストール物語』の主人公のフェンリック・ストールのように、「私はその時代に生きていたので、お望みならば、真実をお話しできますが」と言っただろう。

一九四〇年一一月、アストリッドは、オラニエンブルクとブーヘンヴァルト強制収容所のことを書いている。すでにユダヤ人の悲運についてくわしく調べていたし、新聞でも読んでいたのだ。一九四一年ベリダレバンス通りの本屋の外に立てられた看板に、「ユダヤ人とユダヤ人の混血は入店禁止」と書かれていたと、彼女は書いている。ストックホルム当局は干渉すべきなのだが、極めて慎重に、看板が通りから見えないようにするよう本屋に指示したのだった。明らかにドイツ大使館と同じほど、群衆の怒りを恐れていたのだ。

一九四一年二月には写真雑誌『見る』から、ポーランドでのユダヤ人の立場についてのルポルタージュと写真を切り抜いて貼っている。写真には、黄色い六芒星（ろくぼうせい）を付けた婦人や、ユダヤ人専用客車の路面電車などが写っている。一九四二年四月、アストリッドはエーリヒ・マリア・レマルクの、ユダヤ人避難民を描いた『汝の隣人を愛せ』を読んでいる。「恐ろしい話だが、これが真実だと、仕事で手紙を読んでいるため理解できる」。仕事とは、つまり手紙の検閲だ。

一九四三年八月六日、アストリッドは書いている。「憎しみは、平和になったその日に終わるわけではない。家族や親戚をナチの強制収容所で苦痛のうちに殺された者は、平和になっただけで何もかも忘れることはない」と。そして、デンマークでのユダヤ人の恐ろしい強制収容所送りのことと、スウェーデンのスコーネ地方への小さな船での集団亡命について書いている。一九四四年五月には、ステファン・ツェンデ作『ポーランドからの最後のユダヤ人』についてのイーヴァル・ハッリの批評を貼りつけている。彼女は、ステファン・タデウズ・ノルウィッド著『クヴィスリングのいない国』を読んだところで、恐ろしく内容が合致していたので、ポーランドのユダヤ人がどんな扱われ方をしているかの描写については微塵（みじん）も疑わなかった。このようにして、普通には知りえないことのすべてを、我々スウェーデン人はあの時代に知ることができたのだ。二児の母親であり、パートタイムで働いていたアストリッドは、新聞と本からの情報を元に戦争の全体像をとらえ、手紙検閲局の仕事を通じて個人の証言に出会っていたのだ。

一九四五年四月、ついに戦争が終わりに近づくと、彼女は新聞の切り抜きに毎晩何時間も費やした。ドイツの強制収容所からの、ぞっとするような恐ろしい記事は夕刊紙がとくに群を抜いていると評価しつつも、全部を切り抜きたくないと書いている。「ドイツからは熱い血の臭いが立ちのぼっているように思う、そして恐ろしい破滅の臭いも。まるで、「西洋の没落」のように感じる」。

実際に戦争は一九四五年五月七日に終わり、ストックホルムは平和の熱狂に酔いしれ、歓喜のあまり混沌としていた。アストリッド・リンドグレーンが、息子ラッセにお祝いするようにと二クローネ硬貨をあげると、彼は人ごみの中へすっ飛んで行った。妹のカーリンは、もらった一クローネでお菓子を買って平和を祝っていた。「見事な老ウィンストン、戦争に勝ったのは、まさに彼なのだ」と、書かれている。そして、「ロシア軍が怖い」とも。

彼女が日記の中でロシアと呼んでいる共産主義ソヴィエト連邦に対する恐怖心は、戦争日記の最初から最後まで一貫している。アストリッドは、フィンランドがソ連との戦争で被った悲劇に、ひどく心を揺さぶられていたのだ。一九四一年、かつて同盟国だったソ連とドイツが国境のことで決着をつけようとして敵対関係になった時、彼女は書いている。「国家社会主義〔ナチズム〕とボルシェヴィズム――これらはまるで互いに戦う二頭の恐竜のようだ」と。

片方は戦争の終結で滅びることになったし、もう片方は一九八九年まで生き残ったが。けれど我々は、ナチズムやボルシェヴィズムの思想や人間観が、今でもまだ生き残っていることに気づかされる。アストリッドの描いた恐ろしいカトラ〔『はるかな国の兄弟』に登場する大きな竜の怪物〕が起き上がるのが見える。民主主義を揺るがす脅威は、今も国内外に存在する。

平和になり、アストリッドはチャーチルの半生(若い頃)の本をゆっくり時間をかけて読んでいる。日記には、広島と長崎に落とされた原爆については具体的には書かれていない。娘のカーリンは原爆のことをどう思ったのだろうか。私は原爆について母に尋ねたことがあるのだが、彼女は砂糖の代用品の入った木の箱を取り上げ、中に入っている小さな粒をカラカラと振って、こう言った。「これは本当に小さな爆弾だけれど、世界じゅうを爆破できる小さな原子なのよ」と。

アストリッド・リンドグレーンは一九四五年の大晦日に、次のような言葉で戦争日記を終えている。

> 一九四五年は、二つの驚くべきことをもたらした。第二次世界大戦後の平和と原子爆弾。原子爆弾は将来どう言われることになるか、そして人類存続に関して、新時代全体に傷跡を残すことになるのではと心配している。平和もたいして頼りにならず、安全を保障するものではない。原子爆弾が平和に影を投げかけているから。

この戦争日記を読んでいる間、よく考えることがあった。これが男性によって書かれていたら、どんなものになっていただろうかということだ。軍隊の上陸、占領された橋頭堡(きょうとうほ)、大都市への絨毯(じゅうたん)爆撃などは、果てしない和平交渉や合意の失敗などと同じように、もちろん記されただろう。では、戦争の第一日目に買いだめた石けんやココアのことはどうだろうか。ええ、たぶん記録されただろう。ただ、もし私の父が書いたのだとすれば、ひどい非難の言葉で書いたに違いない。

あるいは、戦争中の小さいカーリンの恐怖は？　母親が夜、二、三時間外出するようになってまもなく、カーリンが怖がるようになったことは書かれただろうか。

子ども、いつも子どもだ。自分の子どもであっても、戦争で飢えたり、殺されたりした子どもであっても。書き手が男性だったら、子どもはどれほどの場所を占めていただろうか。男性的とか女性的というのは、生まれつきではなく、おそらく社会が作ったものなのだろう。アストリッド・リンドグレーンの天分豊かな人柄の中には、その女性的な面と男性的な面の両方があったのだ。

彼女の人生は、しばしばとてもドラマチックに大げさに描かれてきた。彼女は他のだれよりも、より不運で、より強いはずだと思われていた。およそ七〇歳になる頃、世界的に有名な人物として扱われることに気づいた彼女は、機知に富んだユーモアとアイロニーで、それを少しでも修正しようとした。もし人生のドラマチックな出来事だけを取り上げるならば、それは彼女の生涯の真実を伝えることにはならない。彼女は有名な作家である一方で、作家や作家の卵たちの面倒をみる、よく働く出版社の編集長でもあったのだから。また九人協会〔一九一三年に設立されたスウェーデンの作家協会。メンバー九人は男女四人ずつに議長。終身制〕の授賞作を選ぶために、同時代の作家の作品をせっせと読んでいた。

一九七〇年代から八〇年代にかけて九人協会にいた頃の、彼女の強い知的好奇心、活発な探究心、それに鑑識眼の鋭さなどは忘れられない。戦争日記という大事業を完成させたのは、まさに彼女の知性の鋭さによる。だから、この日記は戦争の姿だけでなく、その時の、そして永遠に残ることになったアストリッド・リンドグレーン自身の生き生きとした姿でもあるのだ。

編集にあたって

二〇一三年になるまで、一七冊の革装の日記は、アストリッド・リンドグレーンの有名な住所であるストックホルムのダーラ通り四六番地の自宅の、編んだ洗濯かごの中に入ったままでした。日記は、一九三九年から一九四五年までの間綴られていて、アストリッド自身、これらを「戦争日記」と呼んでいました。今回はじめて一般の方に読んでいただけることになりました。

出版に際しての編集方針について、読者の方にいくつか説明しておきたいと思います。

まず、リンドグレーンの日記は省略せずにすべて掲載してあります。彼女の娘のカーリン・ニイマンが手書きの日記を読み取りました。写真でおわかりのように、筆跡が判読しやすいため、書き写しでの間違いは極めて少ないはずです。

日記文の全体的な特徴や綴りをそのままお伝えしたいと考えて、昔の地名や方言の独特なものも、説明なくそのまま残してあります。ただ、句読点や綴りの間違いなどは直しましたし、日付や略語などの形もそろえました。また、読みやすさを考慮して、ごくわずかですが削除したところがあります。

つぎに、リンドグレーンの日記には、自筆の日記文に混じって、スウェーデンの新聞や週刊誌の切り抜きが多数貼りつけてあります。それに、戦時手紙検閲局に勤めていた時の手紙の写しなども挟みこまれています。新聞の切り抜きのコピーをすべて載せることは、その数の多さのため、不可能でした。若干の例外はあるものの、おおよその判断で、リンドグレーンが日記で言及している記事に限り、掲載しました〔日本語版では、新聞や雑誌の切り抜きはスウェーデン語であるため、数枚のみの掲載としました〕。切り抜きの大部分は不完全、あるいは断片的なため、出典の確認作業は困難を極めましたが、あらかたページの余白に書き入れることができました。読者の皆様からのご指摘やご批判は励みになりますので、大歓迎です！

写真は、主にリンドグレーン家のアーカイブからとりました。

サリコン社
ヘレーネ・ダール
アニカ・リンドグレーン
〔アストリッド・リンドグレーンの孫〕

リンドグレーンの戦争日記

目次

【凡例】

本文中の( )は、リンドグレーン自身が書き入れたものです。

本文中の〔 〕は、訳者による補足です。

◆1、2…は、原書に付けられていた注です。

◇1、2…は、日記の背景を理解するために、訳者が付けた注です。

原文でイタリック体の箇所は、傍点で表しました。

1939年

夫ステューレとアストリッド．ヴルカヌス通りの住居にて，1939 年．

九月一日

ああ！　今日、戦争が始まった。だれもがまったく信じられない思いだ。昨日の午後、ヴァーサ公園で私とエルサ・グッランデル[1]が座るそばで、子どもたちは走りまわったり、遊んだりしていた。二人して陽気に、軽くヒトラー[2]のことを罵り(ののし)、戦争にはならないだろうということで意見が一致した――そして、今日だ！　ドイツは早朝ポーランドの町をいくつも爆撃し、いたるところから侵攻している。今まで、できるだけ買いだめをしないできたが、今日はココアを少々、紅茶も少々、石けんや他にもいくつかのものを少しだけ買った。

恐ろしく重苦しい不安が何もかもに、そしてだれの胸にものしかかっている。ラジオは、一日じゅう定期的に戦況報告を流している。兵役義務のある兵士が大勢召集されている。自家用車運転禁止令が公布された。神よ、狂気に打ちのめされた我らが惨めな地球をお救いください！

◆1　エルサ・グッランデル（一九〇〇―九七）ヴァーサ公園で一緒に子どもを遊ばせる友人。

◆2　アドルフ・ヒトラー（一八八九―一九四五）国家社会主義ドイツ労働者党指導者。一九三三年にドイツ国首相、翌三四年より総統兼首相として自らを国家最高権力者にする。

九月二日

憂鬱(ゆううつ)、憂鬱な日！　戦争告知を読んで、ステューレ[1]が召集されるのではと心配したが、結局のところそれはないだろう。だけど他の無数の兵士が、今日も明日も家を出て行くのだ。「防衛準備強化」

状態だから。もしも新聞に書いてあることが信用できるなら、買いだめはありえない。みんなは、とくにコーヒー、石けん、洗剤、香辛料などを買っている。この国の砂糖の備蓄は十分で、一年三か月ほど持つらしいが、もしも人びとがためこまずにいられないなら、やはり不足してくるだろう。今日、食料品店には、一キロの砂糖もなかった(もちろんまた入荷するだろうが)。

いつものコーヒー屋さんで、決まりどおり二五〇グラムのコーヒーを買おうとしたが、ドアにお知らせが貼ってあった。「本日閉店。本日分のコーヒー、売り切れ」。

今日は子どもの日。ああ、なんという子どもの日だろう! 午後になって、カーリン◆2と公園へ行った。ちょうどその時だった、一八九八年生まれの男は入隊しなければならないという貼り紙が目に飛びこんできたのは〔ステューレは一八九八年生まれ〕。カーリンがすべり台で遊んでいる間に新聞を読もうとしたが、読めなかった。泣きそうになって、座りこんでしまったのだ。

人びとは、だいたい普段どおりに見える。ただ少し暗い感じ。いたるところで、みんな戦争のことを話している、見ず知らずの人とでさえも。

◆1 ステューレ・リンドグレーン(一八九八―一九五二) アストリッドの夫。国立自動車連盟理事長、一九四一―五二。

◆2 カーリン・リンドグレーン(一九三四―) アストリッドの娘。当時五歳。結婚後カーリン・ニイマン。

九月三日

太陽は輝き、暖かくて、美しい。ひょっとすると、この地球は生きるのに素晴らしいところなのかもしれない。今日午前一一時、イギリスがドイツに宣戦布告。そしてフランスも同様に宣戦布告したが、正確な時間はわからない。ドイツはイギリスから、一一時までにポーランドから軍隊を撤退する準備と、折衝の受け入れを表明するようにとの最後通牒(つうちょう)を受けていた。受け入れた場合、ドイツのポーランド侵攻はなかったことにすると。この最後通牒に対して一一時までに返答がなかったことを受け、イギリス首相チェンバレン◆1は日曜日の午後、イギリス国民への演説で、「従って我が国は、ドイツと戦争状態へ突入した」と宣言した。

「責任は、ただ一人の男の肩に掛かっている」と、チェンバレンはイギリス議会で言明した。たぶんアドルフ・ヒトラーに対しての歴史評価は、凄まじいものになるに違いない——もしもこれが新しい世界大戦になるならば。待ちかまえているのは単に白色人種と文明の破滅だけだと、多くの人が思っている。

すでに今でも、各国政府は、今回のことがだれの責任かということで喧(かまびす)しい。ドイツは、最初に攻撃したのはポーランドであり、イギリスとフランスの保護に乗じて好き勝手にしていたのだと主張する。しかし、ここスウェーデンでは、ヒトラーは戦争をしたがっている、あるいは面目を保つために、とにかく戦争は回避できないと思っているのだと、みんな考えている。チェンバレンが平和を維持するために最大限努力していることは、おそらく確かだ。平和を維持するためだけに、チェンバレンはミュンヘンで譲歩したのだ。◇2

今回ヒトラーは「ダンツィヒ◇3と回廊地帯◇4」を要求したが、ヒトラーの究極の欲求は、きっと世界支配だ。[◇5] イタリアとロシアはどちらにつくのだろうか？ ポーランドからの情報によると、ポーランドの犠牲者は、戦争の最初の二日間で一五〇〇人になったとのこと。[◇6]

◆1 ネヴィル・チェンバレン（一八六九―一九四〇） 大英帝国首相、一九三七―四〇。
◇2 一九三八年九月、英仏独伊の首脳が、チェコスロヴァキアのズデーテン地方の帰属問題解決のために、ミュンヘン会談を行った。当事国チェコスロヴァキア不参加の中、チェンバレンとフランス首相ダラディエは、ヒトラーの要求どおりズデーテン割譲を認め、戦争を回避しようとしたが、結果的に宥和政策だと批判されることになった。
◇3 現在のポーランド北部グダニスク、一九二〇年ヴェルサイユ条約でできた国際連盟管理下の自由都市。
◇4 ポーランド回廊のこと。第一次世界大戦後のポーランド復興の際にドイツから割譲された領土のうち、ダンツィヒとドイツ領プロイセン州に挟まれ、バルト海に面した回廊地帯。
◇5 一九三八年一〇月、ヒトラーは、ダンツィヒ返還と回廊地帯に自動車道路と鉄道建設の要求をポーランドに拒否され、翌三九年九月一日、侵略開始。
◇6 アストリッドはこの日記で、ソ連（ソヴィエト社会主義共和国連邦）をほぼロシアと表記している。

九月四日

夕方、アン＝マリー[◆1]が来訪。こんなに陰気な気分で「おしゃべり」したことなんて、今までなかっただろう。私たちは戦争以外のことを話そうとしたけれど、無理だった。ついに少しでも楽しくなるようにと、コニャックを飲んだけれど、やっぱりだめだった。

昨日、一四〇〇人もの乗客が乗るイギリスの客船〔アセニア号〕が、ドイツの魚雷に撃沈された。ドイツは関与を否定し、客船は機雷に接触したに違いないと主張。しかしスコットランドの北西沖に、イギリスは機雷を敷設していないはずだ。乗客の大多数は救出されたと思う（六〇人が死亡、いや、一二八人か？）。なかでもヴェナー＝グレンが、世界最大級大型ヨット「南十字星」で救助にあたった。彼は、たっぷり買いだめた石油を使ってヨットでお遊び旅行中。法外な買いだめを新聞各紙で非難されていた。

イギリスはドイツを爆撃した――爆弾ではなく、ビラを投下したのだ。ビラには、イギリス国民はドイツの人びとと戦争をしたいのではなく、ただナチスの政治体制とのみ戦っていると告げられていた。イギリスの人びとは、ドイツで革命が起これぱいいと願っているのだろう。いずれにしても、このことはヒトラーを刺激したようで、外国のラジオを聴いた者は刑務所行き、その上、外国のラジオからの情報を他の国民に流した者は死刑に処すとの指令を出した。

国籍不明の飛行機から、デンマークの平和で美しいエスビャウに爆弾が落とされ、一軒の家が破壊され、二人が死亡、うち一人は女性。

ストックホルムのバスの運行は、明日から規制される。自家用車の運転が禁止されて以来、すでにどの通りも、ひと気がなく殺風景だ。

今日、買いだめした物を屋根裏へ運ぶ前に、台所の隅で整理してみた。グラニュー糖二キロ、角砂糖一キロ、米三キロ、片栗粉一キロ、コーヒー数缶合わせて一キロ半、粉石けん二キロ、パーシル〔洗剤〕二箱、石けん三個、ココア五箱、紅茶四箱と香辛料少々。物価がそろそろ上がるだろうから、徐々に在庫を増やしておこう。昨晩、カーリンはベッドに入ってから、「水だけは、節約しなくてもいいよね！」と大声で言っていた。彼女は、戦争になっても、水とジャムで生きていけると思っているのだ。

◆1 アン＝マリー・フリース（一九〇七―九一）愛称マディケン。アストリッドの子ども時代からの親友。のちに勤める手紙検閲局での同僚でもある。
◆2 アクセル・ヴェナー＝グレン（一八八一―一九六一）スウェーデンの実業家、投資家。エレクトロラクス社の元所有者。
◇3 デンマーク南西の港町。デンマークで五番目に大きな都市。

九月五日

チェンバレンが、ドイツ国民に向けてラジオで語りかけた――ドイツの人たちは聴くことができないが。

西部戦線◇1では、いまだに何も起こっていない。だけど、ドイツは、もちろんポーランド全土をそっくり叩きつぶそうとしているのだ。

値段が高くなる前にと、自分と子どもたち用に靴を買った。カーリンに一足一二・五クローネ（一クローネは百オーレ）の靴二足、ラッセ◆2に一足一九・五クローネ、そして自分に一足、二二・五クローネ。

◇1　ドイツ西部のフランスやベルギーとの国境あたりを指す。
◆2　ラーシュ・リンドグレーン（一九二六―八六）アストリッドの息子。愛称ラッセ。アストリッドはこの日記のなかでも両方の呼び名を使っている。

九月六日
フランス軍の兵士たちが西部戦線で、「我々は撃たない」というプラカードを掲げた。そして、ドイツの兵士たちもプラカードで、「我々も撃たない！」と応えたと言われている。だけど、たぶん事実ではないだろう。
明日からトラックの運行も制限されることになった。

九月七日
シプカ道はまったく動きなし。[◇1] だけど、ドイツ軍はまもなくワルシャワに侵攻する。

◇1　シプカ道は、バルト海に浮かぶ小さなゴトスカ・サンド島にある、木材を運ぶために造られた道。道造りをしていた四人の男たちが、工事の進捗状況を訊かれるたびにこう答えたことから付けられた地名だが、この言いまわしは露土戦争（一八七七―七八）がブルガリアのシプカ峠で膠着（こうちゃく）状態になった時に、ブルガリア・ロシア連合軍が「シプカはまったく動きなし」と表現したことに由来する。

九月八日

すでに今日、ドイツ軍はワルシャワに入った。気の毒なポーランド！　ポーランドの人びとは、もしワルシャワが陥落するなら、最後のポーランド兵士が撃ち殺されたということだと言っている。

九月一七日

今日はロシアまでが、「少数のロシア人たちの利権を守るため」に、ポーランドに侵攻した。[◇1] ポーランドはたぶん、まもなく降伏することになるだろう。ポーランド側は、ドイツに軍使を送ろうと考えているようだ。

西部戦線ではいまだ大きなことは起こらずの状態だが、今日の新聞によると、ヒトラーはイギリスに対して大規模な空爆を準備しているらしい。海でも、おびただしい数の機雷や魚雷が炸裂(さくれつ)し、不安な情勢。ドイツへの武器供給は、かなり止められているのではと思える。

◇1　ポーランド国内のウクライナ系とベラルーシ系住民の少数のロシア人保護を大義名分としたが、ポーランドの分割占領に合意する独ソ秘密議定書によるものである。

一〇月三日

戦争は、あいかわらず続いている。ポーランドが降伏した。彼の地は何もかもが混沌としている。ドイツとロシアはポーランドを二国で分割したのだ。こんなことが二〇世紀に起こるなんて、信じたくない。

ロシアはこの戦争で一番利益を得ている。ドイツがポーランドを壊滅させた――その時になって初めて、ロシアはポーランドへ進軍し、戦利品を手に入れた。しかもそれは小さなものではない。こんな状態をドイツは喜んではいないだろうと推察できるが、いい顔をしていなくてはならないようだ。ロシアはバルト諸国に対して、次々に要求を突きつけている――そして望みどおりのものを手にしている。

ドイツは、今では主に我々中立国と戦っているかのようだ。北海にあったスウェーデンの船がすべて拿捕され、沈められた。ドイツは各港に、荷物や目的地の監視をするスパイを置いている。だけど他の中立国の船までも沈没させられている。どういうことなのだろう。

あいかわらず西部戦線に、大きな動きはない。

家庭内での、ちょっとした不便はしょっちゅうだ。例えば、白い縫い糸が手に入らないし、粉石けんは一度に二五〇グラムしか買えない。

この危機的状況のせいで、非常に多くの人びとが仕事を失った。だれもヒトラーを撃たないのは残念だ。ドイツとイギリスの両国が、来週は、「ドラマチック」な展開になるだろうと約束している。ドイツは、イギリスがとうてい認められないような平和条約を提案するのではと思われている。とにかく世界じゅうで、人びとは真の平和を望んでいる。

一〇月一四日

いよいよ争いは深刻になってきたし、こちらも無関係ではいられない。まずはフィンランドだが、フィンランドから我が国は遠くないのだ。ロシアがバルト三国の外相たちを順番に一人ずつモスクワへ「招待」した後[◇1]、ついにフィンランドの番になった[◇2]。フィンランドのパーシキヴィ駐ソ大使[◆3]は、その数日前から会談のためスターリンの元に滞在しているが、その間のことを、フィンランドの国民、私たち、そして世界じゅうが固唾(かたず)を呑んで見守っている。ヘルシンキ市民が多数疎開し始めているし、フィンランドとしては、心底避けられるものなら避けたい戦争の準備をしている。スカンディナヴィアの国々[◇4]の団結は、かつてないほど強い[◇5]。グスタフ王[◆6]は、スカンディナヴィア三国の首長全員を、来週行われるストックホルムでの会議に招いている。今のところフィンランドは、スウェーデンを信頼している。まもなく、ここでも総動員がかかると思う。

ラーシュが、万一の疎開の際の持ち物リストを学校から持ち帰ってきたので、今日、ステッキーグ夫人[◆7]とPUB(プブ)〔ストックホルムのデパート〕へ行って、リュックサックと下着をそれぞれ買った。

イギリスの戦艦「ロイヤル・オーク」[◇8]が撃沈された。乗組員数は約千人。何人救助されたのかはわからない。

◇1　バルト三国とフィンランドは、独ソ不可侵条約に付随した秘密議定書の中でソ連の勢力範囲とされており、三国は、領土内にソ連軍の駐屯する基地の設置を認めさせる自動延長の相互援助条約を強制的に結ばされた。
◇2　ソ連のモロトフ外相（20頁◆6参照）から、フィンランド最南端、バルト海に面したハンコ半島の三〇年間の租借と基地の設置、ソ連北西部のカレリア地峡付近の国境線をフィンランド側に三〇キロメートル後退させる領土割譲などの提案が出された。
◆3　ユホ・クスティ・パーシキヴィ（一八七〇―一九五六）駐スウェーデン大使、駐ソ大使、首相、大統領などを歴任。
◇4　ここではスウェーデン、ノルウェー、デンマーク、フィンランドを指す。
◇5　スウェーデン、ノルウェー、デンマークの各駐モスクワ公使がモロトフソ連外相宛てに、フィンランドの独立と中立を危うくする行為をしないよう覚え書を提出したが、モロトフ外相は受理を拒否。
◆6　グスタフ五世（一八五八―一九五〇）スウェーデン国王、一九〇七―五〇。
◆7　シグネ・エリサベス・ステッキーグ（一八九九―一九七四）息子ラーシュの友人ヨーランの母。
◇8　ドイツの潜水艦U47が、イギリス海軍の根拠地スコットランドのスカパ・フロー港で奇襲攻撃。犠牲者は八三三名。

一〇月一八日

今日は、ここストックホルムで、スカンディナヴィア四国の首長と外務大臣とが、グスタフ王に招かれて集まった。この歴史的な日は、きらきら輝く太陽の光にも恵まれ、街なかでは各国の色とりどりの旗が美しくはためいている。ペッレ・ディエデン◆1と一緒に、オペラグリッレンで昼食。夕方には、一〇万人の人びとが、王宮のまわりに集まった。私たちは自宅のラジオでその様子を聴いていた。夜の一〇時になると、三国の王とカッリオ◆2がそろって王宮のライオン坂の上のバルコニーに現れ、人びとの歓喜の声に応えた。「カッリオ、カッリオ！」との群衆の叫び声に、気のいい大統領は再びバルコニーに姿を見せなくてはならなかった。この時、世界じゅうの目はストックホルムに注がれていた。ルーズヴェルト大統領やすべての南アメリカ共和国の大統領から、グスタフ王に共感の電報が届いた。パーシキヴィ駐ソ大使は、土曜日の夕方にはモスクワに戻ることになる。さて、それからどうなることやら。

◆1　エリスベス・ディエデン（一九〇六―九五）通称ペッレ。リンドグレーン家の友人。
◆2　キュオスティ・カッリオ（一八七三―一九四〇）フィンランド大統領、一九三七―四〇。

一一月一二日

パーシキヴィ大使と外交団一行はまだモスクワに留まっており、革命記念式典に参列した。シランペー◆1が、ノーベル文学賞を受賞した。スカンディナヴィアの国々で、フィンランドのために募金活動。まだだれにも、どうなるのか予想できないが、ここ数日、世界の目は別の方向に向いている。先日ミュンヘンで、大きな爆破事件があった。ヒトラーは、一九二三年のミュンヘン一揆の記念式典を祝うために、ミュンヘンに滞在していた。◇2ヒトラーがビュルガーブロイケラー（一八八五年開店の大きなビアホール」で演説を終え、ホールを出た二〇分後に、爆弾か時限爆弾かが爆発し、八人死亡、六〇人負傷。残念ながら、タイマーが二〇分遅かった。だけど、残念とは言えないかもしれない。というのは、暗殺は憎悪を誘発するだけだし、他のことと同様に、ドイツ人はなんでもイギリス人のせいにするから。

西部戦線は、相変わらず何も変化はない。けれど、この緊張感は薄気味悪く、きっと今までだれも見たことがないほど恐ろしいドイツの攻撃が待ち受けているのだ。

オランダのウィルヘルミナ[◆3]とベルギーのレオポルド[◆4]が、平和を模索する新しい措置を試みた。哀れな自国を心配してのことだ。

オランダはすでに国の一部が水没している。両国は、ドイツの侵略がいつ何時(なんどき)かしれないと覚悟しているのだ。

もし私たちが平和を手にしていると仮定したら、どうだろう！ 地上に平和！ 昨日は休戦記念日[◇5]だった。あれから二一年目の記念日になる。

◆1 フランス・エーミル・シランペー(一八八八―一九六四) フィンランドの作家。農民階層への理解と、自然との関係を描いた。

◇2 一九二三年一一月八、九日、ヒトラーらナチ党員が参加し、ドイツ闘争連盟が起こしたクーデター未遂事件。ヒトラーを含む四人が実刑に処せられた。ナチスにとっては記念碑的事件で、ヒトラーは毎年一一月八日に現場のビアホールで演説をした。

◆3 ウィルヘルミナ(一八八〇―一九六二) オランダ女王、一八九〇―一九四八。

◆4　レオポルド三世（一九〇一―八三）ベルギー王、一九三四―五一。
◇5　一九一八年一一月一一日、第一次世界大戦時ドイツと連合国の休戦協定が締結され、その後戦争終結になったため、参戦した諸国は休戦記念日としている。

一一月三〇日

エリ、エリ、レマ、サバクタニ！[◇1]　もう、まったく生きていたくないぐらい！　今日、ロシアは、フィンランドの首都ヘルシンキや他数か所を爆撃した。同時にカレリア地峡へも進撃したが、そこでは撤退を余儀なくされたようだ。長いこと、我々は希望と絶望の間で揺れ動いていた。けれどフィンランドの代表たちが、同意に至らないままモスクワから帰国すると[◇2]、にわかに何もかもが静かになり、落ち着いてきた。ヘルシンキから疎開していた多くの人たちが戻ってきた。ところがロシアが、突然、国境付近でフィンランド軍から砲撃を受けたと言いがかりをつけたのだ。フィンランド軍はもちろん否定している。しかしロシアはどうしても戦争をしたいのだ――そしていよいよ開戦[◇3]。世界じゅうから非難されているが。

これほど暗澹（あんたん）たる日は他に思い出せない！　今朝、スウェーデン卸売組合にいる時、お使いの子がこの恐ろしいニュースを持ってきた。現実には絶対起こらないと信じていたのに。一日じゅう膝ががくがくしていた。夕方、アン゠マリー[◆4]とステッランの家に行って――さんざん嘆いた。いったいどうなるのだろう。私たちに、いかなる運命が待ち受けているのか？　そして気の毒なフィンランドは？

◇1　新約聖書「マタイによる福音書」二七章四六節からの引用。「わが神、わが神、どうして私をお見捨てになったのですか」という意味で、イエスが十字架に磔（はりつけ）になった時、最後に叫んだ言葉。旧約聖書「詩篇」二二篇一節にも同様の記述がある。聖書からの引用は、以後『口語訳聖書』（日本聖書教会、一九五五年）による。

◇2　フィンランドにとってソ連からの提案はとても認められるものでなく、譲歩案を出したものの、一一月三日に交渉は決裂。

◇3　一一月二六日、カレリア地峡付近で、マイニラ砲撃事件の発生をソ連が偽装。同日、ソ連はフィンランドとの不可侵条約を破棄すると通告。二九日、国交断絶を発表。三〇日、宣戦布告し冬戦争勃発。

◆4　ステッラン・フリース（一九〇二—九三）アン－マリーの夫。

一二月七日

なんとまあ、驚いた！　フィンランドは、今までにない方法でロシアと互角に戦っている。[◇1]だけど、ロシアは怒りにまかせて、昨日から毒ガスを使い始めた。カレリア地峡やペッツァモ市のあたりでは、[◇2]激しい戦いが繰り広げられている。天候のせいで空爆はあまり行われていない。ロシア兵は十分な装備を整えていないため、雪嵐の中で身動きが取れないのだ。ロシアは多数の戦死者を出し、世界じゅうがフィンランドの防衛戦を称えている。けれど、スウェーデンとの国境を越えて逃れようとする北の方の一般市民は、困難に直面している。ここスウェーデンでは、みんなフィンランドに援助したくて熱狂的になっている。衣類やお金が大量に集められ、フィンランドへ送られる。私自身も一昨日、屋根裏部屋に上がって手あたり次第引っぱり出したが、ステューレの馬車の御者用のコートやおばあちゃん[3]のひどく派手なカーディガンも含まれている。フィンランドの人びとは——母のカーディガンは別としても、すでに多くの試練に耐えている。

国際世論は圧倒的にフィンランドを支持している。ただドイツだけが沈黙している。だけど、「枢軸国仲間」のイタリアは、ソ連に対して激しい怒りを露(あら)わにしている。先日は、二一機のイタリアの飛行機がストックホルム近郊のブロンマ空港に着陸し、フィンランドへと飛んで行った——新聞に載せることはできないが。イギリスとアメリカも武器を掛売りで供給することになった。アメリカはフィンランドへの戦争債務を放棄したい意向だ[4]。けれども、フィンランドはたぶん、もっと世界が結集して、積極的に助けてくれるのを期待しているだろう。そして新聞の社説は、私たちも関わるようにと訴えているが、具体的には書かれていない。多くのスウェーデンの義勇兵は駆けつけたいのだ。

フィンランド国民から嫌われている共産党員のクーシネン[5]が、モスクワからの指令により、フィンランド民主共和国とかいうものを、テリヨキに樹立した。フィンランドは国際連盟に上訴したが、モロトフ[6]外相は話し合いに応じない[7]。ロシアはフィンランドと戦争状態にあるのではなく、頑(かたく)なに解放されることを拒んでいるフィンランドの人びとを解放しようとしているだけだと、愛しのモロトフ外相は言い張る。

ところで、何もかもが心配で落ち着かない。今日、アルバイト先の事務所で国家動員令の噂を聞いたが、たぶん間違いだろう。ただ少なくとも北のノールランド〔スウェーデン北部の九地方を指す〕の方では、すでに動員されているようだ。ここ数日間、そちらへ多くの人が送られている。

西部戦線では、いまだに戦闘行為はないようだ。飛び交う噂の中にはこんなのがある。ヒトラーは防御された小部屋に閉じこめられているとか、ゲーリング◆8はゲッベルス◆9、ヒムラー◆10、リッベントロップ◆11などによって完全に力を殺（そ）がれているなど。


今日の小話を一つ。

電車の中に、まじめな紳士が二人。

「この戦争はいったい、なんのためなんだ？　何がしたいっていうのだ？」

「いやいやご同輩、そんなこと、始まる前からはっきりしていましたよ。だれがダンツィヒを握るかです」


ええ、まったく――これが、このすべての狂気の沙汰の源だった。だけどペッツァモは、ダンツィヒから遠く離れている！　そしてこれからずっとドイツは、ロシアの野蛮人をヨーロッパじゅうに撒き散らす責任を負わなくてはならないだろう。

◇1　フィンランドが一五万人弱の兵力に対して、ソ連は百万人を超える兵力を投入。フィンランドのスキー部隊は、雪中ゲリラ作戦で圧倒的劣勢を巧みに利用した。
◇2　フィンランド領のバレンツ海に面した港湾都市。一九四〇年にモスクワ講和条約（38頁◇1参照）で割譲され、現在はロシア領ペチェンガ。
◆3　カロリーナ・リンドグレーン（一八六五―一九四七）ステューレの母。

◇4　アメリカはフィンランドに一千万ドルの借款を提供する一方、ソ連に対しては軍需物資の供給を遅らせる措置を開始。

◆5　オットー・ヴィレ・クーシネン（一八八一―一九六四）フィンランド共産党の政治家。内戦に敗れた後モスクワに亡命していた。コミンテルン（198頁◇3参照）執行委員会書記、一九二一―三九。フィンランド民主共和国首班、一九三九―四〇。後にソ連共産党でスターリン、フルシチョフの下で活躍。

◆6　ヴャチェスラフ・モロトフ（一八九〇―一九八六）ソ連の外相、一九三九―四九、一九五五―五六。

◇7　一九三九年一二月一日から翌四〇年三月一三日の冬戦争終結まで存在した、ソヴィエト連邦による傀儡政権。カレリア地峡の町テリヨキが首都。一二月一四日にソ連は侵略国として国際連盟から除名されるが、戦争を終わらせることにはならなかった。

◆8　ヘルマン・ゲーリング（一八九三―一九四六）ドイツ国会議長、一九三二―四五。秘密国家警察（ゲシュタポ）創設者。空軍総司令官、一九三五―四五。

◆9　ヨーゼフ・ゲッベルス（一八九七―一九四五）ナチス・ドイツの国民啓蒙宣伝相。ヒトラーの政権掌握と体制維持に辣腕を発揮。

◆10　ハインリヒ・ヒムラー（一九〇〇―四五）ドイツの内務大臣、一九四三―四五。ナチス親衛隊長、一九二九―四五。警察権力を掌握し、ホロコーストを組織的に実行。

◆11　ヨアヒム・フォン・リッベントロップ（一八九三―一九四六）ドイツの外務大臣。一九三九年八月二三日、独ソ不可侵条約締結に際し中心的役割を担った。

一二月一三日

昨日、新しい内閣が発足。サンドラー◆1、エングベリイ◆2、ストリンドルンド◆3や他二、三人が辞任――

だけど彼らは「同じ穴の貉（むじな）」で、つまるところ、ただの政党人なのだ。サンドラーを辞めさせたのは、たぶんよかった。

今日、フィンランドを助けるために、スウェーデンから五千人もの義勇兵部隊が出発したと言われている。これが本当であることを願っている。昨日、とても落ちこんでいたので、神さまの言葉を参考にしようとしたら、こんな答えが聖書の中にあった。「多くの人をもって救うのも、少ない人をもって救うのも、主（しゅ）にとっては、なんの妨げもないからである」〔旧約聖書「サムエル記上」一四章六節〕

ああ、そうだとしても！　フィンランドは、目下のところよくやっているが、これから先どうなるのか。国際連盟は会議を開いたが、当てにはならない。

◆1　リカルド・サンドラー（一八八四―一九六四）スウェーデンの社会民主党の政治家。首相、一九二五―二六。外相、一九三二―三六、一九三六―三九。

◆2　アーサー・エングベリイ（一八八一―一九四四）スウェーデンの社会民主党の政治家。文教大臣、一九三二―三六、一九三六―三九。

◆3　エルハルド・ストリンドルンド（一八九〇―一九五七）スウェーデンの政治家、農民連盟メンバー。厚生大臣、一九三六、運輸大臣、一九三八―三九。

大晦日

フィンランド軍はここまでは大勝利を収めていると、朝七時のニュースで聴いた。およそ千人のロシア兵をやっつけ、いろんな種類の武器や装備を鹵獲(ろかく)◇1したとのこと。

だけど年が明けると、いやでも応でも怖いことだが、先のことをじっくり考えなくてはならない。スウェーデンは戦争に巻きこまれずにすむのか、それとも共に戦うのか？　たくさんの義勇兵がフィンランドへ向かって出発した。そして共に戦うとすれば、スコーネ地方〔南スウェーデン〕は、たぶんドイツとイギリスの戦場になると言われている。

それはさておき、我々はフィンランドのために五百万クローネを集め、たくさんの武器や防空装備やいろんな物資と共に送った。

◇1　戦場において勝利した部隊が、敗れた敵から兵器などを獲得すること。

ネースでの夏〔アストリッドの父サムエル-アウグストは，教会からの借地で 39 ヘクタールものネース農場を経営していた〕．
上から：スティーナ(妹)，左下：グンナル(兄)，右：オーマル(従兄弟)，下：リイディア(オーマルの妻)．真ん中：白い帽子のアストリッド，左下：グッラン(グンナルの妻)，右下：サムエル-アウグストと 2 人の孫(抱かれているグンヴォルとカーリン)，右：インゲエード(妹)，右：エレン(従姉妹)．

1940年

アストリッドとラーシュとカーリン.
住まいのあるヴルカヌス通りにて，1940年頃.

一月二日

一九四〇年の新年の鐘が鳴りわたる時、北欧の国の詩人たちは、それぞれ自分の詩をラジオで朗読した。どれもその国を代表する作品だったが、最も強く感銘を受けたヤール・ヘムメール◆[1]とシルヴェールストルペ◆[2]の詩を切り抜き、日記に貼りつけた。人の心を動かすものだったから。新しい年の初めというのは、のんきに構えていられない。将来が絶望的に見えるし、脅すようでもある。だれも手放しで喜んでいられない。

「おお、命のめぐりを導く神よ、新年が明けるその時には、
偽りと憎しみから身を守るため、すっくと立たせてくだされ！」

〈一月二日付　スヴェンスカ・ダーグブラーデット新聞からの切り抜き〉

フィンランドには、詩人ヤール・ヘムメールがいる。彼の詩には、すべての人びとの心をつかんだに違いない、誇り、謙遜、力強さなどをあわせ持つ響きがあった。

世界の新年の鐘がどれほどひび割れ、意気消沈した音で響くことか、
人殺しの雲が神の清らかな領域であり、地上は蛇の住まいだ。
海には、陰険な悪魔の魚エイが泳ぎまわる、それでもまだ
小さな国があり、そこではすべてが澄み、美しい。

ここでは不毛の言葉は栄えず、ここでは命あるどの魂も知る、
自分は正義の秤に乗り、正義の兵士として選ばれしことを。
おお、命のめぐりを導く神よ、新年が明けるその時には、
偽りと憎しみから身を守るため、すっくと立たせてくだされ！

隣人たちが、温かい溶鉱炉で新年の幸せを鋳造し、
子どもや我々に、両腕と財布の紐を広げてくれるように。
だが、苦しい犠牲を払わずして、未来は得られまい、
そこで友よ、悪魔の巨人に手向かう武器援助を願えぬものか。

最後の朗読は、グンナル・マスコッル-シルヴェールストルペで、これほどの作品がかつてあったかと思うほど素晴らしく、一行一行がしみじみと心に沁みていく。これら最後の二つの詩については、新年を迎えるにあたって、スウェーデンからフィンランドへの挨拶だといえる。

以前と同じく、脅威は身近にあるが、
かつては決して面倒ではなかった。
我々北欧人の誇りである自由よ、
鐘の響きにのせて語ってくれ！

だが、教会の塔の暗い鐘は、
バルト海へ向かい、黙して鳴らず。
兵士たちは密かに群れになり、
群れになり、讃美歌を歌う。

これほど熱い歌声が、星の煌めきへと
上がっていったことはない。
我々のために戦うフィンランドは、
こうして己が信念を明らかにする！

兄弟よ、見てくれ、夜は果てしなく、
夜空が見せる兆しは厳しい。
今我々の一番年若い弟が、我々を
守りながら、凜々しく立っている。

世界から、弟のいる凍てつく湿地へ
さまざまな思いが伝わっていく。

戦闘服姿の少年ベンジャミンよ、
きみの戦いの旅に祝福を!

◆1　ヤール・ヘムメール(一八九三―一九四四) スウェーデン語圏のフィンランド人、詩人で作家。
◆2　グンナル・マスコッル-シルヴェールストルペ(一八九三―一九四二) スウェーデンの詩人、翻訳家、批評家。

一月一五日

気の毒なフィンランドに、激しい爆撃が行われている。しかしながら――冬戦争が始まってから一か月半経つというのに、ロシアはいっこうに勝てないばかりか、兵隊や武器を大量に犠牲にしている。先日のダーゲンス・ニイヘッテール新聞によると、地上戦が開始されてから、ロシアは一〇万人の兵隊を失ったとのこと。もちろんあの厳しい寒さが、ロシアの大きな損失を招いているのだ。それにフィンランドは、新年になってから、スオムッサルミで大きな勝利を収めていた。◇1

スウェーデンの義勇兵も、毎日フィンランドへと出征している。それに、医師たちも。赤十字が集めたお金で、救急車を二台。国民からの募金がまもなく九百万クローナに達し、スウェーデン政府の援助金は七千万クローナになる。瓶詰の血液、馬用の防寒毛布、衣類、喉や膝を守るプロテクターなど、なんでもかんでも送っている――だけど、やるべきことを十分できているだろうか? このことは、将来判断が下されるのだろう。

◇1　スオムッサルミの戦い。一九三九年一二月七日―四〇年一月八日。ロシア軍の四分の一以下の兵力ながらも勝利。この戦いは冬戦争のシンボルとなっている。

二月一日

昨夜、グンナル◆1と会った。農民同盟派遣団メンバーと共に、フィンランド支援活動から帰国したばかりだ。

グンナルはフィンランドの一般市民にいたく感心していた。ロシア兵が爆弾を落としているというのに、まったくいつもどおりだそうだ。ロシア兵は飛行機から女や子どもに機関銃を向けて追いまわしていると、グンナルは言う。複数の飛行機が一人の若い女と子ども二人を狙い撃ちしようとした話は、とくにひどい。子どもたちは逃げおおせたようだったが、若い女は撃ち殺された。こんな戦争のやり方に理性なんてまるでないし、ロシア人にとっても恐ろしく不経済なことに違いない。

グンナルのおかげで、ようやくスウェーデンの義勇兵の数がわかった――八千人。もっと多いと願っていたし、思っていた。それでもフィンランドの人びとは、スウェーデンに対してとてつもなく感謝してくれている。だけど、もっと義勇兵が必要なのだ。特別たくさんの義勇兵が要るのではなく、二、三個師団で足りるとフィンランドの人は考えているみたい。ロシア軍は自国の兵隊をうまく管理できていないため――兵士たちの資質や気力はまったくひどいものらしい。

グンナルが、キアンタヤルヴィ湖◇2の氷上で、フィンランド兵が一万二千人のロシア兵を相手に戦い、大半を死に追いやった戦いの顚末(てんまつ)について、書き記した。無人の荒れ地に追いつめられたロシア軍は、凍った湖へ逃げるしか道はなく、その後、フィンランド軍に取り囲まれた。フィンランド軍は、ロシア兵に向かって三度降伏を呼びかけたが、ロシア兵たちは生きて捕虜になることを禁止されていた。三度目の勧告の後、フィンランド軍は飛行機から、氷上の動揺するロシア兵の一団へ爆撃を開始し、砲火を浴びせかけた。一万二千人の兵隊が、九百人にまでなって、ようやく降伏した哀れなロシア兵。しかしながら、一万一千人以上のロシア兵が今もキアンタヤルヴィ湖の氷上に転がっている。春になって、暖かくなってきたら、どうなる?

◆1 グンナル・エリクソン(一九〇六―七四) アストリッドの兄。スウェーデン地方青年同盟代表、一九三六―四二、国会議員、一九四六―五六。

◇2 フィンランドの湖、スオムッサルミの戦場の一つ。

二月九日

なんて世界、なんて命! 新聞を読むのは絶望的な仕事だ。フィンランドでの爆弾による殺戮(さつりく)や、女や子どもへの機銃掃射。そして魚雷や潜水艦でいっぱいの海では、中立の船乗りは死ぬか、あるいは最もうまくいっても、惨めな筏(いかだ)か何かの上で何日もの漂流で苦難したあげく、最後の瞬間になってようやく助けられるのが落ちだ。隠された舞台裏では、気の毒なポーランド人の悲劇(何が起きているのか、だれも全容を知ることはできないが、それでも一部は新聞に載っている)が起こっている。

路面電車の中には「ドイツ支配者民族」のために特別優先席があるとか、ポーランド人の午後八時以降夜間外出禁止などの記事ばかり。ドイツ人は、ポーランド人に対して、「厳しいが公平な扱い方」だと話している――こう言われると、ポーランド人の憎しみがどれほどかがよく理解できる。どれだけ憎しみを生むことになるか！　世界は、ついに我々みんなが窒息してしまうほど、憎しみでいっぱいになってしまうに違いない。

神の審判が世界じゅうに下っていると思う。おまけに、かつてないほどの過酷な寒さ。海上交通は、氷が邪魔するせいで以前にも増して航行困難だし、石炭不足は手痛い。私たちのアパートでも、恐ろしく寒いが、徐々に慣れ始めている。新鮮な外気を入れるために、年じゅう窓を少し開けて寝ていたけれど、もうほとんどやめた。デンマークでは燃料事情はもっとひどいだろうし、家の造りもずっと悪いだろう。それなのに私は毛皮のコートを買った――着古すまでに、この世の終わり〔北欧神話の神々の黄昏〕が来ると思うけど。

二月一八日

「私は、死ぬまで中立でいたい」とフリーダは言ったけれど、[◇1]ペール＝アルビン・ハンソン[◆2]も同じようなことを言っている。何か軽率な不注意からか、フィンランド政府がスウェーデンに直接軍事援助を要求して断られたということが、新聞（フォルケッツ・ダーグブラード紙）に載った。そして、ペール＝アルビンは、強く説明を求められたが――その説明たるや、情けないのを通り越したものだった。結局、彼はひと月ほど前の予算委員会で自分の見解を述べたのだが、簡単に言うと、スウェーデンは、「滅亡まで中立でいたい」ということだ。まあ、こんなに苦しむ必要があるかしら。それにどうするのが正しい方法なのかがわからないなんて。フィンランド人や多くのスウェーデン人は、スウェーデンの立場からすると、すぐにも武器を取るのが最も賢明だと考えている。その理由は、ロシアがいったんフィンランドへの攻撃に成功した暁に、トルネ川◇3でその攻撃をやめると信じるのは愚かなことだから。しかし、あらゆる情報を握っているはずのスウェーデン政府は、ロシアと直接交戦をしたくないのだ。ドイツがスウェーデンの地に踏みこむことになり、その結果スウェーデンが大国の戦争の舞台となる危険を冒すことになるから。いまいましいドイツ、もしも我々のことに構わないでくれるなら、ロシアと戦うフィンランドを援助できるのに。最近、マンネルヘイム線◆4が危険な状態らしい◇5。マンネルヘイム線の強度に関しては、世界史に類を見ないほどらしいが、フィンランド軍はいくらか後退した——マンネルヘイム自身は、マンネルヘイム線が突破されることはない、と言っている——ああ、神さま、それが本当でありますように！

　昨日、ドイツの補給艦「アルトマルク」が、ノルウェー領海でイギリス艦隊に拿捕され、五百人のイギリス人捕虜が救い出された◇6。気の毒なノルウェーは虚しく抵抗しただけだった。ドイツは最悪のことを想像させる憎悪に満ちた言葉で攻撃し、イギリスは中立を侵害したことについて、ノルウェーに謝罪する気がまったくない。海戦ではいまだに中立国の商船が痛手を被ってしまうのだ——いやよ、死ぬまで中立でいるなんて。

　現在、ストックホルムでは灯火管制が敷かれている。現実になるとはだれも考えていなかったので、前回よりも千倍もいやなことだ。

◇1 『フリーダの本』(ビルゲール・ショーベリイ著、一九二二年刊)の「フリーダの中立宣言」からの引用。

◆2 ペール＝アルビン・ハンソン(一八八五―一九四六) スウェーデンの首相、一九三二―四六(一九三六年の三か月間を除いて)。第二次世界大戦中は、挙党一致の連立政権で戦時下の国防にあたり、中立を堅持し、連合国・枢軸国双方からの圧力を「狐の知恵、獅子の勇気、貝の忍耐」で乗り越え高い評価を得ている。

◇3 スウェーデン最北部の川で、下流部はフィンランドとの国境をなしている。

◆4 グスタフ・マンネルヘイム(一八六七―一九五一) フィンランド軍最高司令官、一九三九―四六。フィンランド大統領、一九四四―四六。フィンランド内戦、冬戦争、継続戦争を指揮した英雄。

◇5 フィンランドは、カレリア地峡を防衛するために、マンネルヘイムの名前を冠した要塞(ようさい)、マンネルヘイム線を築いていた。

◇6 「アルトマルク」はドイツの巡洋戦艦の補給艦で、英国商船の乗組員を船倉に隠し、ドイツに帰港する途上だった。中立の立場をとっていたノルウェーの領海で、英国艦隊の駆逐艦はノルウェー艦隊を退け、「アルトマルク」に移乗攻撃し、捕虜の奪還に成功。

三月一二日

平和になるかどうか、まさに今日モスクワで決定されることになるだろう。戦争の勢いは衰えないまま続いている最中に、スウェーデンの仲介で和平会議が実現した。リュティ◆1とパーシキヴィ、それに他二名が会議に臨んでいる。まだ条件についてだれも知らない。ロシアがどんな条件で講和を結びたいのか、それにフィンランドだって不条理な条件で同意する必要はない。実際、条件なんてすべて「不条理」なのだ。だって、どうしてロシアがフィンランドの土地をほんの少しにしても手に入れる権利があるの？

西欧諸国は、ロシアとフィンランドの関係が平和になってほしいなんて、まったく望んでいない。ロシアがフィンランドのことに没頭していれば、むしろドイツに物資の供給ができなくて都合がいいと考えているのだ。西欧諸国はフィンランドが望むどんな援助でもすると申し出ている——けれど、まず援助の要請がなくてはならない——ところが要請は何も来ない。まず直接の要請が来なくてはならないのは、頼まれない限り、彼らはノルウェーとスウェーデンを通過して、フィンランドに足を踏み入れることができないから。そして、通過することがまさに彼ら西欧諸国の望み!!!　それを許さないスウェーデン政府は、とくにフランスの新聞で徹底的に叩かれた。そこには、スウェーデンがフィンランドにロシアと和平を結ぶように圧力をかけたと書かれている。この件についてスウェーデン政府は、はっきりと否定。我々はロシアからの講和の申し入れを仲介しただけだと。西欧諸国は、ドイツがスウェーデンに和平を仲介させようとしているのだと思いこんでいる。ところが実際は、ドイツがロシアに和平を結ぶように、うるさく言っていたのだろう。和平は、ドイツにとってはとびっきり幸運だし、西欧諸国にとってはとびっきり不運だから。

フィンランドの少年が、オーボー◇2から飛行機で来ることになっているが、まだ連絡がない。たぶん夜になるのだろう。

一週間前から、温かいお湯がまったく出ない。

ああ、平和になればなあ。もしも、少なくともフィンランドが平和になったら、我々は荒廃した国土の再建を手伝えるのに。

たった今、TT[3]を聴いている。いまだに交渉についての確実な報道はまったくない。もしも新しい情報が入れば、夜の一一時の放送で聴けるだろう。神さま、どうぞ平和にしてください。素晴らしい平和、フィンランドが受け入れることのできる、そしてせめてフィンランドの自治権が保てるような平和を。どうぞ平和にしてください!

平和?!?

◆1 リスト・リュティ(一八八九—一九五六)フィンランドの首相、一九四〇年三月二七日—一二月一九日。一二月一九日から一九四四年八月四日まで大統領を務めた。
◇2 フィンランド名トゥルク。フィンランド南西部のバルト海に面した港湾都市。フィンランド最古の町で旧首都。
◇3 Tidningarnas Telegrambyrå の略。スウェーデン国立情報局、ラジオ放送も担当。

三月一三日

昨晩のうちに和平が成立! 朝、目を覚ますと、ステューレが新聞を持ってきてくれた。そこには大きな文字で、「フィンランド—ソビエト講和」[1]と書かれていた。それなのに、今日はだれも喜んでいないと思う。最初、私も少しうれしかったけれど、そんなのはすぐにふっ飛んだ。過酷な講和だ。ロシアは、ハンコ半島〔フィンランド最南端の半島〕とその周辺の島々を、海軍基地として三〇年間租借することになった。ヴィボルグ[◇2]を含むカレリア地峡[◇3]や、ソルタヴァラ[◇4]を含むラドガ湖〔ヨーロッパ最大の湖〕西岸もロシアに割譲された。今日の一二時で停戦になる。もう女や子どもが殺されることもないと思うと、もちろん心穏やかになるとはいえ、過酷、やはり過酷だ。最も過酷なのは、フィンランド政府がスウェーデンに、英仏両国を通過させるよう頼んで、断られたことだ[◇5]。たぶん世界からスウェーデンに対してブーイングの嵐になるでしょうよ。それでも——もし我々が通過させることに同意していたら、ここスウェーデンで、大国間の戦争が好き放題に繰り広げられることになっていたのだ。しかしドイツは、現在勝ち誇っている。

ラウノ・ヴィルタネン[◆6]が、今日やってきた。オーボーから昨夜飛行機で来たのだ。彼が涙をこらえているのを見るのは、長い間の中でも最もつらいことだった。

一九四〇年の三月一三日は、耐えがたい日だった。

◇1　モスクワ講和条約。これにより冬戦争は終結。

◇2　フィンランド名ヴィープリ。フィンランド第二の都市だったが、ソ連に割譲され、住民は難民として移住を余儀なくされた。現在はロシア領。

◇3　ロシアは冬戦争でこの地峡を越えるのに大きな犠牲を強いられた。講和条約でカレリア在住のフィンランド人は移住しなくてはならなくなった。

◇4　ラドガ湖畔の美しい都市。ここの住民も講和条約により移住。

◇5　英仏両国はフィンランドに若干の軍事援助をしており、さらに援軍を送る計画を立てていたが、その真の目的は、スウェーデン北部のドイツの貴重な鉄鉱石供給源になっているキルナやイェリヴァレの鉱山を占領することだった。しかし、スウェーデンは、英仏を通過させれば敵国として攻撃すると、ドイツから脅されていたので断らざるをえなかった。

◆6 詳細不明だが、おそらく兄グンナルの知人。兄はフィンランド支援活動のメンバー。

四月九日

平和——そう、確かに！ 違う、違う——以前同様、平和からほど遠い！ 今夜は、死にそうなほど疲れていて、ほとんど書けないほどだ。

ノルウェーは、早朝からドイツと戦争状態。◇1 デンマークも、ドイツ軍によって占領された。ドイツ軍はデンマークのすべての統治権を抵抗されることなく支配下に置いた。◇2 ノルウェーとの電話回線は切られているが、今のところノルウェー軍はまだ、ある程度抵抗している。ドイツが、「ノルウェー中立の武力的防御」を引き受けたというのは表向きの理由で、本当は、昨日か一昨日にイギリス軍が、ナルヴィク◇3 からドイツへ向けての鉄鉱石輸送を阻止するために、ノルウェー領海に機雷を敷設（ふせつ）したからだ。だけど今回のドイツの奇襲攻撃は、確実に以前から計画されていたに違いない。ドイツ軍は、ノルウェーのいたるところから上陸。ベルゲン、トロンハイム、オスロなどノルウェー主要都市がドイツ軍に占領された。ノルウェー政府はハーマル〔ノルウェー中部の町〕に向かった。連合国は直ちに援助を確約した。

こんなわけでノルウェーもとにかく戦場となり、北欧で外国の軍隊と直接接触のない国は、結局、いまやスウェーデンだけだ。「ヨーロッパの平和なところ」、はっ、はっ！ 我々だって一般人の総動員を覚悟しているし、ドイツ軍がスウェーデンの中立を「防御」するのも、単にもう時間の問題だろう。

こんな悲惨なことを聞いたのは、今日ルードリング法律事務所で仕事をしている時だった。弁護士がやってきて、いつもどおりの穏やかな話し方で言った。「さて——戦争だ。この仕事を続ける価値があるかどうか、わからないな！」 私はどきどきしてきて、体じゅうが熱くなった。最初に頭に思い浮かんだことは、子どもたちのいる家にすっ飛んで帰ることだったが、我慢してそのまま残り、離婚や動産買い入れについての書類を書き続けた。通りを歩いている人たちは、いつもどおりに見える。みんな徐々に慣れてきているのだろう。

だけど喜べないなんて、くそったれだ。ようやくフィンランドの戦争が終わり、恐ろしい冬の後に太陽が再び輝き、春や夏の来るのを待ち望めるようになった矢先、以前よりさらに残忍な、新しい殺し合いが始まったなんて。いまや人びとは、またしても一日だって先のことを考えないようにしている。何も計画を立てられないのだ。唯一計画を立てられるのは疎開することだけ。だから、これを今夜の報告としよう。

◇1 英仏から防衛するために介入するという名目で、ドイツがノルウェーに奇襲攻撃をかけた。
◇2 デンマークを英仏から守るため無駄な抵抗はやめるようにドイツ軍から説得され、国王と政府は降伏を決定した。
◇3 ノルウェー北部の港。スウェーデンのキルナ近辺からの鉄鉱石を輸送する際に重要な北大西洋の不凍港で、連合国とドイツの双方から関心が高い港。
◆4　アルヴィド・ルードリング（一八九九—一九八四）アストリッドはこの弁護士事務所で速記者として働いていた。

四月一二日

一九四〇年四月一二日——ストックホルムは、不安と恐怖、それに悲嘆に暮れる一日だった。町の空気は噂でぴりぴり震えるようだ——今日の六時に、ドイツは、ノルウェーまでスウェーデンを通過することを認めるかどうかの返事を受け取っているはずだが、たぶんこれも他のことと同じで、単なる噂だろう。みんな違う噂を聞いて、ストックホルムから出て行きたいと話している。ステューレが、兵役のため出頭せよとの書類を一二時に速達で受け取り、スポンガ〔ストックホルム北西。駐屯地がある〕へ三時一五分のバスで行った。それから何も連絡がない。たぶんはっきりと総動員とは言ってないが、実質総動員だ。

いくつかの学校が閉鎖になったようだ。ノッラ・ラテン高校◇1も閉鎖になればいいのにと思う。そうなればすぐにもネースの実家へ子どもたちを連れて帰るのに。残念ながら、カーリンは喉が痛くて、熱もあるので寝ているが、何もかもがこんなにひどいのだから、病気になるのも当然。

近頃は、子どもたちに対して一人で責任を負うのは、何やら恐ろしく孤独な気がする。アン゠マリーは明日、三人の子どもを連れて帰郷する。ここの人たちが、まだ余裕のあるうちに疎開したがるのは、オスロの奇襲攻撃を思ってのことだろう。どうなるのかが、わかったらいいのに！

◇1　息子ラーシュが通っていた高校。ストックホルム中心部にあり、現在は会議場やホール、レストランとして利用されている。

四月一三日

国民軍兵士　第六九　二ー一九一八番　リンドグレーン氏は、初めての外出許可をもらって帰ってきた。「だめ、ねえ、お願い、絶対に見えるところにいてちょうだいね。ステューレは、なんて素敵に見えることでしょう」。彼の頭のてっぺんには、ひさしの付いた小さな小さな軍帽、そして恐ろしくかっこ悪い、しっくりこない軍服のコート。コートの下には短い上着と厚手の「ウール」のセーター、そしてサイズがまるで合っていなくて、お腹のところがぱんぱんに張っている窮屈なズボン。家族みんながステューレのまわりに集まって、笑った。けれど実は、こんなことで笑ってはいけなかった。彼は昨日、召集令状が来る前に昼食を食べたきりで、なんにも食べていなかったのだ。脂ぎった飯盒から食べられなかったらしい。もちろん今は食欲旺盛で、ステーキとジャガイモをもりもり食べた。スポンガでは、夜でも軍服のコートを着こんだまま、わら少々をマット代わりにして、床の上に横になって寝るのだ。ステューレは骨の髄まで凍えたらしい。この最悪の事態をなんとかしようと、ステューレはラッセから寝袋、枕カバー、それにナイフやフォークなどの食器を借りた。夜一〇時、悪天候の中、彼はバスに乗って、スポンガへと戻って行った。ステューレがかわいそうでしかたがない。

四月一四日

なんとまあ、うっとうしい日！　みぞれが激しく降り、暗くて、灰色の日。カーリンはまだベッドだ。ラーシュは、ボーイスカウトの仲間と出かけた。そしてステューレが、外出許可が取れなかったと電話してきた。

その後、ステッランが訪ねてきたと思ったら、そのすぐ後でステューレがともかく顔だけでも見るつもりでと姿を見せた。けれどステューレは、八時半には戻らなくてはならなかった。それから、アッリ[◆1]とエルサとカーリンと一緒に映画へ行った。タイトルは『六月の夜[◇2]』。けれどつらいことが頭から離れない。忘れるのは不可能だ。なにしろ悪夢が一日じゅう頭の中をめぐっている。イギリス軍はバルト海のいたるところに機雷を敷設(ふせつ)したが、スウェーデンの領海には敷設していない。ノルウェーでは、依然として戦争が続いている。ホーコン王[◆3]は、爆撃機[◆4]で追いまわされるため、姿を隠さなくてはならない。ドイツのノルウェー奇襲というのは、裏切り者のせいで成功したのだ。ノルウェーの親ナチ派たちは、自分の国を裏切ったのだ。ノルウェーのずっと北の方では、ドイツ軍への反撃戦がうまくいき、イギリス軍とノルウェー軍はナルヴィクを取り戻したようだ。

今後のことをちょっと考えてみると、たとえ今スウェーデンが戦争を免れたとしても、お先真っ暗に思える。西側諸国への輸出はすべて止まっているし、もちろん輸入もしかり。ガス会社は、もし国民がガスを節約しなければ大変な事態になると脅しているが、お湯がどうしても要るなら、どうすればガスを切りつめられるのか。ガスがまったく使えなくなるのは、たぶんそんなに先のことではないだろうが、いったいどんなことになるのだろう。ガスメーター用コインが、二五オーレから五〇オーレに値上がりした。他に値上がりしていないものって、何かあるかな？　バス代は、以前は二〇オーレだったのが二五オーレになったし、路面電車は片道二〇オーレだ。電気代も上がったし、食料品も高くなった。砂糖は近頃一キロにつき四オーレ値上がりした上に、今では紅茶やコーヒーと同じように配給制だ。そしてこれでも最悪ではなく、確かにまだほんの序の口なのだ。これほど悪い状況になったのはつい最近のことだから、人間はもっと悪くなっていくと考えることで、いつも少しは慰められるのだ。

◆1　アリス・ヴィリデン(一九〇四―二〇〇三)　子ども同士が友だち。

◇2　スウェーデン映画、一九四〇年四月三日初公開。ペール・リンドベリイ監督、トーラ・ノルドストレム・ボニエル原作、イングリッド・バーグマン主演。

◆3　ホーコン七世(一八七二―一九五七)　ノルウェー王、一九〇五―五七。ナチス・ドイツの侵攻から逃れイギリスに亡命、臨時政府をロンドンに置く。ナチス・ドイツに従うことなく徹底的に戦うよう呼びかけ続け、国民の尊敬を集めた。一九〇九年には日本陸軍の八甲田山遭難事故のお見舞いをかねて、明治天皇にスキーを贈呈した。

◆4　ヴィドクン・クヴィスリング(一八八七―一九四五)を指す。ノルウェーの政治家。一九四〇年のナチス・ドイツ軍のノルウェー侵攻に荷担し、ヒトラーの任命を受け傀儡(かいらい)政権の首相を務める(一九四二―四五)。ナチス・ドイツ崩壊後連合国軍に逮捕され、国家反逆罪で銃殺刑に処せられた。

四月二九日

ノルウェーでは、激しい戦いが続いている。多くの町が爆撃機により完全に破壊されている。たくさんの人が住む家を失った。今のノルウェーで暮らすことは、フィンランドで暮らすよりももっと苦しいと思う。というのは、ノルウェー国内の最前線をすでに相当、敵に明け渡しているからだ。全体として、どうもノルウェーの抵抗はかなり鈍ってきている。連合国が今までやったことは不完全で、実は最悪だ。イギリス軍もドイツ軍も双方極めて高い戦闘力のようだが。ずっと北の方では、ノルウェー軍の動員はある程度うまく計画どおりにいき、そこではイギリス軍の戦いぶりも万事順調のようだ。しかしながら、ノルウェーの南部をすべて手中に収めたドイツ軍は、さらに凄まじい勢いで効率よく進軍している。ベルリンで報道機関に向けての大々的な会見があり、リッベントロップは、連合国がノルウェーに侵攻する準備をしていた証拠の書類を提示し、ドイツが侵攻を未然に防御したのだと語った。同時に、ノルウェー政府は絶対的な中立ではなかったと強調した。それに反して、スウェーデン政府は厳密に中立を堅持していたと、リッベントロップは述べた。海外の新聞では、スウェーデンの立場は著しく改善されたと言っている。しかし我々はまだまだ万全の軍備体制でいるし、いつの日か悲惨な戦争が終わるまでは、このまま維持するようにと願っている。

五月二日

春が来た。ウップサラ大学の学生が、「おお、どんなに輝かしく五月の太陽は微笑むか」とヴァルプルギスの夜祭◇1で歌うのがラジオから流れてきたが、もうほとんど感に堪(た)えないほど甘美な響きだ。太陽は終日この祝日を照らしていたし、あの過酷な寒さの冬の後、ようやく気温も少し上がってきた。昨日は、ストックホルムのほとんどの人が、政党を超えた市民デモのために、ヤーデット〔ストックホルム東部の広場〕まで行進した。ステッキーグ夫人と息子ヨーランも私たちと一緒に参加した。町じゅうがまるでハチの巣をつついたような騒ぎだった。

今日、カーリンとユーダルの森◇2へ行った。そして、本当に春が来たことを確かめてきた。今年の春はなんだか奇妙な感じがする。春を喜ぶことはやめられないが、同時にお日さまが輝き、花が芽生えていながら、人間が互いに殺し合うことを考えるなんて、いっそう我慢できない。

◇1　四月三〇日から五月一日にかけて、北欧では大きなかがり火を焚き、人びとがそのまわりに集い歌って、春の到来を喜び合う。

◇2　ストックホルムの西にある自然保護区の広い森。湖やハイキングコースなどもある。

五月六日

数日前にイギリス海軍は船に乗りこんでしまい、ナルヴィクは例外だが、とにかくノルウェーを放棄した。そのため現在、ノルウェー軍はナルヴィクで支援国なしの状態だ。南ノルウェーはすべてドイツ軍に占領されているし、あらゆる抵抗も終わったが、北の方では戦いが続いている。イギリスの役立たずな支援は辛辣な批判を浴びている。これは連合国側が喫した、初めての実質的で大きな敗北だろうが、連合国側の新聞も非常に手厳しい。

いまやノルウェーに代わって地中海が舞台の時が来たと言われており、イタリアがついに「ベルリン―ローマ枢軸」◇1(フィンランド戦争の間、イタリアは、このことについて何も話さなかった)を思い出し、ドイツ側に立って戦争をするのだろう。バルカン半島は、いまやいつ爆発してもおかしくない火山で、騒動の中心だ。

◇1　一九三六年一一月に、ムッソリーニがミラノで演説し、ローマとベルリンとを結ぶ垂直線は障壁ではなく枢軸であると語って以来、枢軸という言葉はファシズム国家の提携関係を指すようになる。「連合国」に対して「枢軸国」と呼ばれる。

五月一〇日

違った、今回の爆発はバルカン半島ではなかった。あれはただのまやかし。五月一〇日早朝、ドイツ軍は、「最も幅広い前線」であるオランダ、ベルギー、ルクセンブルクに侵攻した。今日始まったこの戦いは、ヒトラーの指示報告によると、「これから千年間のドイツ民族の運命」を決めるだろうとのこと。決定されるのは、ドイツ民族の運命だけでなく、たぶん全人類の運命だろう。いよいよ実際に戦争が始まったのだ。理由づけはいつもどおりドイツからだ。連合国が計画している侵略に先手を打つもので、いつものように、この計画的な侵略の「証拠」は書類の形で存在する。ドイツは、ベルギーとオランダは厳密な意味では中立でなかったし、両国は領土内に連合国の軍隊を集結させ、配備することを認めるつもりだったと主張。砲撃や戦闘は大規模に行われている。ベルギーはオランダよりも、より強固な要塞があるから、自衛できる可能性が大きいと考えられている。オランダは一部分水没している。レオポルド王はベルギー軍の先頭に立っている。

ユリアナ王女[1]は第三子を妊娠中だ。この世の中では、王室での母親というのは、きっと大変なことだろう。あるいは近頃は母親であること自体、まったく楽しいことではない。

昨晩、イギリス首相チェンバレンが退任し、チャーチル[2]が後任の首相に就任した。

北ヨーロッパじゅうで、スウェーデンは、いまや戦争をしていない、あるいはしなかった唯一の国だ。だけどたぶん、次は我々の番になるのだろう。ドイツは、何より邪悪な怪物に似ている。新しい獲物に襲いかかるために、間隔をおいて巣穴から飛び出すのだ。およそ二〇年ごとに他の全人類をほとんど敵にまわす民族には、何か欠点があるに違いない。

◆1　ユリアナ王女(一九〇九―二〇〇四)オランダの王女。女王在位、一九四八―八〇。
◆2　ウィンストン・チャーチル(一八七四―一九六五)大英帝国首相、一九四〇―四五、一九五一―五五。『第二次世界大戦』で一九五三年ノーベル文学賞受賞。

聖霊降臨祭[◇1]の次の日

やれやれ、今ではスウェーデンじゅうが灯火管制になった。聖霊降臨祭の真っただ中にその通知があった。南スウェーデンと西スウェーデンではずいぶん前から灯火管制が始まっていたが、昨夜から「当分の間」は、全国で行われる。聖霊降臨祭の日のニュースとしては、石けん、洗濯用洗剤、粉石けんが配給になったことだ。五月二六日以後、マーガリンは個人商店ではまったく売られなくなるらしい。

しばらくはコーヒー、紅茶、砂糖、洗剤、それにマーガリンが配給制になるのだが、こんなのはきっと、まだほんの始まりなのだろう。コーヒー、紅茶、砂糖は、我が家では配給で十分足りている。

昨日はまた、なんという聖霊降臨祭だったのだろう！　ひどい悪天候の上、寒かった――それにステューレは、朝六時から夕方の五時まで兵役。カーリンに変な膿疱ができたが、おそらく何か化膿性の細菌のせいだろうから、しばらく家でじっとしていてほしい。ラーシュは、ヨーランとセーゲルフェルト◆2と一緒に、ウップサラ〔ストックホルムの北七〇キロに位置する大学町〕へ自転車旅行に行った。

◇1　聖霊降臨祭は、新約聖書の「使徒行伝」二章一節に記述がある。ペンテコステ、あるいは五旬節（ごじゅんせつ）ともいう。復活祭の後の第七日曜日にあたる。キリストの弟子たちに聖霊が下ったことを祝う日。

◆2　セーゲルフェルトはラーシュの子ども時代の友だち。

五月一五日

昨日、オランダが降伏した。ウィルヘルミナ女王と政府はロンドンへ亡命した。ベルギーの王室の子どもも、もちろんロンドンにいる。

ベルギー軍の抵抗はまだ続いている。極めて激しい戦いが、第一次世界大戦のかつての戦場で繰り広げられている。夕刊各紙に、マジノ線[◇1]が一か所突破されたと書かれている。真偽のほどはともかく、結局パリとロンドン双方が少し神経過敏になる十分な理由にはなる。そして私たちも神経過敏になっている。ドイツ軍は恐ろしいほど効率よく攻め進んでいる。というのは、世界史上初めて、落下傘部隊が実戦に役立つ方法で取り入れられたのだ。

◇1 一九三六年に巨額の工費をかけてドイツとの国境沿いに竣工されたフランスの要塞。当時の陸軍大臣アンドレ・マジノの名前にちなむ。難攻不落の砦（とりで）と期待されたが、一九四〇年にドイツ軍はマジノ線を迂回し、行軍が不可能と思われていたアルデンヌの森からの奇襲により国境を突破した。

五月一八日

ブリュッセルがドイツ軍に占領された。ドイツ軍は、マジノ線をかなりの距離にわたって突破し、パリから百キロの地点まで達したことも発表している。毎日、新聞を開くたびにぎょっとする。

明日、新しい自動車規制法が発効する。自家用車の利用はほぼ禁止になる。

五月二一日

今日、カーリンが六歳の誕生日を迎えた。今日、ドイツ軍がイギリス海峡まで到達した。そして今日、夏が来た。目にも肌にも、あまりに素晴らしく、胸が痛くなるほど快い夏。実際に今日は、夏の香りがした。あたりの空気はいい匂いがするし、木々の輝くような新緑は目の覚めるような美しさだ。

誕生日に父親が家にいないのは、カーリンにとって初めてのことだ。すべての外泊許可は一九日の土曜日でおしまいになったけれど、ステューレは特別な計らいで日曜日の午後まで家にいられた。戻る時には春雨の中を出て行った。このあと一四日間、屋内ではなく野外のテントで寝ることになっていたが、これは他の中隊に肩代わりしてもらったようだ。ステューレはうまく手続きをして、屋内で寝られるようにしたのだ。

国じゅうで軍人の休暇が禁止になっている。ドイツ軍がスウェーデン国内を通過させることを要求し、ドイツの海軍艦隊がすでにオーレスンド海峡[1]を通り抜け、準備が整っているからだ。先週の土曜日の夜、道路や娯楽店で見つかった軍人たちは全員、宿営地へ戻れという警察官の命令に従った。

神さま、カーリンが次の誕生日を迎える時には、今とは違う世界になっていますように！　カーリンは、誕生日プレゼントに、ジュース用グラスのセット、雨合羽、カーリンの人形マルガレータ[2]の下着、椅子に座る人形、ケーキ、私方の祖父母[3]とステューレ方の祖母からお祝い金、アンデシュから乳母車に乗った小さな人形、マッテとエルサ-レーナ[4]から銀のスプーンとチョコレート、ペッレ・ディエデンとリネア[5]からお菓子をもらった。カーリンはとてもうれしそうだった。アンデシュとマッテはそれぞれの母親と一緒に、家まで来てくれた。

夕方、アン-マリーとステッラン夫妻のところへ行った。三人で、ストーラ・エッシンゲン島[6]のあたりを、満月の明かりのもと、菩提樹(ぼだいじゅ)の花とウワミズザクラの蕾(つぼみ)の香りに鼻をくすぐられながら散歩した。素晴らしかった、素晴らしかった！　けれどもドイツ軍は強行軍で進んでいる。彼らを止められるものは何もない。

◇1　スウェーデンとデンマークの間の海峡。二〇〇〇年に全長一六キロメートルの橋ができた。
◆2　アンデシュはカーリン・ベネの息子、ヴァーサ公園仲間。
◆3　マッテはアッリ・ヴィリデンの娘、ヴァーサ公園仲間。
◆4　エルサ－レーナはエルサ・グッランデルの娘、ヴァーサ公園仲間。
◆5　リネア・モランデルは、一九三九年から五〇年の間、リンドグレーン家のホームヘルパーだった。
◇6　ストックホルムのメーラレン湖にある島で、人気の散策地。

五月二五日

灯火管制は昨日から当分の間なくなった。イギリスでは事実上、独裁政治が始まった[◇1]。イギリス人たちはようやく命に関わる事態だと理解し始めた。

◇1　ノルウェー北部での敗北の責任をとってチェンバレン首相が辞任した後、ヒトラーとの戦いを徹底的に掲げるチャーチルが挙国一致内閣で首相になった。言論弾圧が激しくなり、ファシスト、共産主義者、敵性外国人を次々に逮捕。

五月二八日

レオポルド三世が、今日降伏した。そして「ベルギー軍は崩壊した」。レノー[◆1]はフランスの国民に向けたラジオ演説で、レオポルドが連合国側に通知することなくまったくの独断で降伏したことを激しく告発している。だけど、レオポルドとしては、他に選択の余地がなかったのだろう。

◆1 ポール・レノー(一八七八―一九六六) フランスの政治家。一九四〇年三月から約三か月間、首相を務める。一九四〇年五月のナチス・ドイツのフランス侵攻に際して抗戦継続を唱えるも、休戦派に屈し辞職。

六月五日

ドイツでは、フランドルの戦いの勝利を、八日間国旗を掲揚し、三日間教会の鐘を鳴らして祝っている[◇1]。戦いは、「ドイツの歴史上よく知られたワーテルローの戦い(一八一五年)、セダンの戦い(一八七〇年)、タンネルベルクの戦い(一九一四年)などのどの戦いよりも激しい」ものだ。そして今朝から新しい攻撃が始まっている(ドイツ軍がフランスに進撃を開始した)。チャーチルは下院で演説し、連合国側が莫大な損失を被ったことを認めた。けれどとにかく、イギリス派遣軍は幸運にもほとんど無傷で撤退し、イギリス海峡を渡って帰ることができたのだ。ぎりぎり危ういところで。

ダンケルクは陥落した。つまり連合国軍の最後の兵士たちは、世界史上最も血なまぐさい戦場を敵陣に明け渡して立ち去った。フランドルの戦いは、今までで最大、かつたぶん人類戦闘史上最も激烈な戦いとして、その名を留めることになるだろう。

◇1　フランドルは、オランダ南部、ベルギー西部、フランス北部にあたる、ヨーロッパの先進地域として栄えたところで、一九四〇年五月から六月にかけて、アラスの戦いやダンケルクの戦いなど激しい戦闘があった。ダンケルクで、イギリス派遣軍とフランス軍の連合国軍将兵が、ドイツ軍に追いつめられると、チャーチルは史上最大の撤退作戦と呼ばれるダイナモ作戦を命じ、およそ三三万人の連合国軍兵士を無事撤退させた。

六月一〇日

この日、新しいニュースが二つもたらされた。ノルウェーが降伏したこと、そしてイタリアがフランスとイギリスに宣戦布告したこと。世界じゅうが燃えている！　もしもイタリアが介入することになれば、アメリカはこの戦争に参戦すると脅していた――まあ、様子を見ることにしよう。

六月一四日

「鉤十字(ハーケンクロイツ)〔ナチスのシンボルマーク〕の国旗がエッフェル塔にはためく」という見出しが、今晩、掲示板に貼り出されていた。ドイツ軍がパリに入城。ひと気のない通りと、締め切った窓がドイツ軍兵士を迎えた。パリ市民はつらいに違いない。ベルリンでは教会の鐘が鳴り響き、力いっぱい旗が振られている。

六月一六日

ヴェルダンが陥落した。[◇1] フランス軍は間違いなく大混乱に陥っているようだ。単独講和[◇2]になりそうとのこと。ヒトラーがアメリカのジャーナリストにインタビューされ、自分の戦争目的について、なかなか落ち着いて話していた。

今日、新聞でユリアナ王女がロンドン亡命後、早産で息子を亡くしたという小さな記事を読んだ。ようやく息子が生まれたというのに――今のような状況では仕方がなかったのだろう。運命の皮肉なめぐり合わせ。

◇1　フランスのロレーヌ地方、ベルギー国境近くの要塞都市。ドイツ軍の侵攻を受け陥落。ヴェルダンは第一次世界大戦でも、独仏が熾烈（しれつ）な戦いを繰り広げた地。その時はフランスが勝利した。

◇2　交戦中のある一国がその同盟国から離れ単独に敵国と交渉し、相手国との戦いを終結させること。また、複数の相手国の中のある一国とだけ合意に至る場合にもいう。

六月一八日

かわいそうなフランス！　昨日、フランス軍が降伏した。マジノ線はすべて取り囲まれている。パリはドイツ軍の手に落ちたし、敵はおよそフランス全土の半分まで侵攻した。今日の新聞には、「フランスはいかなる屈辱的な和平も受諾しない」と書いてある。でも、だめ、やめて！　今日ヒトラーとムッソリーニ◆1が会うことになっている。二人の図々しいガキだ。彼らはたぶん、ヴェルサイユ条約の何倍も過酷な講和をでっちあげることができるのだ。アフトンブラーデット新聞〔夕刊紙〕に書いてあったが、ヒトラーとムッソリーニは、フランスの国土を真ん中で分割しようと考えている。もちろんずっとではないだろうが、フランスは当分、そしてこれから先ずっといつまでか予測もつかない間、ドイツとイタリアの軍隊に占領されるだろうとのこと。ムッソリーニというのは、分け前を奪うために禿鷹（はげたか）のようにやってきたのだ。「あたしゃ、そいつと話してみてえよ」。ブロファッル〔アストリッドの生地ヴィンメルビー近郊の地名〕に住むイングリッドの女中が言ったようにね。

かわいそうなフランス！　イギリスは戦いを続けるだろう。「続ける」というのは正しい言い方ではなく、どちらかというと、「始める」とするべきだ。というのは、イギリスは今までのところ、戦わないという独特の才能があるのだ。イギリス軍はいつものように、「最後のフランス兵が死ぬまで戦う」だろう。だけど今、あの島でヒトラーの次の電撃攻撃をじっと待っているのは、かなり恐ろしいはずだ。というのは、いよいよイギリスの番だと思われているから。

何より恐ろしいことに、いまやもう、みんなドイツの敗北を願っていないのだ。理由は、いよいよロシアが再び動き始めたからだ。ここ数日の間に、ロシアはいろんな口実をつけて、リトアニア、ラトヴィア、そしてエストニアを占領した。[◇2] ドイツの弱体化というのは、スカンディナヴィアに住む我々にとっては、ただあることを意味する――ロシアに支配されるということ。ロシアに支配されるよりは、むしろ「ハイル・ヒトラー」[◇3] と一生言うほうがましだと思う。これ以上恐ろしいことは考えられないだろう。

　先週の日曜日、エルサ・グッランデルの家で、あるフィンランドの女の人に会った。彼女は、フィンランドの戦争であった身の毛がよだつ恐ろしいことや、ロシア人がどんなふうに捕虜を扱ったかについて、話してくれた。監禁されていた彼女の兄が、ちょうど戻ったところだったのだ。彼は耳や鼻、そして口から血が飛び出るほど打ちのめされた。別の人は、百ワット電球の灯る小さな部屋で、目が見えなくなるまで監禁されていた。彼女は絶対に信頼できる人のようだったので、真実に違いない。何より恐ろしかったのは、ロシア人がポーランドの女の人や子どもを銃殺するために、フィンランド人の前へ引っぱってくることだった。何人かのフィンランド人はその人たちを撃つことに耐えられなくて、自分の意志で拒絶し、逃げ出した――そのため今、フィンランドで軍法会議にかけられている。同様に、ロシアの刑務所での拷問に耐えられなくてフィンランドの防衛機密について知っていることを話した人も、フィンランドの軍法会議にかけられている。けれども燃えるマッチで爪の下をこすられたりしたら（事実だと彼女は誓った）、辛抱強く我慢するのは簡単ではないだろう。フィンランドの婦人奉仕団ロッタ・スヴァルド協会[◇4] のメンバー、三人のロッタたちが、ロシア人に十字架にかけられたらしい。これは、そのフィンランドの彼女が人から聞いた話だけれど、本当だという保証はできない。けれどこれとは反対に、ペッツァモでロシア人が少女ロッタたち[◇5]（八歳から一二歳）一〇人を連れ去ったことは本当だ。それから彼女たちがどうなったかについては聞いていない。

いやです、良き神さま、ロシア人をこちらに来させないで！

明日、子どもたちと一緒にヴィンメルビーへ発つ。すべての学童・生徒は、国が八百万クローネを負担して、いわゆる疎開切符をもらえる。けれど、疎開列車は朝の五時に出るので、私たちはそれの代わりに八時の家族切符で行く。

◆1　ベニート・ムッソリーニ（一八八三―一九四五）イタリアの政治家。首相、一九二二―四三。国家ファシスト党による一党独裁制を確立した。
◇2　ロシアは、六月一五日にリトアニアに、一七日にラトヴィアとエストニアに侵攻した。
◇3　「ヒトラー・バンザイ」の意。ドイツ式敬礼、ファシスト敬礼とも呼ばれる。
◇4　軍の任務を補佐する女性の民間防衛組織。
◇5　ロッタ・スヴァルド協会には、八歳から一六歳までの少女部門があった。

六月二一日

今日の午後三時半、ヒトラーはフランス代表団を、コンピエーニュの森に置かれた列車車両の中で迎えた。ここは一九一八年一一月、休戦協定が締結されたところだ。◇1 休戦協定の条件はまだ明らかにされていない。

◇1　ヒトラーは、第一次世界大戦でドイツが惨敗後、連合国側と屈辱的な休戦協定を締結した同じ場所で、同じ客車を使い、今度は勝者として独仏休戦協定調印の場を設定した。客車は第一次世界大戦後現地に建てられたコンピエーニュの森内の博物館に展示されていたものを、壁を壊して引き出し使用。

六月二四日　午後一一時三〇分

およそ二時間後――一九四〇年六月二五日午前一時三五分――ドイツとフランスの休戦協定が発効する。同様にイタリアとフランス間の休戦協定も発効。ローマ郊外のある別荘で今晩七時頃、イタリアとフランスの間で休戦の書類に署名されたことが、チャーノ[◆1]からヒトラーに通知された。六時間後に休戦協定が発効し、西側での戦争は終わりになる。休戦条件はまだ公表されていないが、発表が待たれている――三か国で同時に――四八時間以内に。ドイツではいつものように旗が振られ、教会の鐘が長い間鳴らされることだろう。フランスでは、六月二五日は国の悲しみの日として偲ぶことになるだろう。

今度は何が起こるのか？　イギリスに向かう――たぶん次の狙いなのだろう。イギリスでは、子どもたちが疎開している――オーストラリア、カナダ、ニュージーランドへまで疎開している子どもたちもいる。

グンナルが今晩、フィンランドから帰ってきた。フィンランドでは多くの人たちが、ロシアが再びやってくるのではと不安に思っている――そしていよいよフィンランドは自衛できないそうだ。その時には、ついにドイツに「防衛してもらう」ことになるのだろう。スカンディナヴィアが自由でなくなる日は実際に来るのか？　そういえば、ノルウェーとデンマークには、すでに自由なんてないのだ。

今も西部戦線では多くの兵士が殺されているかもしれない——停戦協定発効の二時間前。人間はどこまで愚かなのだろう。

◆1　ガレアッツォ・チャーノ（一九〇三—四四）イタリアの外務大臣。ムッソリーニの娘婿。

六月二七日

ソヴィエト連邦はルーマニアに対し、今夜一二時までの最後通牒（つうちょう）を出した。ルーマニアは、ベッサラビア◇1と北ブコヴィナ◇2の二地区を割譲し、同様にコンスタンツァ◇3と黒海沿岸のいくつかの港をロシアの海軍基地に提供することになりそうだ。ルーマニアは要求に屈するのだ。

いろいろなことが起こっている！　先週の水曜日（一九日）にイギリス海軍がフランス艦隊を、アルジェリアのオランにあるフランスの海軍港で攻撃した。イギリス軍は、フランスの戦艦がドイツ軍の手に落ちるのを阻止したくて、フランスの艦長たちに戦艦を放棄するように最後通牒を出していた。いくつかの場所では艦長たちは好意的に放棄したが、オランの艦長は拒否したため激しい海戦になった。チャーチルによると、「フランス艦隊の死傷者や港の損失は大きかったに違いない」。

この攻撃が原因で、現在フランスと大ブリテンの外交関係は壊れている。

近頃では、友好的な合意が簡単に解消してしまう。そしてヒトラーは望みどおり、もう一度手に入れたのだ——連合国間の分裂を。

◇1　ロシア帝国時代における中央ヨーロッパ領土の一部分で、現在のモルドヴァのほとんどとウクライナの一部を加えた地域。
◇2　現在のウクライナ南部で、ルーマニアの北にあたる地域。
◇3　ルーマニア東南部、黒海沿岸に位置する最大の港湾都市。

七月二一日

先週の金曜日の夜、ヒトラーがドイツ議会で、和平への最後通牒を発する長い演説を行った。ヒトラーはまだイギリスから、なんら公式の返事を受け取っていない。戦争は続くのだろう。この戦争は、残虐さからいうと、世界が今まで経験してきたすべての事象を超えているだろう。ドイツはかつてないほど戦争準備ができているし、イギリスですら同様に完璧な準備ができているという。アメリカのルーズヴェルトも演説をしたが(ヒトラーよりも前に)、それは、イギリス軍が「我々が慣れ親しんだ文明を持続するか、あるいは、我々の愛情をこめてきたすべてが最終的に破壊されるか」を問う戦いに耐えるようにと、励ますものだった。

今日、自由な三国がなくなった——エストニア、ラトヴィア、リトアニア！　一九一八年一一月一八日、三国の独立が宣言された——ソヴィエト連邦が自分たちの連邦に組み入れて以来、二二年間の国家建設の仕事が死んでしまった。もはや残念だなんて思うどころじゃない——それどころか、悲劇でしかない。

それに引き換えフィンランドは、存続する限り、その自由はかろうじて保っている。彼らの戦いはたぶん無駄ではなかったのだ。昨日、本来なら、つまりもしも世界が狂っていなくて理性的であったならば、ヘルシンキ・オリンピックが始まるはずだった。[◇1] 代わりにヘルシンキ競技場では、戦死したフィンランドの競技者を称えるために国内大会が行われている。

昨日、ラーシュと私は自転車旅行から帰ってきた。私たちは、ロスラーゲン[◇2]からビヨルク島にあるノッラ・ラテン高校の夏の家まで、素晴らしい旅をしてきた。きれいなものもたくさん見た、キバナカワラマツバで縁取られた道、シムプ岬での雄大な水平線、湖と夏の家の屋根の上の満月など。そしてお日さまは輝いていた、強烈に、魅力的に。この一九四〇年の運命的な夏、雨の降らない、何もかもが乾いて、焦げてしまいそうで、たぶんほとんどの作物が凶作になるだろう。あの過酷な冬は、人間に下された神の罰だと思ったが——この雨の降らない乾燥もまた神の罰なのだろうか。

地上の主——「ヨハネの黙示録」の中にでてくる獣(けもの)〔一三章〕——かつてはドイツの小さな無名の職工だった男は、彼の国民が作り上げた者であり(私や多くの人の意見によると)、世界の破壊者であり、文化の衰退を画策する者だ——彼ヒトラーの最後はどうなるのか? いつか言う機会があるのだろうか。「かくの如く、この世の栄華は過ぎ去りぬ[◇3]」と。

◇1　一九三六年、IOCが一九四〇年東京オリンピック開催を決めたが、日本は日中戦争の勃発などで開催が困難と判断し一九三八年に返上。代わりに招致合戦で次点のヘルシンキが予定されたが、こちらも戦争のため中止となり、オリンピックは開かれなかった。

◇2　ストックホルム群島の北部の、風光明媚な沿岸地域。

◇3　ラテン語の格言で、権力者が勢力を失って、引退する時などに使われる。

九月一日

戦争が始まってから、今日で一年になる。戦争に慣れ始めている。少なくとも、爆弾がまさに雨のように絶えず降ってこないところに住んでいればだけれど。

一年！　かつて一年間に、これ以上のことが起こった年があっただろうか？　久しく戦争の出来事を書かなかったのは、ここのところ特別衝撃を受けることがなかったからだ。しばらく日本とイギリスの関係がひどく緊張していたので、いつ何時(なんどき)戦争が勃発してもおかしくなかったが、今のところ何も起こらないまま過ぎている。それにルーマニアとハンガリーの間、そしてルーマニアとブルガリアの間もぎしぎしと音を立て始めた。ルーマニアは国土の一部をソ連に譲渡しなければならなかったと思う。しかし枢軸国たちは、自分たちの問題を欲望どおり解決しようとしている。ギリシャとイタリアは、ずっと一触即発状態が続いてきている。

ヒトラーが七月に演説で予告したとおり、ドイツはイギリスに対して大爆撃を行った。必ずしも狙っていたものにはならなかっただろうが。確かに無数の飛行機がイギリスの上空に群がり、全力で爆弾を落としてはいるが、イギリス軍もほぼ同じやり方で仕返しをしていて、ドイツのイギリスへの侵攻はまだ確認できていない。最初ドイツ軍は昼夜をおかず爆撃していたが、今は夜だけになっている。大きな人的被害の危険をあえて冒そうとはしないのだろうか。ベルリンやロンドンの両都市では、人びとは夜、何時間も防空壕[1]で過ごしている。ハンブルクは、イギリス軍に徹底的に爆撃されたそうだ。港にあったものは、おそらく何も残っていないだろう。

イギリスで食料事情がどうなっているのか、わからないけれど、ドイツでは悪いどころではないらしい。とくに脂肪不足は深刻だ。何人かのドイツ人が、スウェーデン訪問中にスモーガスボード[2]に招待された時のことについて聞いた。彼らはひたすらバター付きパンだけを食べていたそうだ。みんなが、他の物も食べないのかと訊くと、彼らは、スウェーデンの人たちも自分たちと同じ立場だったら、バターとパンだけで満足するだろうと答えたそうだ。ノルウェーでもきっと食料が足りないことだろう。ノルウェーの人たちは、目下のところスウェーデンに対して敵意を抱いている。つまり一九〇五年と同じほどの敵意だ[3]。スウェーデンがドイツの輸送列車を国内通過させているからだが、これは公然の秘密である。我々がこんなことをしているのは——おそらくこうしなくてはならなかったからだが——我々は石炭のことで、ドイツとある種の裏取引をしたのだ。ノルウェーの人たちはたぶん、スウェーデンで拘禁されているノルウェー人がひどい扱いを受けていたのではないかということでも怒っていると思われる。

フィンランドの外交政策の立場はたぶん、そんなに愉快なものではないだろう。フィンランドはロシア軍の輸送列車をハンコ半島まで通さなくてはならなかったのだ。タンネル[4]が閣僚を辞任した。自分の意志ではなく、モスクワからの命令だ。フィンランドの自治権は、ずいぶん制限されたものなのだろう。

我々のこの小さな国では結局、まだひどく惨めな状態にはなっていない。だけど物価はすべてどんどん高くなってきている。コーヒーの配給は、今の五週間おきというのが、六週間おきになるらしい。今年の春私は、秋が来てもまだ戦争が続いていれば、それ以上は耐えられないと言った。ところがどっこい、耐えている！　八月の名状しがたい大雨――以前は乾燥しすぎだったように、降りすぎた雨（というのも今年は何もかもが限度を超えているのだ）の後、私たちは、先週の土曜日にフルスンド[◇5]の別荘から、町に戻ってきた――家に戻ってきて、こんなにうれしかったことはめったにないと思う。

こんな時でも、まだ自分のまわりを少しでも気持ちよくしようと、やる気を出せるものだ。子どもたちの部屋がとても素敵になった。カーリンは新しい飾り棚付きタンスをもらったし、ラーシュから天蓋（てんがい）付きの素敵なベッドを譲ってもらった。一方、ラーシュは新たにソファーベッドをもらい、そこに読書用の照明も付けてもらった。ペッレ・ディエデンが家にやってきて、子どもたちに風邪をうつして、エーミル[◆6]のことを嘆いた。

一年が過ぎた！　来年の九月一日までには、平和を手に入れられるだろうか？　アドルフが、この月末には戦争は終わるだろうと言っている――ある医者が、婆さんの夫の農民に、婆さんはこの月の終わりまでは持つまいと告げた時、彼が言ったように――「どうなるかぁ見るのは、面白そうだべ」。

最後に、私が面白いと思う小話を一つ。

あるスウェーデン人が、あるデンマーク人に、スウェーデンの防衛力や中立を保っていることが、どんなに信頼できる素晴らしいものかなどと、しきりに自慢した。すると、デンマーク人が落ち着いて言った。

「そんなに威張ったって、ドイツにゃひとたまりもないさ」

◇1　地下鉄の駅構内などが防空壕として使用されていた。
◇2　スウェーデンが起源の温かい料理や冷たい料理をテーブルに並べ各自が取り分けて食す、いわゆるヴァイキング料理。
◇3　一九〇五年、ノルウェーはスウェーデンとの同君連合を解消して独立。外交や内政で徐々にスウェーデンとの対立が顕著になり、国民投票で圧倒的多数により独立が支持された。
◆4　ヴァイノ・タンネル（一八八一―一九六六）フィンランドの政治家（社会民主党）。首相、一九二六―二七。リスト・リュティ内閣（一九四〇年）でも入閣。
◇5　ストックホルムの北、ロスラーゲン地方の多島海に浮かぶ島。ステューレの両親が住んでいた。両親が亡くなった後も、その家をアストリッドたちは別荘として使用した。
◆6　情報なし。

九月一一日

激しい戦いが続いている。イギリスとドイツの間の空爆は総力戦だ。九月七日、ドイツ空軍はロンドンへ凄まじい爆撃を開始した。その後も毎晩戻ってきては、首都ロンドンに何トンもの大量の爆弾を落としている。あちこちで起こる大火災の明かりは、ドイツ軍の爆撃機が道路を見つけるのを助けている。[◇1] しかし、イギリス軍もできる限りの仕返しをしている。そして昨夜、イギリス軍はベルリンを爆撃したが、なかでも国会議事堂や芸術大学などが火に包まれた。ドイツの被害状況についてくわしくは聞いていないが、イギリス軍はきっと効果のないことはしなかっただろう。実際、ロンドンとベルリンの住民は、ほとんどの夜を防空壕の中で過ごしている。フー、やれやれ！　この国で、今でも落ち着いて眠れることを天上の父に感謝しない夜は、一日とてない。けれども同時に、それができないすべての人のことを思うと本当につらい。

ところで、ルーマニアのカロル[◆2]は退位し、息子ミハイ[◆3]に王位を譲った。マグダ・ルペスク夫人[◆4]はカロルと共に亡命した。そして王太子妃エレナ[◆5]は、新しい「王太后」として、ブカレストに戻ってきた。近頃は、王家の人として生きるのは緊張感あふれるものに違いない。

そして我々はパンの配給券をもらった。

◇1　ロンドン大空襲。九月七日から翌年五月一〇日までドイツ空軍の大編隊がロンドンを空爆。四万三千人以上の民間人が爆撃で死亡、百万以上の家屋が損害を受けた。イギリスは、イギリス連邦諸国から人的支援、中立国アメリカ合衆国から経済支援を得た。

◆2　カロル二世(一八九三—一九五三)　ルーマニア王、一九三〇—四〇。スキャンダルで王位継承権を放棄し亡命するも、三年後政権不安に乗じて突如帰国し、即位していた息子ミハイ一世を辞めさせ、カロル二世として即位。ファシスト独裁政権を樹立したが、ナチスの揺さぶりに屈し、亡命を余儀なくされた。

◆3　ミハイ一世(一九二一—)　ルーマニア王、一九二七—三〇、一九四〇—四七。

◆4　マグダ・ルペスク夫人(一八九五頃—一九七七)　カロル二世の再々婚の相手。カロル二世の王位継承権剥奪の原因となった女性。
◆5 王太子妃エレナ（一八九六―一九八二） カロルの正妻。マグダが原因で離婚。ミハイ一世の母。

九月二一日

空爆戦が続いている、しかも恐ろしいほどの空爆だ！ ロンドンだけで一般市民一万人が爆撃によって亡くなったと、チャーチルが最近の演説で言っていた。そしてドイツ軍はさらに壊滅的なやり方を用いると公言している。ドイツは、秋には戦争は終わるだろうと予想しているのだ。外相リッベントロップは現在、ローマに行っている。討議されるのはアフリカの分割らしい。「新しい体制」の後、アフリカに対して影響力があるのは、ドイツ、イタリア、そしてスペインだけになる。それに、スペインはいつ何時でも枢軸国側に立って戦争に加わるのではと思われている。どちらかといえば、気の毒な国スペインは、自国の内戦（一九三六―三九）で疲弊しているだろうと思われてもしかたないのだが。

ノルウェーでは、ドイツ軍が全力で道路を修復している。そして調子に乗っているロシア軍に、自らの終焉（しゅうえん）が必ず来るのだということをしっかり気づかせようと、軍隊を北の方に集結させている。

私自身、今月一五日から秘密の「非常時雇員」◇1の仕事を始めたが、極秘のことなので、この日記にも思いきって書けない。今日で一週間働いたことになる。そしてはっきりわかったことは、物価は高くなってきたし、配給制だし、仕事のない人が増えたにもかかわらず、今のところヨーロッパでは、この国ほど戦争の影響を受けていない国は他にないということだ。外国人からすると、ここはまだまだ贅沢に暮らしていることになる。我々の配給はどれもたっぷりあり、与えられた配給の権利を使って、全部買っていたら絶対に破産してしまう！

そして昨日、お湯が出るようになった——一週間に二回お湯が使えるそうだ。今日、カルデムンマ氏[2]がこのうれしい出来事を、コラムでこんなふうに書いている。

カルデムンマ氏のコラム

お湯が出るようになった。そしてかなり元どおりのようだが、完全に前と同じ温かさではないかもしれない。小旗で飾られた湯船に入ると、浴室の天井は明るい青色で、それはツァラー・レアンダー夫人[3]が自分で塗ったものだし、家政婦のヒルデュールが、ペール・ラーゲルクヴィスト[4]の詩を朗読した。ロイヤル・オペラハウス・オーケストラが「貞淑なスサンナ」を演奏、合唱団「スウェーデン人たち」が音楽監督エーミル・カレリウスの指揮で、「静かに流れるドン川」を歌っていた。

ああ、まったく、それはストックホルム人が決して忘れることのできない入浴の日だった。なんてったって、三月からお風呂に入っていなかったのだから。

月曜日から、柔らかいパンまで配給になる。そのため今は、レストランへ行く時も配給クーポンを持っていかなくてはならない。たぶん隣のデンマークのこの挿し絵のようになるのだろう。

Ransoneringen i Danmark.

Danskarna ha fått sin ransonering av bröd,
affe och kakao ytterligare åtstrypt. Dans-
a postverket får en ny arbetsbörda genom
insoneringen. Efter den 1 oktober får man
ämligen på postkontoren landet runt
växla" rågbröds- och franskbrödskort mot
mindre märken. En tecknare föreställer sig
t det skall gå till så här:

FRIMÆRKER
BRØDMÆRKER
MORGEN-KRYDDERE

— Jeg vil gerne have Franskbrødet
ttet til Rundstykker og saa tre Skiver
Rugbrødet og Resten i Femøres Fri-
erker.

Tänk ända,
vad man vän-
jer sig vid
allt! Jag
funderade på
häromdan,
om det någon-
sin skall
komma en
dag, när
man tycker
att det är
något onatur-
ligt i att se en skylt
med ordet "skyddsrum"
nere i sin fredliga farstu.
Just nu är det faktiskt
så, att det är fullt i
sin ordning, att det
överallt finns rum, som
bara har till ändamål

デンマークの配給　サロン・ガーリン画
ダーゲンス・ニイヘッテール新聞（1940年9月21日）からの切り抜き

dragelsen så här:

Varmvattnet kom tillbaka och var sig tämligen likt, kanske inte fullt lika varmt som sist. Vid nedstigandet i det vimpelprydda karet (badrumstaket är ljusblått och handmålat av fru Zarah Leander) deklamerade hembiträdet Hildur ett par dikter av Pär Lagerkvist. Hovkapellet spelade uvertyren till "Kyska Susanna", och sångsällskapet "De Svenske" under ledning av musikdirektör Emil Carelius tonade fram "Stilla flyter Don".

Ack ja, det var en baddag som stockholmaren sent kommer att glömma. Men så hade han heller inte fått något bad sedan i mars månad.

★

Från och med måndag är d
ransonering även på mjuk
bröd, så nu måste man
ha med sig kupongen på
restauranger också.
Kanske det blir ungefär
som vidstående bild
från Danmark:

カルデムンマ氏のコラム

ダーゲンス・ニイヘッテール新聞(1940年9月21日)からの切り抜き

デンマークの配給

デンマークでは、パン、コーヒー、ココアなどの配給がますます厳しくなってきている。デンマーク郵政省では、配給によって新しい仕事が増えている。理由は、一〇月一日から全国の郵便局でライ麦パンとフランスパンの配給カードで、より安い価格の切手と「交換できる」ようになったからだ。イラストレーターがこんなふうになるのではと想像している。

「フランスパンの代わりに、白丸パンとライ麦パンのスライス三枚、そしてその残りの分で五オーレの切手が、ほしいのですが……」

それにしても、どんなことにも慣れてくるものだ！　ここ数日考えているのだけれど、例えば平和な家の玄関近くにある「防空壕」と書かれた看板を見て、なんだか不自然だと思うような、そんな日が来るのだろうかと。今じゃ実際、そんな看板はまったく当たり前で見慣れたものなのだが。だれかが人の頭上で爆弾を落とすと、すぐに身を隠せる、命を守るという目的だけのそんな空間がいたるところにあるのだ。私は外出する際、玄関近くに青く塗られた「防空壕」の看板を見ても、あるいはエレベーターの扉近くに、「空襲警報時には絶対使用禁止」の貼り紙を見ても、最近は全然どきどきしない。それでももし自分の孫がいつか、「防空壕って――いったいなあに？」って訊いてくれるようになればと願っている。

◇1　政府管轄の戦時手紙検閲局に、極秘に採用された。

◆2 カルデムンマ、本名エーリック・セッテシュトレム(一九〇四―九七) スウェーデンの随筆家、コラムニストの他、時事風刺的なバラエティショーの脚本執筆から出演まで幅広く活躍した。
◆3 ツァラー・レアンダー夫人(一九〇七―八一) スウェーデンの歌手、女優。『世界の涯てに』(一九三七年)に主演して、一躍ドイツ映画界のトップ・スターの座に躍り出た。
◆4 ペール・ラーゲルクヴィスト(一八九一―一九七四) スウェーデンの作家、詩人、劇作家、エッセイスト。一九五一年ノーベル文学賞受賞。

九月二六日

昨日、ノルウェー駐留のドイツ国家弁務官テアボーフェン◆1が、ラジオでノルウェー国民に向かって、もしもノルウェー人が自国に自決権があると最後まで望みを持っていたとすれば、それは誤解だったと、ようやく目が覚めただろうと語った。ホーコン七世は退位を余儀なくされ、ノルウェーには戻れないし、ニュゴースヴォル内閣◆2もしかりだ。ノルウェーではすべての政党活動が禁止されていて、国民連合党、つまりクヴィスリングの党以外はすべてなくなっている。売国奴クヴィスリングは、勝利したので、まもなく新しい暫定評議会で自分の席を占めるはずだ。◇3暫定評議会ですでに指名されたメンバーというのは、クヴィスリングと同じようなクズ男たちだ。お気の毒な国王ホーコン、オーラヴ◆4、そしてマッタ！　マッタは、かねてよりルーズヴェルト大統領から招待されていたため、三人の子どもと共にアメリカへ渡った。◆5ホーコンとオーラヴはイギリスにいるそうだ――そして今日、デンマーク王クリスチャン◆6は七〇歳の誕生日を国民の絶大な支持を受けて祝っている。デンマークの方が、ノルウェーよりも、占領政策が厳しくないようだ。両国とも自決権は小さいとしても。

その他のことでは、日本がインドシナに進駐。◇7 フランス軍がジブラルタルを爆撃したようだ、悲惨なことがいたるところで始まっている。さて、アメリカの大統領選挙が終わった後、アメリカがこのゲームに加わるかどうか、様子を見ることになる。

◆1 ヨーゼフ・テアボーフェン(一八九八—一九四五) ドイツ占領下のノルウェー担当国家弁務官、一九四〇—四五。ノルウェー統治の実権を握っていた。ドイツの敗戦に際して自決。

◆2 ヨハン・ニュゴースヴォル(一八七九—一九五二) ノルウェーの社会民主党の政治家。首相、一九三五—四五。ドイツによるノルウェー占領中はロンドンで亡命政権を維持(一九四〇—四五)。

◇3 一九四〇年四月九日、ナチス・ドイツのノルウェー侵攻に呼応し、クヴィスリング(44頁◆4参照)率いる国民連合はクーデターを実行し臨時政府の樹立を宣言。弁務官テアボーフェンは、ホーコン七世とニュゴースヴォル内閣の権限を無効にし、九月二五日には国民連合の党員を暫定評議会に任命し、一九四二年からはクヴィスリング首相にノルウェー統治を補佐させた。

◆4 オーラヴ(一九〇三—九一) ホーコン七世の息子、ノルウェー王太子。後のオーラヴ五世、一九五七—九一。

◆5 マッタはオーラヴ・ノルウェー王太子妃(一九〇一—五四)。ホーコンとオーラヴがイギリスに亡命後、ドイツと傀儡政府が三歳の息子を傀儡ノルウェー王にしようと画策したため、ルーズヴェルト大統領夫妻の招きに応じ終戦までアメリカに滞在していた。

◆6 クリスチャン一〇世(一八七〇—一九四七) デンマーク王、一九一二—四七。

◇7 一九四〇年九月二三日、日本軍は石油、ゴムなどの軍需資源の獲得と蒋介石軍援助ルートの遮断とを目的に、フランス領インドシナ北部(ベトナム北部)に進駐。翌年七月南部にも進駐し、アメリカ・イギリス・オランダとの対立を深めた。

九月二九日

いよいよ日本は、イタリア・ドイツと条約を結んだ。条約は、もしも他の大国(つまりアメリカのこと)がイギリスと手を結ぶなら、日本が枢軸国に加わることにより関係強化を図ることを主眼としていた。[◇1]

たった今、ステューレが、戦争はクリスマスの前に終わると言った。現実に経験している人には、わかるのだろう。

◇1 日独伊三国同盟、一九四〇年九月二七日ベルリンで調印。日独伊三国の枢軸体制を強化し、米英に対抗しようとするもの。ヒトラーは、抗戦を続けるイギリスと、イギリスに戦略物資で援助するアメリカを牽制(けんせい)するため、アメリカと中国政策で対決姿勢を強めていた日本を取りこんだ。

一〇月一三日

ありえない、嘘だ！　ノルウェー人は国旗をそのまま残せそうだ。

先週の土曜日、豚肉やベーコンがクーポンになり、そしていよいよ(昨日)、我々は驚きもせずバターもクーポンになる覚悟をした。そんなこんなで――自分の子どものために――バターを三、四キロ買いだめた。それなのに、バタークーポンに関してはまだ何も知らせがない。バターがたっぷり詰めこまれた冷蔵庫はそのままだ。

検閲の仕事で読む手紙によると、ナチスに占領されたフランスでは、一か月に二〇〇グラムのバターがもらえるそうだ。ベルギーでの飢えについて書かれた手紙もある。もし手紙に書いてあるのが本当だとすれば、スウェーデンの救援組合、あるいは個人が送る衣類や食料は、ひょっとすると全部ドイツへ送られているのかもしれない。

手紙を読んでいると、時々絶望的な気持ちになる。ロシアの支配下に入ったバルト海沿岸諸国や、あるいはドイツに支配されている国々など、占領された国はすべて支配国の束縛のもとで、ひどい目にあっている。エストニアでは(たぶんラトヴィア、リトアニア、そしてポーランドでも。ただ私はこういった国からの手紙はたくさん読んでいない)、どんな人も三〇ヘクタール以上の土地は持てなくなった。もしも〇・五ヘクタールでも余分に持つと、国有化されてしまうのだ。そして一〇月一日、すべての商品が四〇―五〇パーセント値上がりしたという。この日の前日、多くの店では完全にパニック状態だったそうだ。また人びとは、もはや広い居間のある部屋に住むことはできなくなっている。だれもがある程度の空間は持てる。でも残りの空間は「見知らぬ人、外国人」と呼ばれる人たちに使用され始めている。見知らぬ人たちは部屋代をまったく払わない。みんな手紙の中では自分の心の内をそんなに多くは打ち明けず、「お会いした時に、お話ししますわね」と結んでいる。

ロシア人は、侵略した国の学校で、英語の代わりにロシア語を教えることにしているようだ。子どもたちは、一年間にロシア語を一千語学ぶそうだ。侵略された国では、最後の堅信礼が執り行われた――ソヴィエト連邦では宗教は禁止されているということなので、今年はクリスマスのお祝いができないのではと、ある少女が心配していた。

オランダからの手紙で、灯火管制について読んだ。オランダの新しい法律によると、夜九時以後は外に出ていってはいけないのだ(あるいは一〇時だったかも?)。そして朝は四時より早くには外出できない。家に客がある時、時間が迫ってくると、客人は急いで自分の家に帰るか、あるいは訪問中の家の隅っこで毛布にくるまるかのどちらかだ。(私のオランダ情報源によると)客人たちは、泊めてもらうことに決めると、寝る場を確保した後はそこで朝の四時まで休むのだが、その間たくさんの冗談や楽しいおしゃべりが交わされるというのだ。ああ、まったく――戦争の真最中なのに灯火管制のおかげで、一九四〇年にも喜びの種があったのだ!

とにかく一番気の毒なのは、ノルウェーの人たちだと思う。ノルウェーへ送る衣類の収集のお知らせがあったので、私も少しかき集めてみた。その中で古い登山靴は、思い出深いハイキングの時に買ったものだ。ずいぶん前のことで、確か一九二四年のことだ。

フィンランドでは、人びとは表面上落ち着いているように見えるが、十分安全だとは感じていないみたい。フィンランドも、現在スウェーデンのように帰郷許可の出ているドイツ兵の通過を許可しているが、ドイツ兵たちがフィンランド国内に留まっているという噂がある。もちろん真実かどうかは不明だが、ある情報によると今、フィンランドには一〇万人のドイツ人がいるはずだというのだ。どうであれ、フィンランドはロシアに対する防衛のために、ドイツを全面的に頼りにしているが、頼る根拠がどれほどのものか、将来時が経たねばわからない。どっちみちロシアの脅威は、フィンランドとスウェーデン両国にとって、恐ろしげな幽霊のように、立ちはだかっている――それで現在、スウェーデンは北のフィンランドとの国境あたりの防衛に集中している。

バルカン半島はいまや非常に不安定な一角だ。ルーマニアとハンガリーはどうしても仲良くできない[◇1]。ドイツは、ルーマニアにかなりの軍隊を駐留させているが、情報によると、腐りきったルーマニア軍に活を入れるためらしい。このことが原因で、イギリスはルーマニアに外交的関係を断つと脅した。小国ギリシャは、恐怖に震えている。

イギリスは、まもなく「ビルマ公路」[◇2]を再開させるだろう。これがどんな意味を持っているのか、まったく予想もつかないが、致命的なことになるかもしれない。

スウェーデンは依然として平和だ。どの手紙でも、みんなこのような奇跡に対して感謝感激。なんといっても奇跡だ。そしてスウェーデンは、地上の楽園だ。ここにはまだ食料、焼き菓子、チョコレートがある。たまたまこちらを訪れているフィンランド人は、故国へ送る絵葉書に、チョコレートや果物や焼き菓子などにうっとりしていると書いている。昨年の冬、フィンランドやエストニアでは果物の木が凍ってしまったので、今年はほとんど果物がないのだ。

言葉では言い表せないほど気の毒なのは、ユダヤ人だ。この人たちの、ビザや入国許可証についての絶望的な祈りを、毎日いろんな手紙で読んでいる。私の理解したところでは、彼らは永遠に根なし草だと言われ、家もなく、地上を彷徨(さまよ)い歩いている。彼らはこの時期、お互いに新年おめでとうと、ブエノスアイレスに腰を落ち着けた親戚や、テルアビブの爆弾投下での犠牲者の遺族などと挨拶を送り合っている。

それに、私の友人の個人的な知り合いの女の人や子どもが、爆撃で死んだことについて書かれている手紙を読むのは奇妙な感じがする。こういったことを新聞で読むだけなら信じられないだろうが、「ジャックの二人の子どもはルクセンブルク占領時に殺された」といった内容の手紙を読むと、それは突然恐ろしい現実となる。かわいそうな人間。手紙を読んでいると、この嘆かわしい地上には、どれほど多くの病気、困難、悲しみ、失業、貧困、絶望があるのだろうかと驚く。

幸いリンドグレーン家の暮らしは順調！　今日、私の栄養状態のいい子どもたちと、映画『子どもの頃のトム・エディソン』を観に行った。私たちは、暖かくて居心地のよい家に住み、昨日の土曜日、夕食にロブスターとレバーペーストを食べ、今日は牛タンと紫キャベツ、オープンサンドイッチに固茹で卵とフォアグラ（ステューレは、これに目がない）をのせて食べた。けれどももちろん、こんな贅沢が許されるのは土曜日と日曜日だけで、その時でさえ、フランス人はひと月に二〇〇グラムのバターだと考えると、良心の呵責を感じる。

私は戦争のおかげで、手紙検閲の仕事でひと月に三八五クローネをもらっている。ステューレは（戦争のおかげで）、事実上国立自動車連盟の理事長に決まった。正式に指名されるのは、たぶん時間の問題だ。二七日の理事会で彼の給与の引き上げが決まる予定。私たちはあまりにも恵まれている。とても感謝している。感謝することで、神さまがこれからも私や家族を守ってくださるように、神さまを説得しようとしているのでしょう。

◇1　ルーマニアとハンガリーの間の争点となるトランシルヴァニアの分割に関して、八月三〇日ドイツの外相リッベントロップとイタリアの外相チャーノによる第二次ウィーン裁定が行われた。双方ともに不満が残り、衝突が起きていたが、両国を枢軸国側に入れることになんとか成功。

◇2 ビルマ(現在のミャンマー)のイギリス植民地時代、一九三七年から三八年にかけてビルマのラシオから中国雲南省の昆明まで軍事物資を運ぶために建設された道路。一九四〇年七月から三か月間、日本の外交的圧力のため閉鎖していた。

一〇月二九日

昨日の朝、イタリアがギリシャに宣戦布告した。◇1 つまりもちろん、イタリアは「ギリシャに戦争勃発の全面的な責任がある」と、勝手な理由をつけているに決まっている。イタリアは、東地中海で旗色の悪い自国の攻撃を勢いづけるために、そしてギリシャの領域でいくつか戦略的拠点を使えるように要求を持ち出したのだ。ところがどっこい、ギリシャは承諾しなかった。その後でイタリアの新聞に、「ギリシャの忍耐も限界を超えた」とはっきり載っていた。ギリシャを救うためにイギリスに何ができるか、模索されている。イギリスの地中海艦隊は間違いなく強力だろうが、イギリス空軍は、たぶん北アフリカで帝国を守るのに手一杯だろう。だけど、いよいよ地中海の戦いの火蓋が切られるのだ。気の毒なギリシャ！ ユーゴスラヴィアは何もできない、なぜならその時には、たちまちイタリアとドイツが襲いかかるから。ルーマニアも明らかに何もできないし、ブルガリアは何もしたくない、、、、。残るトルコは仲裁する理由は十分あるが、地理的な条件が有利ではない。

ちっちゃな愛すべきヒトラーは、ここしばらくあっちの国こっちの国と、機織り（はたお）の梭（ひ）のように飛びまわっている。まずフランスへ行き、フランスとの部分講和の基本方針をまとめるために老ペタン◆2と会い、それから、スペインを枢軸国側に立たせ参戦させようとフランコに会い（うまくいったとは思えない。というのもスペインはイギリスの封鎖にどう見ても耐えられないようだから）◇3、その後フローレンスへ行き、ムッソリーニに会って、今回のギリシャのことを画策した。つまりこのギリシャとの戦争は、ずっと前に遡（さかのぼ）って計画されていたことなのだ。

ここスウェーデンでは、先週一〇月二四日、人間の命を無駄にするという意味で、現代では最悪の事故に見舞われたと思う。北のフィンランドとの国境のあたりのアルマシェルヴィ湖で、荒れ狂う嵐で一〇二人を乗せたフェリーボートが沈没し、四六人の若い兵士が溺死したのだ。

◇1　ギリシャ・イタリア戦争、一九四〇年一〇月二八日―四一年四月六日。イタリアは一九三九年にバルカン半島西に位置するアルバニアを併合していたが、ギリシャが連合国イギリスと組んでアルバニアやイタリア南部へ干渉するのではと危惧し、アルバニアからギリシャへと侵攻した。

◆2　フィリップ・ペタン（一八五六―一九五一）フランスの軍人、政治家。第一次世界大戦の英雄。第二次世界大戦ではフランス休戦を主張。フランス降伏後ヴィシー政権の主席となり、ナチス・ドイツに協力した。

◇3　スペインが枢軸国として参戦した瞬間にイギリス海軍が海上封鎖に出ると予測され、スペインは貿易路を使用できなくなるため。

一一月六日

アメリカで、フランクリン・ルーズヴェルトがアメリカ大統領に三選された。三選は、アメリカの歴史上前例のないことだ。ウィルキー[1]が有利だと思われていたが、いよいよとなると、ルーズヴェルトが圧勝した。イギリスは歓喜に沸いた。なぜならこの選挙結果で、アメリカが戦争に協力するという明るい見通しが立ったからだ。

今回の戦争が始まって、最初の配給クーポンは、このようなものだった。バツ印で消されているA8のクーポンで、マーガリンを買ったことを覚えている。

他には、もちろん砂糖、コーヒーを最初の準備段階のクーポンで買ったし、石けんや洗濯用洗剤も買った。今のところ、砂糖、コーヒー、紅茶、ココア、牛乳、パン、洗濯用洗剤、ベーコンなどは配給クーポンを持っているが、これ以外の品目は確かに配給クーポンにはなっていない。コーヒーの配給の期間が、最初は四週間だったのが七週間に延ばされたから、コーヒーはたぶん品薄になり始めている。最近、「砂糖はちょっとしかないし、小麦粉もわずかだし、ベーコンなんて全然ないのよ」と文句を言う女の人の手紙を読んだけれど、他の配給品は多少余裕があると思う。ところで——バターはすっかり買いだめられてしまった——今日では町じゅうどこを探しても、小さなバターの塊でさえ調達できない。バターも配給クーポンになればいいのに。巷では、いろんな物資不足を説明するのに、ドイツ人が我々から食料品を強制接収しているのだという憶測がある——私は本当だと思っているが、政府はそうした憶測を躍起になって否定している。

職場で、イエスのようにかわいい子どものスヴェン・ストルペからフィンランドの女の人へ宛てた

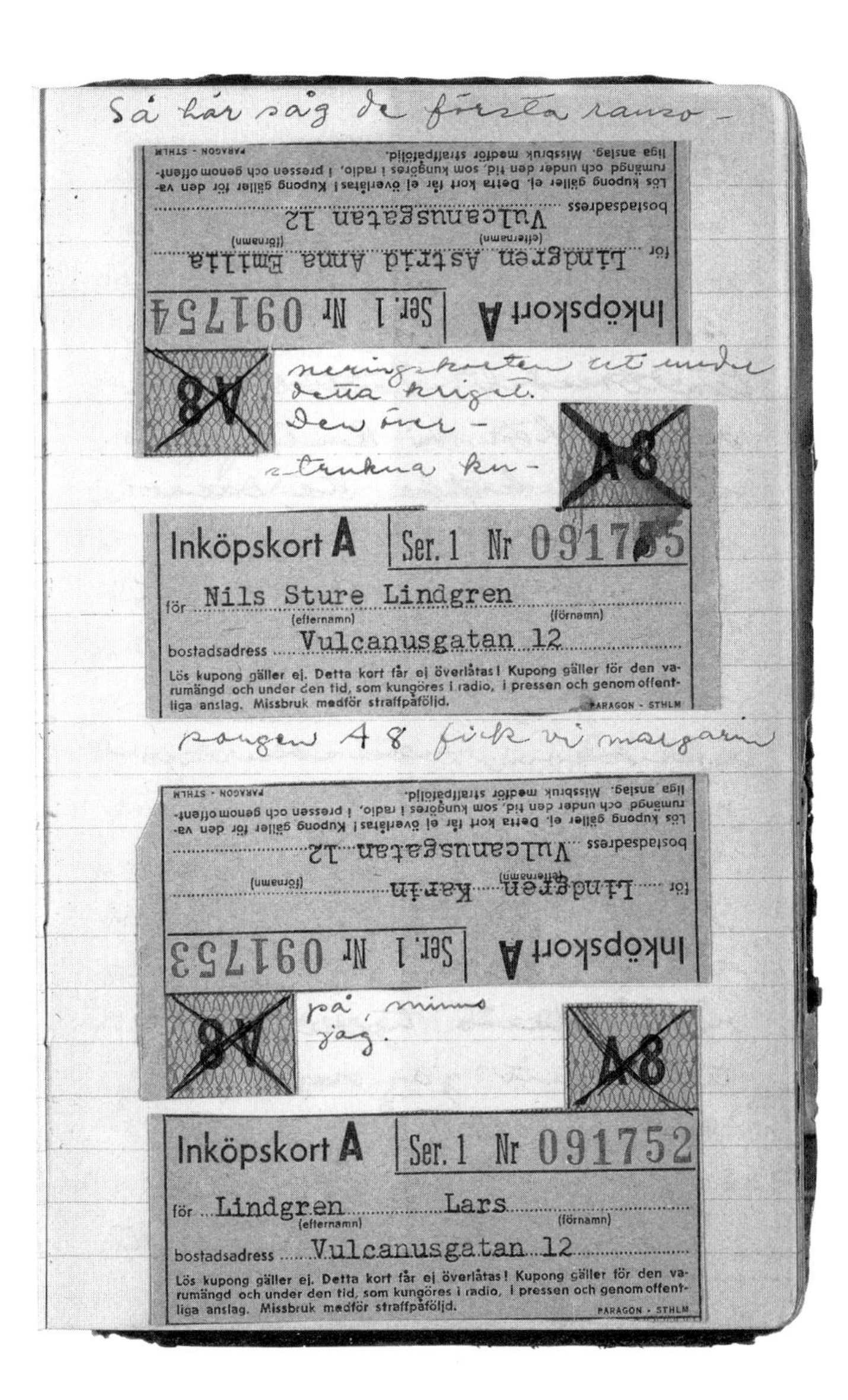
Så här såg de första ranso-
neringskorten ut under detta kriget. Den över-
strukna ku-
pongen A 8 fick vi margarin
på, minns jag.
Inköpskort A
Ser. 1 Nr 091754
för Lindgren Astrid Anna Emilia
(efternamn) (förnamn)
bostadsadress Vulcanusgatan 12
Lös kupong gäller ej. Detta kort får ej överlåtas! Kupong gäller för den varumängd och under den tid, som kungöres i radio, i pressen och genom offentliga anslag. Missbruk medför straffpåföljd.
PARAGON - STHLM
A8
Inköpskort A
Ser. 1 Nr 0917
för Nils Sture Lindgren
(efternamn) (förnamn)
bostadsadress Vulcanusgatan 12
Lös kupong gäller ej. Detta kort får ej överlåtas! Kupong gäller för den varumängd och under den tid, som kungöres i radio, i pressen och genom offentliga anslag. Missbruk medför straffpåföljd.
PARAGON - STHLM
Inköpskort A
Ser. 1 Nr 091753
för Lindgren Karin
(efternamn) (förnamn)
bostadsadress Vulcanusgatan 12
Lös kupong gäller ej. Detta kort får ej överlåtas! Kupong gäller för den varumängd och under den tid, som kungöres i radio, i pressen och genom offentliga anslag. Missbruk medför straffpåföljd.
PARAGON - STHLM
A8
Inköpskort A
Ser. 1 Nr 091752
för Lindgren Lars
(efternamn) (förnamn)
bostadsadress Vulcanusgatan 12
Lös kupong gäller ej. Detta kort får ej överlåtas! Kupong gäller för den varumängd och under den tid, som kungöres i radio, i pressen och genom offentliga anslag. Missbruk medför straffpåföljd.
PARAGON - STHLM

配給クーポン

手紙を読んで、我々への警告と理解した。そこにはドイツ人はフィンランドからの手紙を検閲していると書いてあった。スヴェンが受け取った手紙には、確かに、「ドイツ軍司令部、ロヴァニエミ〔フィンランド北部の都市〕」と書いてあったのだ。もし、これが本当だとしたら——そしてもう少し前に、この警告がわかっていれば——ドイツ人は全スカンディナヴィアの国々を思いのままに操っており、我々も必要に迫られ、半ば強制的に従わされているのは明らかだとわかる。そしてもちろん我々はドイツ人の思いどおりに動いている。ほとんどのスウェーデン人がこの事実を自覚していることは、多くの手紙からよくわかる。なんという奇妙な政治的協力関係ができあがっているのだろう！　スカンディナヴィアの国はどこも心の底から民主的だし、ドイツの規範による独裁政治と相容れるのは不可能なのに。ドイツとロシアは、もともと不倶戴天の敵だったし、とにかく、彼らの信奉するイデオロギーは絶対に本質的に異質なものだ。だけど、それなのに今じゃ同盟国なのだから。我々この国の者は圧倒的に親イギリスだ、と信じているが——それでもドイツ人と協力していかなくてはならないのだ。フィンランドにドイツ軍が駐留しているのは、フィンランド側からすると、もちろんロシアに対しての防衛だと思われる。けれど、このことの影響によって、ロシアとドイツの両国間でいずれ衝突が起こるだろうし、スウェーデンの助けを見こんで、フィンランドとドイツは一緒になってロシアに攻めこむことになるだろう——ドイツ側に立って戦争をすれば、イギリスの敵になるのだ。ああ、ああ、ああ、なんとややこしいこと！

　小さな国ギリシャが勇敢に戦っている。そして戦いに勝っているようだ。これはたぶん、主にイタリア軍兵士がギリシャ軍兵士よりもまだ劣っているからだ。

いよいよ初雪が降った。二度目の戦争の冬に突入――ヨーロッパのすべての人びとにとって、涙と物資不足、困難、悲惨、不安のすべてをともなって。

◆1　ウェンデル・ウィルキー(一八九二―一九四四)アメリカの政治家、弁護士。一九四〇年の共和党大統領候補。

一一月一〇日

雨傘を携えたあの親切な老紳士、いつも遅れがちの紳士で、当時は実際に戦争を回避する方法を見出したかに見えたので、一九三八年からは平和の鳩として我々はとても称讃していた――ネヴィル・チェンバレンが、昨晩亡くなった。これでチェンバレンは、今日(こんにち)繰り広げられている戦争がどうなるのかを見極めることができなくなったが、たぶんそれも悪くはないだろう。私は、一九三八年九月のあの不安な日々を絶対に忘れない。その頃は以前にも増して、戦争の黒い雲が厚く垂れこめており、チェンバレンが決然と雨傘を脇の下に差しこみミュンヘンへ飛んだ時、どんなに素晴らしいと思ったことか。すべてが落ち着いたし、我々は千年王国(新約聖書「ヨハネの黙示録」二〇章四―七節)がすぐ近くに立ったと思ったし、チェンバレンは世界から称讃されたのだった――たぶんチェコスロヴァキアの人びとを除いては。◇1 けれど一年も経たない間に、ヒトラーは再び戦争の準備をした――チェンバレンが善意で実現したにもかかわらず、宥和政策では抑止力にはならなかった。しかし、その時でさえ遅すぎたのだ。その後チェンバレンは過度に非難され、民主的なやり方がいかに無力かを示す典型と見なされるようになった。ある道化師曰く、彼はドイツの秘密兵器だ——チェンバレンのことだけど。そして、ミュンヘンでの暗殺計画失敗の後、ドイツ人がその暗殺計画の背後にはイギリスが関係していたと責めると、それを計画したのは明らかにチェンバレンだ——なぜなら一〇分遅かったから、と人は言ったものだ。なんであれ、チェンバレンは立派な老紳士であり、彼がこの争いの多い地球を去ってゆくのは哀惜の念に堪えない。きっと神さまは、彼に天国で素晴らしい席を与えてくださるだろう——柔和な人たちは、さいわいである〔新約聖書「マタイによる福音書」五章五節〕——そこで彼は、自分の雨傘の下で平穏に過ごせるのだ。

◇1　一九三八年九月ミュンヘン会議で、チェンバレンたち英仏独伊の代表は、目先の戦争回避のために、ヒトラーの要求どおり、チェコスロヴァキアのズデーテン割譲を、当事者であるチェコスロヴァキアの代表抜きで承認した。

一一月一五日

昨日は、私の三三歳の誕生日だった。朝、バレエの空色のチュチュを着たカーリン、ラーシュ、夫が、ハンドバッグや裁縫箱などのプレゼントでお祝いをしてくれた。夕食は、鴨肉と紫キャベツ、ケーキなどで祝った。厳しい暮らしの痕跡は見当たらない。実家から、いろんな食べ物の詰まった、なかでも二キロのバターの入った素晴らしい、おいしそうな箱が届いた。この時代、これ以上素晴らしい誕生日プレゼントはない。買いだめのせいで、ストックホルムでは現在、実際にバターを買えないのだから。一度にほんの少しなら買えるのだが。とはいえ、スウェーデンにはいっぱいあると思う。*
前回書いてから、二つのことが起こった。ルーマニアで一万人の死者が出た恐ろしい地震と、モロトフのヒトラー訪問だ。スウェーデンの人びとも、それにたぶん他国の人びとも、この訪問の成りゆきがどんな結果になるのかと首をひねっている。ドイツは必要ならどんな卑劣な裏取引をも用意していると思うが、我々はバルカン諸国に関することだと推測している。そして同じように、バルカン諸国はおそらくスウェーデンに関することだと望み、信じているだろう。

*違った、我々はフィンランドへ大量に送ったのだった、たぶんドイツ軍の要求のためだろう。

一一月一七日

アルバート・エングストロム◆1が昨晩亡くなった。この一年で亡くなった三人の偉大な作家、まずセルマ・ラーゲルレーヴ◆2、次にヘイデンスタム◆3、そして三番目がアルバート。彼は、私の父方の祖母のいとこの子どもにあたる。「それが何か自慢になるの」なんて、V夫人が言うように。

◆1 アルバート・エングストロム（一八六九―一九四〇）スウェーデンの作家、画家、スウェーデン・アカデミー会員。
◆2 セルマ・ラーゲルレーヴ（一八五八―一九四〇）スウェーデンの作家。一九〇九年ノーベル文学賞受賞。『ニルスのふしぎな旅』。
◆3 ヴェルネル・フォン・ヘイデンスタム（一八五九―一九四〇）スウェーデンの作家、詩人。一九一六年ノーベル文学賞受賞。

一一月二三日

ギリシャ軍は、イタリア軍を全部国外へ実際に追い出した。戦いはアルバニアで激しくなっている。まもなくドイツが介入して、苦境に立つ枢軸兄弟〔イタリア〕を援助するに違いないし、そうしなければならないだろう。その兄弟は今まで自力で戦い抜いたことがまったくないのだ。イギリスの人びとは、「お互い公平が第一だ。第一次世界大戦で、我々はイタリアを同盟国としたのだから、今度はドイツの番だ」と言っている。ブルガリア王ボリス◆1がヒトラーに会いに行ったし、ハンガリーは枢軸国との同盟に加盟◇2。トルコが戦争の準備をしている。

フィンランドの情勢が緊迫しているらしい。手紙から情報を得たのだが、そこにはハンコ半島のある地域、とくにエーケネースで、住民が疎開させられたとあった。(信じられない!)他にもドイツ軍がまたフィンランドから出て行くとあったが、これには我々もずいぶん不安になった。しかし昨日、ブリータ・ヴレーデ◆3が言っていたが、彼女のフィンランド出身の義兄弟の話によると、ロシアもまたハンコ半島から引き揚げるそうだ。このことから、ヒトラーとモロトフが何か合意をしたのだと解釈できるのではないか――「紳士協定」とでも呼ぶのだろうが、フィンランドから軍隊を撤退させるのは、別の場所でもっと必要とされているからに違いない。まあ、様子を見ることにしよう。

先日、ストックホルムのグランドホテルに滞在中のドイツの陸軍少将から、ヴァーサ〔ボスニア湾に面するフィンランド西部の都市）のホテルに滞在中の上級少尉(しょうい)に宛てた手紙を処理したが、手紙と一緒に、「かつての駐屯地ラップランドでの感謝に満ちた思い出と共に、一九四〇年秋」と書かれた一枚の写真が送り主のサインと共に入っていた。彼は、マンネルヘイムから「騎士修道会白バラ十字勲章」をもらったとも書いている。どんな功績でもらったのか、知りたいものだ。そして彼は、戦争が彼と受取人とを一緒にどこかへ連れて行ってくれれば、「とても素晴らしいだろう」と願っていた。私は、二人をどこかへ連れて行く代わりに、戦争が終わってくれればとても素晴らしいと思うが。

昨晩、『ドイツの精神――スウェーデンの信条』を読んだ。フレドリック・ベーク◆4の話題になった冊子だ。ベークは、エイヴィンド・ヨンソン◆5がディクトニウス◆6に手紙で書いたように、間違いなく「物事を悪くとらえる運命論者」だ。ベークは風向きによって主張を変えていると思う。今、北欧には広範囲にわたって恐ろしい風が吹いている。ベークが書いたナチズムの心理的側面はかなり正しいと思うが、このところの現実から、我々を新しい政治体制に組みこむことが有利だという彼の思いこみ（もしそれが本心だとすれば）には共感できない。オラニエンブルク◇7やブーヘンヴァルト◇8強制収容所を造ったり、一九三八年秋のポグロム◇9を陰で操ったり、あるいはヒトラー総統の写真を破ったという理由で、ノルウェーの少女に一年間の投獄を宣告するような政治体制は、私には断じて信じられない。

◆1　ボリス三世（一八九四―一九四三）ブルガリア王、一九一八―四三。一九四三年ヒトラーを訪問し、帰国直後、謎の急死をとげた。

◇2　一九四〇年九月二七日に締結された日独伊三国同盟に、一一月にハンガリー、ルーマニア、スロヴァキア独立国が加盟。一九四一年三月にブルガリアも加盟。

◆3　ブリータ・ヴレーデ（一八九四―一九七三）スウェーデンの作家、映画プロデューサー。
◆4　フレドリック・ベーク（一八八三―一九六一）スウェーデンの文学史研究者、作家、批評家。
◆5　エイヴィンド・ヨンソン（一九〇〇―七六）スウェーデンの作家、スウェーデン・アカデミー会員。一九七四年ノーベル文学賞受賞。
◆6　エルメル・ディクトニウス（一八九六―一九六一）スウェーデン系フィンランド人作家、社会主義者。
◇7　一九三三年、ナチス・ドイツが最初に設置した強制収容所。
◇8　一九三七年、テューリンゲン地方エッテンベルクに造られた強制収容所。
◇9　ロシア語の「破滅・破壊」に由来し、ユダヤ人に対し行われる殺戮・略奪・破壊・差別などの集団的迫害行為のこと。古くは一一世紀頃から行われてきたが、ここではとくに一九三八年一一月九日夜から一〇日未明にドイツ各地で発生した反ユダヤ主義暴動を指す。破壊されたガラスが月明かりに照らされ水晶のように煌めいたことから、「水晶の夜」と呼ばれる。

一一月三〇日

一年前、丸一年前のちょうど今日、フィンランドの戦争が始まった。その日のことをよく覚えている！　この日は、苦悩と絶望に満ちた長い日々の始まりだった。その苦悩や絶望は、講和条約を結んだ過酷な日に頂点に達していたのかもしれない。その頃スウェーデンの私たちはみんな、フィンランドの人びとを応援していたにもかかわらず、フィンランドの人びとが私たちに感じている恨みを意識して苦しんでいたのだ。私たちのほとんどが、気持ちが最高に高ぶった時にはとてつもなく積極的になっていたのに、一番重要で一番大きい――軍隊の積極的な支援を――結局しなかったからだ。つまり、我々が嘲り非難していた賢明な政府は軍隊支援をせず、国民を押しとどめたのだ——そしてその後の世界の動きを見ていると、政府の政策は正しかった。けれど去年の冬にはこのことがまだわからなかったし、フィンランドの兵隊だけで国境をはるか越えて全力で戦う状況を知らされるのは、恐ろしいことだった。あの時の我々ほど、別の国民に対して熱く感じたことがあったかと思う。我々はフィンランドに対しての不運なもどかしい愛情に苦しみ、愛情と絶望をこめて、フィンランドにできる限り考え抜いたものすべてを贈った——合計すると現金数百万クローナ、武器、弾薬、衣類、食料、輸血用血液、スキー、馬用毛布、救急車、医師派遣、手持ちの毛糸で編んだ羊毛製品、結婚指輪、まったくもって全部はわからない。何千人もの子どもをスウェーデンに引き取り、工場はフィンランドのために休日も働き、毎月の給料の中から送金し、数えきれないほどの品物を贈った。それなのに、我々は十分にできていないという当惑した感覚をいつも抱いていた。だけど和平の締結時に、フィンランドの人たちが我々に感じていた苦々しさはいくらか減っただろう。そして今、フィンランドの人びとは、むしろスウェーデンに感謝すらしていると思う。スウェーデンなしでは、戦争の結果はさらに喪失感が増し惨めなものになっていただろうから。これからも生きている限り、私は、すべてのフィンランドの人びとが自由を守るために能力の限界を超えるまで戦った、一九三九年から一九四〇年のフィンランドの戦争「名誉ある冬」のことを覚えていると思う。フィンランドの戦争、フィンランド兵の雪と同じ白い保護色の軍服姿での戦い、信じられない寒さ、カレリア地峡、スオムッサルミ、ペッツァモなどでの想像を超える戦いなどすべてが、あの戦争を比類なきものにし、あの冬に感じた気持ちを比類なきものにする強烈な記憶として残っている。

一二月一〇日

残念なことに、スウェーデンとノルウェーの関係が難しくなっている。つまり、ノルウェーの人びとに対する我々の気持ちは変わっていないが、ノルウェーの人が極端に我々を嫌っていることを繰り返し聞かされているのだ。ノルウェーの人びとは、ドイツとの戦争中、我々がドイツ軍にスウェーデン領土内を通らせたと思っている。それは確かに三四両の鉄道車両のことで、「衛生兵(医療班)」と戦争中の食料を積んでいたらしい——この情報が真実かどうか、私にはわからない。しかしノルウェーの人がこのように思うのはたぶん何か根拠があってのことに違いない。ドイツ人はきっと大喜びで、この両国の苦々しい関係を煽り立てたいだろう。ノルウェーから聞こえてくるのは愉快な話ではない。行われているのは実質的な恐怖政治だろうが、ノルウェー人はそんなことでは屈服させられない。いずれにしても、国民連合◊1とクヴィスリングがベルリンを訪問したが、国民を統御する点ではうまくいっていないように見える。最近、クヴィスリングは、神さま、なにとぞドイツ人にノルウェー人を思うままに支配することはできないと理解させてくださいますように。

今日、ヒトラーが演説をしたが、少し疲れているような調子だった。そして彼がドイツは軍事的にも経済的にも勝利するだろうと言っても、ほとんど説得力がないように感じた。最近ドイツへ招待されたスウェーデンの新聞記者団の一人が、ドイツ人たちはもはやドイツの勝利をまったく信じていないと、ステューレに話したのだって。イギリスにとっては、いつもどおり時が味方し、騒がれたドイツのイギリス侵略が結局実現しないとなったら、ドイツの勝利の可能性はほとんどないと思われる。

それに、イタリアの勝利の可能性も当然疑わしい！　ギリシャ軍は、イタリア軍を、どんどんアルバニアへと押し戻している。そして北アフリカでのイタリア軍の戦いぶりも惨めなようだ。バドリオ元帥[2]、陸軍参謀長が他の数人の高官たちと共に辞任。こうしたことは大方イタリア軍の弱さを示す重要な前兆だし、ムッソリーニはかなり参っているといわれている。そして、伯爵チャーノ外相はギリシャ戦争敗北の責任を取らされるとのこと。これは、今晩のアフトンブラーデット紙の記事から。

カッリオが病気のためにフィンランド大統領を辞任したことを書くのを忘れていた。この名誉ある人物、彼は国民の尊敬を集めていた。彼の後継者としては、まずリュティだけれど、キヴィマキ[3]もいるし、ことによるとパーシキヴィもいる。でも、たぶんリュティがなるだろう。

◇1　一九三三年にクヴィスリングの創設した、ナチスを手本としたノルウェーのファシズム政党。
◆2　ピエトロ・バドリオ（一八七一―一九五六）イタリアの軍人、政治家。首相、一九四三―四四。
◆3　トイヴォ・ミカエル・キヴィマキ（一八八六―一九六八）フィンランドの政治家。首相、一九三二―三六。駐ベルリン大使、一九四〇―四四。

一二月二一日

一昨日の一九日、「カッリオ大統領は二度と戻れぬところへと旅立った」。ちょうどリュティが選挙で大統領に選ばれており、カッリオと彼の妻は、故郷ニヴァァラの生家へと戻ることになっていた。夫妻は、マンネルヘイムとリュティを先頭に、ヘルシンキの人びとに駅まで見送ってもらった。「ビヨルネボリガルナス・マーチ」[◇1]が演奏される中、大統領夫妻は松明(たいまつ)に挟まれてゆっくりと歩を進めていた——その時、彼、小柄で恰好いい大統領がぐらっと崩れ落ちるように倒れかけたが、もしもマンネルヘイムが腕を差し出して支えなければ、地面に倒れこむところだった。カッリオは汽車の車両に運ばれたが、そこで息を引き取った。一人の高貴なフィンランドの心は鼓動を止めた——自国民との別れがこれ以上ドラマチックになることはなかっただろう。カッリオは、スウェーデンでも、とても愛されていた。今日読んだ手紙でそれがわかる。

　少し前から、リビアの砂漠で、イギリス軍とイタリア軍が激しい戦闘を繰り広げている——そしてイタリア軍が厳しい状況に追いつめられている。砂漠でどのようにして戦争ができるのか。どんな小さな食べ物でも、水一滴でも、そしてすべての弾薬に至るまで長い道のりを運ばなくてはならないのに。今日の報道によると、その上イギリス艦隊がアドリア海まで攻め上がってきたために、アルバニアにいるイタリア軍の兵士たちは大混乱に陥ってしまったそうだ。いずれにせよイギリスがイタリアに侵入する可能性が考えられるようになった。

　ステューレがかわいそうなイタリア軍兵士について面白い話をした(新聞では、イタリアの貿易協定がはっきりしない限り、イタリアについての冗談はご法度(はっと)だ)。フランスでは、境界線を挟んでフランス軍と占領中のイタリア軍の根拠地がある。そこで、ステューレが言うのには、フランス兵たちが、「ギリシャ兵よ、止まれ！　ここからはフランスの領地だ！」と書かれた大きなプラカードを掲げたのだって。

他には、ボフォースで[2]、正確にはビヨルクボルンで[3]、恐ろしい事故が起こった。トリニトロトルエンに火が付き、恐ろしい爆発と激しい炎で、八人の死者が出た。どれほどひどい被害かについて、新聞にはこの手の情報を出すことは禁じられているため、詳細を知ることはできない。

◇1　フィンランド人の好きな行進曲で、大統領などが登場する時などに演奏される。
◇2　スウェーデンの兵器メーカー。一六四六年の設立時は単なる鉄工所だったが、一八九四年アルフレッド・ノーベルが買収し、兵器製造会社に発展させ成功した。ダイナマイトをはじめ多くの特許を取得し、遺産はノーベル賞創設に使われた。
◇3　ヴェルムランド州カールスコーガ市、アルフレッド・ノーベルのスウェーデンでの最後の館や実験室がある。

一二月二八日

クリスマスが終わった、戦争になってから二度目のクリスマス！　そしてさすがにクリスマスイヴには爆撃は一切なかった！　ベルリンでも、ロンドンでも、空襲警報はまったく聞かれなかった。

ここスウェーデンでは、私の知る限りまったく例年どおりにクリスマスは祝われた。私たちはいつもの如くお腹がぱんぱんになるほど食べた。ヨーロッパでは、たぶんこんなことができる唯一の国民だろう、少なくともこれほどできるのは。

私たちリンドグレーン家の者たちは、いつものようにネースでクリスマスを祝った。国立自動車連盟の新しい理事長になったステューレが、二等の汽車で行こうと強く言ったので、旅は難なく楽にできた。クリスマスの次の日、ステューレと私はまた汽車で戻った（すませなくてはならない用事があった）。子どもたちはもう少し残っている。イングヴァル[◆1]の娘インゲル[◆2]に、私たちは初めて会った。クリスマスイヴの午餐には、サメラグスト〔サムエル－アウグスト〕[◇3]とハンナ[◆4]の子ども、孫、そして配偶者がみんな集まった。

ここスウェーデンで一九四〇年のクリスマスを自宅で落ち着いて平和に祝うことができるのは、まったく身に余るありがたさで、ありえない恩恵だ。ほとんどの人が、私と同じように感じていると思う。もちろん多くの兵士は、それぞれの駐屯地でクリスマスを祝わなくてはならなかっただろうが。しかし、ロッタたちが歩きまわって、クリスマスプレゼントを配っていたので、駐屯地でも少しはクリスマスらしい気分になれたことだろう。

けれども父[◆5]〔義父〕にとっては、楽しいクリスマスではなかった。彼は今、重篤な状態で、昨日フルスンドからボートと救急車で、ストックスンドにあるベタニア財団病院に運ばれたのだ。今の父はただ昔の彼の影にすぎない。たぶん長くは生きられないだろう（二日後に逝去）。

戦争については、今のところ、イタリアはうまくいっていないようだが、他にはとくに世界に衝撃を与えるようなことは何も起こっていない。チャーチルがイタリアの国民に向かって演説し、たった一人の男がイタリア国民をめちゃくちゃにしているのだと指摘した。

面白いお話を一つ。ベルリンの悪口屋さん曰く、クヴィスリングがヒトラーの元を訪れ、自分の権力闘争についての本の出版に際して、タイトルを『我が小さな闘争』と付けさせてと頼んだのだって。

「悲しいことは、確かに今でも起こっている」[◇6]。現在スウェーデン人の興味を引いているのは、ウッレ・メレールの裁判。彼は昨年一二月一日に一〇歳のイエルド・ヨハンソンを誘拐、暴行、殺害した罪で訴えられている。

今晩、ハンス[◆7]の新刊書『決して会えなかった女』を読み終えた。

◆1 イングヴァル・リンドストレム(一九一一―八七) アストリッドの妹インゲエードの夫。

◆2 インゲル・ヘルビーグ(一九四〇―) アストリッドの姪、インゲエードの娘。結婚前の姓はリンドストレム。

◆3 サムエル‐アウグスト・エリクソン(一八七五―一九六九) アストリッドの父。

◆4 ハンナ・エリクソン(一八七九―一九六一) アストリッドの母。

◆5 ニルス・リンドグレーン(一八六八―一九四〇) ステューレの父。

◇6 ヨハン・リンドストレム・サクソンのバラード「エルヴィラ・マディガン」の冒頭からの引用。一八八九年に実際にあった、サーカスの綱渡り芸人エルヴィラ・マディガンと、スウェーデン陸軍中尉で妻子ある伯爵のシクステン・スパーレとの恋と逃避行を題材にしている。一九六七年、映画『エルヴィラ・マディガン』(邦題『みじかくも美しく燃え』)が制作された。

◆7 ハンス・ヘルギン(一九一〇―八八) アストリッドの妹スティーナの夫。

ラーシュとカーリン．ヴルカヌス通りの自宅で．

1941年

ヴルカヌス通りのリンドグレーン家.

一月一日

新年が、付加価値税とバターの配給、それに極めて厳しい暮らしと一緒にやってきた。切りつめた生活の中、私たちは昨夜アッリとグッランデル夫妻たちと夕食を共にし、ロブスターなどのおいしいごちそうをいただいた。その後、カール・イエハード[◆1]の年越しパーティーへ行き、大晦日から元旦を祝った。新年になる直前の夜の一二時には、彼の「自由なスウェーデン」についてのまじめなお話を聴いた後、国歌「古き、自由な北の国」をみんなで歌った。

今年は、去年の年末とはまったく違う。もちろん今でも震え慄く原因はいっぱいあるが、とにかく同じようには感じない。

実際、世界は去年の新年よりもさらに悲惨だ――ノルウェーは、かつてのフィンランドよりも大きな悲劇に見舞われている。(ロナルド・ファンゲン[◆2]が精神病院に入れられたらしい。新聞記事が原因で、恐ろしい尋問を受けた後おかしくなったようだ。オックスフォード・グループ[◇3]は、新しい政治体制に積極的に参加するか、あるいは宗派を破門されるか、どちらかの最後通告を受け取っていた。)ヨーロッパでは食料はどんどん不足してきているし、燃料もしかりだ。ルーズヴェルト大統領が最近演説をしたのだが、イギリスでは大満足で受けとめられた一方、ベルリンは沈黙しているし、イタリアは敵愾心を煽られたかのように騒いだ。イタリアは、アメリカに対して「もう我慢がならない」と公言している。イタリア人が完全に我慢できなくなればどうなるのか、見ものだろう。最近の情報によると、イタリア人のモットーは「だれが勝ったのか、それを見極めてから、我々は動き出す」。

ああ、新しい年が平和でありますように! と祈っている。

◆1　カール・イエハード(一八九五―一九四六)　批評・評論家、舞台監督、作詞家、歌手、俳優など多面的に活躍。戦時中は、反ナチの立場でバラエティーショーを上演。

◆2　ロナルド・ファンゲン(一八九五―一九四六)　ノルウェーの作家、ジャーナリスト、批評家。

◇3　ロナルド・ファンゲンを含めて、オックスフォード・グループ運動(道徳再武装運動と改称、MRAと略す)の熱心な支持者たち。

一月一〇日

新年のお祈りがもう虚しくなったなんて!

イギリス軍が北アフリカで勝利を収め、支配者となった。数日前にバルディア〔リビア東部の地中海に面した町〕が降伏し、イタリア軍は多大な死傷者を出した。◇1 そして、いまやトブルク〔バルディアの西の港湾都市〕が同じような状況になっているようだ。ドイツ空軍が飛行機を投入するらしいと言われているが、すでに遅すぎるとイギリス軍は言っている。ドイツ軍がブルガリアを経由して、ギリシャへ向かって進軍するのではと話題だ。このドイツ軍の進軍にロシアが同意したのは、ロシアがどこか別の場所で好き勝手にすることと引き換えではないことを願うばかりだ。

◇1　イタリアが一九四〇年九月に、東アフリカ植民地の拡大を目的に、イタリア領リビアからエジプトへ侵攻し、北アフリカ戦線が始まった。砂漠という特異な戦場で、イタリア軍は兵器を含む物資不足のため苦戦を強いられた。

一月二四日

世界戦争に関しては特別なことは何も起こっていない。けれどこの戦争が生活全般に不愉快な思いを広げているので、ちょっと小言を書かなくちゃ。私たちが十分コークスを持っていないというだけで、二年も続いて冬が極寒になる必要があるだろうか。みんな家の外でも中でもめちゃめちゃ震えている！　今月は、ずっと厳しい寒さだった。うちのアパートで、だいたい一五度か一六度。夕方、寒さを嘆いていると、管理人さんはもっとひどくなるだろうと請け合った。郊外の一戸建ての家じゃ、一〇度から一二度ぐらいらしい。ああ、早く春になったらいいのに。ヨーロッパじゅうが、寒さに震え、飢えている。私たちは空腹ではないが。パリでは、一八七〇年から一八七一年にかけて包囲された時◇1と比べられるほどひどいらしい。一個のジャガイモに五フランもの値段がついているし、市場ではカラスや鷹が食料として売りに出ている。私たちは、ノルウェーとフィンランドのために配給でためこんだ砂糖を集めようとしている。こんな状況の時に援助できるとは、なんとうらやましい存在なのだろう。私たちは、戦争のために引き受けるノルウェーやフィンランドの子どもたちへ、月々三〇クローネずつお金を出し、支えている。それにしても、援助が必要な人がなんとたくさんいること！　もちろん自国の召集兵にも。

ルーズヴェルトとローマ教皇が平和構想を練っていると言われているが、たぶんなんにもならないだろう。

猛烈なインフルエンザがスウェーデンで流行っていて、ところによっては、ほとんどスペイン風邪[◇2]のような流行り方だ。

コーヒーの配給の間隔が長くなるらしい。そのうちにほんのちょっぴりしか買えなくなるのだろう。夏には肉が配給になるという推測が、ある新聞に載っていた。

トブルク要塞(ようさい)が先日、陥落した。イギリスとドイツの上に砲撃は続いている。ヒトラーとムッソリーニが会談をした。

お話を一席。ヒトラーが音響のいい広間で、演説の予行演習をしていた。そして、大声で叫んだ。

だれが、この大きな世界を治めているか?

エコーが答える：ルーズヴェルト。

だれがこの平和を作ったか?

エデン。

どこで大きな革命は始まるか?

国内。

偉大な国はどこか?

シオン[◇3]。

ここで、ヒトラーはがっくりした。

昨日、ラーシュとヨーランがダンス学校へ通い始めた。小さな世界大戦などどこ吹く風——ダンスはいつでも人気だ。

確かに——ルーマニアでは、ここ数日ほとんどクーデターを思わせるような戦いが続いている。[◇4] 先王カロルはスペインにいるらしいが、自殺を図り未遂に終わったようだ。[◇5]

◇1 普仏戦争における戦いの一つ。セダンの戦いでナポレオン三世は壊滅的打撃を受け、将兵と共に捕虜となり降伏。その後パリはプロイセン軍に包囲され、食料不足が深刻になった。

◇2 一九一八年から翌年にかけ全世界的に流行した。

◇3 エルサレム市街の丘の名前で、エルサレムを指す。ユダヤ民族の生活・信仰の中心地。

◇4 一九四〇年ドイツ軍がルーマニアに進駐し、ヒトラーはイオン・アントネスク将軍を首相に就かせ、カロル二世に息子ミハイへの譲位を強要した。アントネスクは鉄衛団と連携し、ファシスト政権を樹立するも、鉄衛団が敵対する政治家を虐殺するなどして国民の怒りを買ったため、鉄衛団の取り締まりを決意。一九四一年一月二一日、鉄衛団はクーデターを起こしてブカレストを制圧し市民を虐殺したが、アントネスクの軍によって鎮圧され、ルーマニアから一掃された。

◇5 カロル二世は、愛人と共にポルトガルに亡命し、一九五三年に死去。

二月一日

次のページの写真〔巻頭カラー頁参照〕は、ステューレが今日家に持って帰ってきた写真雑誌『見る』から切り抜いたものだ。ポーランドが存在していることをほとんど忘れている。だけど悲惨なユダヤ人のことについて読むと、他のすべての民族を踏みつけても構わないと信じているドイツ人に対しての憎しみで、胸がいっぱいになる。

壁

ユダヤ人指定居住区（ゲットー）と、ルブリンの他の地域とを遮断している壁。こうした壁はゲットーへ通じるすべての道路にあった。

ユダヤ人用トレーラー電車

クラクフに住むユダヤ人たちは、ドイツ人やポーランド人が、二両連結電車の一両目のモーター付き電車に乗れるのに、ユダヤ人用のトレーラー電車にしか乗ることができない。トレーラー電車の看板には、この車両はユダヤ人利用可能と書かれている。厳しい制限は、単に行動の自由だけでなく、職業にも及ぶ。

六芒星（ろくぼうせい）◇1

この婦人たちは、今ではどのポーランドのユダヤ人にも付けることが強制的になっている、六つの角のあるシオンの星の入った腕章を売っている。ポーランド人までが、この星印を付けている。

強制的に

ルブリンの町の中心部にあるユダヤ人の区域内でも、ユダヤの老女たちはシオンの星の入った黄色い腕章を付けなくてはならない。

◇1　ダビデの星、ユダヤの星、シオンの星などとも呼ばれる。

二月九日

この記事に載っているのは良い理事長だと思うので、ここに貼っておく。

国立自動車連盟　会員二万五千人の新しい理事長

発生炉ガスが自動車市場を支配し、自動車普及の立役者たちはこれまでになく時局の後押しを受けてきている。そのうちの一人が、年度末会議で国立自動車連盟理事長に就任したステューレ・リンドグレーン氏——その会員数は目下のところ、およそ二万五千人である。この騒然とした面倒な時期に舵をとるリンドグレーン氏だが、彼の願いは、理事長という立場で多少でも役立つ仕事を遂行できればとのことである。彼はまたスウェーデンの自動車普及推進派の絶大な信頼をも得ている。そして、さしあたり彼が熱心に努力したいものの一つが、発生炉ガスの正しい利用法である。

コルティナ〔北イタリアの山岳地帯の町〕で軍用偵察パトロール競技会があり、スウェーデンチームはド

och ur samma nummer av SE — nytt från familjen Lindgren.

Ny direktör för "M:s" 25,000

Gengasen behärskar bilmarknaden och bilismens förgrundsfigurer äro aktuellare än någonsin. En av dem är direktör Sture Lindgren, som vid årsskiftet tillträdde befattningen som direktör för »M» — Motormännens riksförbund — som f. n. räknar omkring 25,000 medlemmar. Det är i en brydsam tid, som herr Lindgren tar hand om rodret, och det är hans förhoppning att kunna uträtta en del nytta i den position han vunnit. Han innehar också den svenska bilismens fulla förtroende. Och f. n. är det gengasens rätta användning, som han bl. a. vill verka för.

国立自動車連盟　会員 25,000 人の新しい理事長
写真雑誌『見る』(1941 年 5 号)からの切り抜き

イツ、イタリア、スイス、フィンランドに勝った。スウェーデンがどんな軍隊を持っているのかをドイツ人にわからせることは、素晴らしい。

北アフリカで、イタリア軍は徹底的にやられてしまった。まあ、イギリスの兵士はなんと見事なのだろう。イギリス軍はリビアで支配者になり、引き続きエリトリアとアビシニア[◇1]〔エチオピアの旧称〕で戦っている。「ユダのライオン」[◆2]ハイレ・セラシエは、現在ロンドンで、皇帝としてエチオピアへ戻る準備をしている。そしてエチオピアの人たちも、イタリア軍に立ち向かうため、イギリス軍に協力している。

ドイツは何をしようとしているのか？　世界じゅうが、イギリスへの侵略に緊張して、固唾（かたず）を呑んで見守っているが、その侵略はいよいよこの春先に始まるに違いないと考えている。その時には——たぶん世界の運命は一日、あるいは二、三時間で決定されるのだろう。ずっと前から聴くのをやめていた昼間のニュースを聴くことにしよう。

「ドイツ人は、ストックホルムで少しずつ横柄さがなくなっていく」と、昨日読んだ手紙に書いてあった。そして実際ドイツ人は少し謙虚にならなくてはいけないと思う。同時にたぶん、我々は少し自信を持つようになった——スウェーデンのずば抜けた軍備のおかげで。強大な国と比べられるようなものではないだろうが、それでも秤（はかり）の皿の上では、かなり重要なことだ。「天使たち〔連合国〕とフリッツ君たち[◇3]〔枢軸国〕の両方がスウェーデンの好意を期待している」と別の手紙に書いてあった。ええ、私たちに構わないで——アーメン！

◇1　アフリカ北東部にある国。一九四一年、イギリス軍がイタリア軍を駆逐し占領。
◆2　ハイレ・セラシエ一世（一八九二―一九七五）エチオピア帝国皇帝、一九三〇年即位。一九三五年、ムッソリーニ率いるイタリア王国に侵攻されエチオピア軍は壊滅し、ロンドンに亡命。エチオピアは一九三六年から四一年までイタリア領東アフリカ帝国として統治された。一九四一年イギリス軍はイタリア軍に勝利し、五月五日ハイレ・セラシエ一世は凱旋帰国した。
◇3　フリッツは、ドイツ語圏の男性名フリードリヒの愛称。

三月三日

ブルガリアが日独伊三国同盟に加盟し、ドイツの軍隊がブルガリアに進入した。

三月一三日

今日は、あの恐ろしいフィンランドとソ連の和平から一年目にあたる。一年前の三月一三日は本当にひどかった。ここ数日で、すでに歴史となった近年の戦争について書かれた本を二冊読んだ。ホーカン・メルネ著『名誉ある冬』[◆1]と、アンドレ・モロワ著『フランスの悲劇』[◆2]。二冊とも、とても感動的だった。フィンランドの冬戦争と、フランスが破滅へと向かう熾烈（しれつ）な一九四〇年五月、六月の日々――これら二つのことは、命ある限り覚えているだろう。フランスもイギリスも、今回の戦争をするにあたって、どれほど準備をしていなかったか、それに反してどれほどドイツが準備をしていたかについて、読んでいると恐ろしくなる。モロワが書いている、「難なく作ったり買ったりできる五千台の戦車や一万機の飛行機が、前もって調達されなかったというだけで、力強い文明が滅びる運命にあるのがわかった(……)と考えるのは恐ろしいことだった」。

現在の状況は、決定的破滅前の待機中。ちょうどここ数日、潜水艦戦は激烈を極め、イギリスは何トン数もの多くの潜水艦を失った。しかしアメリカの援助は増えている。そして今日のアレハンダ新聞の社説に、「アメリカが、戦争の淵に臨みながら、あれこれ協定に基づく決定を支えに、どのように回避しようとしているかを理解するのは難しい」と書いてあった。

◆1　ホーカン・メルネ(一九〇〇―六一)スウェーデン系フィンランド人の作家、ジャーナリスト。
◆2　アンドレ・モロワ(一八八五―一九六七)フランスの作家、伝記作家、評論家。

三月一七日

先週土曜日の夕方、スウェーデンの母なる戦いの女神スウェアが、奇妙なことに慌てて自分の息子、兵士を大量に召集した――そのため今はその理由について、巷(ちまた)の政治談議が活発になっている。我々は、すべての脅威はほとんど切り抜けられたと思い、ずっと安心して過ごしてきたが、結局そんなにうまくいっていなかったのだ。確かに政府報道には、召集の理由は、軍備が十分効力を持っているかを確認するためだけだと書いてあるが、だれもそんなことは信じていない。ドイツが、我々の海軍艦隊に関して、無礼極まりない要求を持ち出してきたそうだが、くわしくはわからない。私は、去年の冬や春のように、神経質で不安にはなれない。構っていられない。代わりに、カーリンの熱が上がることとツベルクリン検査のことがすごく心配。

三月二一日

先週の土曜日の召集は実に不安なものだ。召集は非常に大規模で――部分的な動員だ。昨日ジェニー・タンネルが、夫のヴァイノ・タンネルへ宛てた手紙に、「ここは、去年の四月と同じく緊迫した状況で、同じ方向〔ドイツ〕から脅威の圧力がある」と書いてあった。一方その脅威がロシアから来ているのだと思う人もいるだろう。別のある手紙には極めて愉快なことが書いてあった。それは日本政府からのもので、日本の艦隊がイェータ運河[◇1]を通れるようにとの最後通告だった。

とにかくかわいそうなのは、召集されたたくさんの兵士であり、交代を待っているが、いまや免除は認められない。フォーレウス夫人は、夫を先週の土曜日に自宅に連れて帰ることはできたが、月曜日にはもう戻らせなくてはならなかった。ある歩兵部隊全体が、六か月間の召集の後、ちょうどI5[◇2]からの帰宅休暇が許され、南の方へ向かう汽車に乗っていたところ、最寄りの駅で下車してI5へ戻れとの命令を受け取った。泣いた隊員もいたそうだ。インゲエード[◆3]もきっと泣いているだろう。復活祭にシェーヴデ〔ストックホルムの西南約二五〇キロメートルにある都市〕の新しい家に連れて行ってもらえることになっていたのに。残念ながら、彼女の夫イングヴァルはどこだったか、故郷から入隊したので、インゲエードは家に残ることになるのだろう。その間赤ちゃんのインゲルは大きくなっていくのに、イングヴァルは娘にほとんど会えないことになる。だけど、人は満足だとか幸せだとかでなくてもいいようだ。

ここ数夜、イギリスは今までになく激しくドイツから爆撃されている。これは以前から予想されている全面占領の開始を意味しているのだろうか。何千人もの犠牲者。ドイツ軍は、イギリスを砂利(じゃり)の山へと壊滅させると言っている。「この地球上のちっぽけな、イギリスなんて!」だめ、そんなことになっては!

◇1　一九世紀初期に建設され、スウェーデン南部をほぼ東西に貫く閘門(こうもん)式運河。ただし、深さと幅に余裕がなく、大型船舶は通行できない。

◇2　Infanteriregemente 5(歩兵連隊 五)の略、北部のイェムトランド地方にある。

◆3　インゲエード・リンドストレム(一九一六―九七)アストリッドの妹。

三月二七日

昨日か一昨日、ユーゴスラヴィア政府が枢軸国に加わった――そして今日の夕刊数紙に大きな見出しで、若き王ペータル二世[◆1]が権力を握る、摂政パヴレは亡命し、政権は崩壊したと書かれていた[◇2]。ユーゴスラヴィアの人びとは歓喜に沸いた――ドイツと手を組みたくなかったから。この推移にどんな意味があるのかを見守ることにしよう。おそらくドイツとユーゴスラヴィア間の戦争になるだろう。トルコはいまだ関わりのない立場にいる――そしてギリシャを応援している。バルカン半島での今後の展開を追っておかなくては。ルーマニアとブルガリアはドイツの従順な手先だ——ユーゴスラヴィアが枢軸国の仲間入りを拒否したのは本当に素晴らしい。

ここ北欧は、今も危機状態だと思う。ペール－アルビンは人びとを落ち着かせようとラジオで演説をしたが、効き目はなく、逆効果だったようだ。軍関係の手紙によって明らかになったそうだが（私は今日聞いただけで、確認はできていない）、ドイツの武装した商船隊が来て、ゴットランドの沖合三〇キロメートルのスウェーデンの領海内に停泊したが、スウェーデン艦隊は、礼儀正しく穏やかにではあるが毅然とした態度で追いやったとのこと。

とても悲しいユダヤ人の手紙、時代の記録ともいえる手紙を今日、読んだ。最近スウェーデンへやってきたユダヤ人が、フィンランドにいる同胞への手紙の中で、ユダヤ人のウィーンからポーランドへの移動について語った。一日に千人のユダヤ人が、最も過酷な状況で、ポーランドへ強制的に移動させられたのだと思う。郵便局から書類が届くと、該当者は本当にわずかなお金とちょっとした手荷物だけを持って出発しなければいけないのだ。移動前の日々や輸送される時の様子、そしてポーランドに到着してからの状況などについて、手紙の書き手はあまりのことに、くわしく書きたくなかった。この手紙を書いている彼自身、ポーランドへ輸送されるかわいそうなユダヤ人たちの中に兄弟がいたのだ。ヒトラーがポーランドを大きなゲットーにするつもりなのは、明らかだ。そこでは気の毒なユダヤ人たちが空腹と不衛生で死ぬことになる。例えば、彼らはそこで身体を洗うことすらできないのだ。かわいそうな、気の毒な民族！　イスラエルの神は干渉せずに放っておくのだろうか。ヒトラーは、いったいどうして同じ人間同士なのに、あんな扱い方でいいと考えられるのか。ステューレは昨日、あるノルウェー人に会ったのだが、彼はここ一、二か月のうちに、ドイツである崩壊が起こるだろうと、固く信じているそうだ。けれどそんなの、ただの夢みたいな望みだろう。

◆1　ペータル二世・カラジョルジェヴィッチ（一九二三―七〇）第二代ユーゴスラヴィア王、一九三四―四五。一一歳で即位するが、父のいとこパヴレが摂政に指名された。

◇2　三月二五日摂政パヴレは日独伊三国同盟に加盟したが、これに反対するデモが首都ベオグラードで発生。三月二七日に一七歳の国王ペータル二世は、イギリスの支援で加盟に反対するクーデターに成功。摂政パヴレを追放し親政を敷いた。

四月六日

今朝、ドイツ軍がユーゴスラヴィアとギリシャに侵攻した！　これはもちろん予測されていたことだが。ペータル二世のクーデターの後も緊張はどんどん高まるばかりだ。セルビア人たちは、力ずくには決して屈していない。ドイツ軍がノルウェー、オランダ、ベルギー、そしてフランスへ侵攻したのと同様に、バルカン半島でも素早く侵攻するのかどうかを見守るのは、どきどきする。そしてアルバニアで、イタリア軍が片方でギリシャ、もう片方でユーゴスラヴィアとの戦いをどのように対処するのかからも、目が離せない。ヒトラーは例の如く、大げさでつまらない命令を出した。

四月一二日

あっという間だった！　ユーゴスラヴィアはもうないも同然。クロアチアが独立を宣言した。[◇1] くわしいことは、何もかもが混乱しているため、確認することができない。セルビア軍は総崩れ状態だ。ギリシャでは、ドイツ軍が数日前、すでにサロニキ[◇2]にまで到達していた。近いうちにギリシャで、ドイツ軍とイギリス軍の戦闘が起こるだろう。アフリカでは、ドイツ軍の援護が到着したことにより、イギリス軍にとっては戦いの幸運が逃げて行ったかのように不利な状況になった。

◇1　ペータル二世のクーデターは成功したかに見えたが、四月六日からドイツ、ブルガリア、ハンガリー、イタリアなどの枢軸国軍が多方面からユーゴスラヴィアに攻め入り、約一〇日間で全土を制圧、四月一七日ユーゴスラヴィア政府は降伏した。四月一〇日にドイツやイタリアの傀儡（かいらい）政権「クロアチア独立国」が建国された。ペータル二世はユーゴスラヴィア政府と共にイギリスへ亡命した。

◇2　エーゲ海に面する、ギリシャ第二の都市テッサロニキの歴史的な呼び名。

続いて復活祭〔この年は四月一三日〕

残念無念！　と言うのは、ついこの前、ユーゴスラヴィアが抵抗して、ドイツ寄りの政府から権力を奪ったとあんなに喜んだのに――今日はもうユーゴスラヴィアという国は存在しない。最近の情勢は目まぐるしく変わる。あらゆる方向から、禿鷹（はげたか）が戦利品の分け前を取ろうと集まってくる――積極的に参戦するハンガリー、ブルガリアそしてルーマニア。私の理解する限り、ユーゴスラヴィアは全滅だ。ギリシャはまだ持ちこたえているようだし、ギリシャの南部ではイギリス軍が援助の準備をしていると我々は期待している。しかしながら、まさに現在ドイツ軍は無敵だと、再び信じてしまいそうな時勢だ。でも決定的なことが大西洋で起こるだろうとも言われている。イギリスの大型船舶の損失は相当甚大だろう。とにかくたった一つ確かなことは、もしも戦争がずっと続くなら、ヨーロッパは飢えて死んでしまうだろうということだ。そのうちに食料があるのは、ポルトガルとスウェーデンだけになると思う[◇1]。

どう、考えてもみて、我々の国がまだ戦争になっていないなんて。どうしてこんなことが可能なのか。ここでは、あの国この国が次々戦争に巻きこまれていったのを見てきたが、スウェーデンはまだしっかり踏んばっている。

この秋私たちは、一〇年間暮らしたヴルカヌス通りから、家賃の高い素敵なダーラ通りのマンションに引っ越す予定だ。これまでのように、将来安心して暮らしていけると落ち着いて考えられない時期に、こんなことを書くのは本当に分不相応で、いやな感じがする。でもまあ、五階建ての二階に住むのだから、上からの爆弾は届かないだろう。

◇1　ポルトガルは第一次世界大戦では戦勝国だったが、その後政治・経済が混迷を極めたため、サラザール政権は第二次世界大戦では中立を維持し、戦争の影響を回避する政策を展開した。

四月二八日

ギリシャはたぶんもうすぐ終わりだ。国王や政府はアテネを逃れ、最近の諸情報によると、ドイツ軍は首都アテネに入城したとのこと。しかし実を言えば戦争はまだ終わっていないようだ。とにかくギリシャは去年の一〇月二八日から戦ってきたのだから、すごく頑張ったと言わなくてはならない。[1]

◇1　一九四〇年一〇月二八日、ギリシャ・イタリア戦争勃発。ギリシャはイギリス軍の支援により一時的にアルバニアまで攻めこんだが、枢軸国軍はユーゴスラヴィアの次にギリシャへ猛攻、一九四一年四月二三日ギリシャは降伏し、二七日ドイツ軍がアテネに入城。テッサロニキにいたユダヤ人の多くが強制収容所に送られ、ホロコーストの犠牲となった。

五月三日

イラクとイギリス間の戦争[1]! イラク政府は、ヒトラーに助けを求めている。たぶん、アラビア半島が動き出している。まあまあ、なんて恐ろしいこと!

ギリシャでの戦闘は終わった。イギリス軍は、再び幸運な「乗船」を果たした[2](これはとにかくイギリス軍ができる一つの得意技だ)。国王と政府はたぶんクレタ島にいると推測される。

◇1　アングロ・イラク戦争、一九四一年五月二―三一日。イラク王国は、一九三二年にイギリスの委任統治領から独立していたが、イギリス軍の国内移動はそのまま認められており、イギリスは石油資源も支配していた。これに反発するイラク軍幹部がドイツの助けで親英派の国王側近を追い出すとイギリスは、利権喪失と石油が枢軸国に渡ることを恐れてイラクに侵攻し、再び占領した。
◇2　イギリス軍だけでなく、オーストラリア部隊などを含むイギリス連邦軍は四月二九日までに約五万人の将兵をギリシャ本土から脱出させた。

五月一三日

今日の注目のニュースは――ルドルフ・ヘスだ。[◆1] ヒトラーの代理人といわれるルドルフ・ヘスが戦闘機メッサーシュミットでイギリスまで飛行し、パラシュートで脱出〔機体は墜落〕、スコットランドの農夫に発見され、グラスゴーの病院へ収容された。[◇2] いやいや、驚いた！　この事件は、先週の土曜日に起こった。だけど今のところ世界は何もはっきりわからないままだ。ドイツの新聞なんてルドルフ・ヘスのことを、最初は遭難したと見なして、死亡記事を書いたぐらいだ。彼がスコットランドに着陸したとの報道が届くと、ドイツの人びとはショックを受けた。ナチ党の仲間たちは、ヘスがドイツやナチ党を捨てた理由は、ヘスが深刻な身体的苦痛によって、「妄想」に駆られたせいだとしている。ベルリンのある情報では、「ヘスは個人的な犠牲によって、大英帝国の全面破壊で終わる戦争の展開を阻止できるのではと、彼の視点だけで勝手に考えたのだ」と見られている。ふふっ！　ルドルフ・ヘスは他の党の男たちよりも正直そうで、健全そうに見える――そして、こうした行動はヘスがより正直なことを示しているかもしれない。現在世界じゅうが飛行の真相を知りたくてうずうずしている。

◆1　ルドルフ・ヘス（一八九四―一九八七）ドイツの政治家、ヒトラーの個人秘書。国家社会主義ドイツ労働者党総裁代理、一九三三―四一。ヒトラーらと共にミュンヘン一揆に参加し有罪となり、ヒトラーと同じ刑務所に入れられた。そこでヒトラーの『我が闘争』の筆記を手伝い、信頼を得て、ナチ党内で重用された。しかし第二次世界大戦開始以降は活躍の場が少なくなり、徐々に疎（うと）まれるようになっていた。

◇2　ヘスは、一九四一年五月一〇日イギリスと和平交渉をするつもりで単独戦闘機で飛んだとされる。ヒトラーは激怒し、ヘスが精神異常だと発表。チャーチルも交渉相手とは認めず、ヘスはロンドン塔に幽閉された後、精神病院へ移される。戦後ニュルンベルク国際軍事裁判で終身刑の判決を受け、四〇年以上もシュパンダウ刑務所で服役していたが、一九八七年九三歳で自殺。ちなみにアウシュビッツ強制収容所所長のルドルフ・ヘスとはスペル違いの別人。

五月二二日

昨日はカーリンの七歳のお誕生日だった。昨年の彼女のお誕生日に、日記に「カーリンが次の誕生日を迎える時には、今とは違う世界になっていますように！」と記した。確かに多少違ってはいるだろうが、残念ながらいい方に変わったようには見えない。けれど、ことによると北欧やスウェーデンは危険な気配があまりないのかもしれない。いまや戦争の中心は、地中海の周辺、北アフリカ、中東へと移ってきている。昨日、ドイツ軍はクレタ島へ空からの侵攻を開始した、ひょっとすると一昨日だったかもしれない。ギリシャに残されている抵抗力、つまりまだ戦える力があるのは、たぶんイギリスの援助のあるクレタ島だけだろう。

去年と同じように、夏はカーリンのお誕生日と一緒にやってきた。コートなしで外を歩ける最初の日になった。けれど今年は何もかもがいつもより大幅に遅くて、これほど寒い春は経験したことがなかったように思う。でも今日は暖かく、柔らかい緑の葉っぱがどんなふうにいっせいに芽吹くのかを実感できた。カーリンとステューレと一緒にユーダルの森へ行った。美しかった。ラーシュは、ボーイスカウトのヘラジカ角競争に出かけていた。

昨日のお誕生日に、カーリンはいろんな贈り物をもらった。人形の靴、本、模型、色チョーク、五本指の手袋、お金、チョコレート、それに生まれて初めての自転車など。エルサ＝レーナ、マッテとアンデシュがそれぞれの母親と一緒に我が家へ来てくれた。夜、カーリンの両親である私たちは、エルサ＝レーナの両親グッランデル夫妻、マッテたちの両親ヴィリデン夫妻と共に、(お誕生日の子どもが寝てから)王立劇場ドラマーテンへ行き、その後でストランドホテルの別館で夕食をとった。

そして明日は、カーリンとマッテの小学校の入学登録日。カーリンはすでに牧師さんのように上手に読めるのだけれど。今は泳ぐことと自転車に乗ることを練習中。

ええ、カーリンの次のお誕生日が、平和かそうでないかについては、見守ることにしよう。あんまり望んでも無駄になりそう。

五月二五日

今日は母の日だ――そして昨日は――ステューレによると――母の日イヴだ。というわけで、私はすでに素敵なシルクのストッキング、一冊の本『ミニヴァー夫人』◇1、チョコレートひと缶、ピンクのバラ二本（これは自分で買った）、それにカーリンから「ママへ」と書かれた彼女の「絵」をもらった。そして今日はステューレとカーリンが、緑のマジパンののったケーキを買ってきてくれた。ラーシュは、昨晩から早朝にかけて、クングスホルメンにある防空壕で過ごした。「自由裁量法一〇条によって」、ボーイスカウトがそこに集められていたのだ。行われたのは、もちろん「防空訓練」らしい。

今朝は気持ちのいい日だったので、ステューレとカーリンと一緒に、早くにユールゴーデン島◇2へ、家の掃除も全然しないまま出かけた。その間にラーシュは訓練での汚れをきれいに洗っていたはずだったのに、帰宅すると汚れがまだ取れてなかったので、もう一度浴室へ追いやられることになった。ユールゴーデン島は緑の若葉がみずみずしく気持ちよかったが、家に帰ったとたん、これからは掃除をしないで出かけるのはやめようと自分に誓った。

午後、子どもたちと一緒にカールベリイ城まで歩いた。カーリンは自転車に乗り、ラーシュが後ろから支えてやった。暑い中、二、三時間うろうろしていると、みんなすごくいらいらしてきた。子どもたちはけんかするし、ラーシュがカーリンにやさしくないので、私はラーシュに文句を言ってしまった。

家に帰ってから、ピティパンナ◇3を大満足と歓喜のうちに食べた。その後ケーキも食べた。そして私がお皿を洗っていると、カーリンは粘土で作ったキャラメルを部屋の中で売り歩いていた。カーリンがベッドに入ったので、私は『小公女』[4]の続きを読んだ。ラーシュはアルベルト・エングストレムを読んでいた。子どもたちは二人とも寝たし、ステューレは書き物机でアルベルト・エングストレムを読んでいる。そして私はピンクのバラのそばでソファーに座って、これを書いている。

こんなふうに、一九四一年をストックホルムで穏やかに過ごしているが、世界のいたるところでは惨めなことだらけだ。世界最大の軍艦、イギリスの巡洋戦艦「フッド」が、グリーンランド沖でドイツの戦艦「ビスマルク」に轟沈(ごうちん)された。千三百人余りの乗組員がいたが、救助されたのは、おそらくその中のごくわずかだ。一瞬でこの世から、千三百人余りの命が亡くなったなんて！

クレタ島は不安定に見える。ドイツ軍は島の西側を占領したと言われている。[5]もしもドイツ軍が実際に空からの攻撃でクレタ島の征服に成功したのだとすれば、グレートブリテン島へドイツ軍が直接攻撃するという、イギリスがずっと危惧している経験をする恐れがあるわけだ。

もうすぐ贅沢税(ぜいたくぜい)が始まる！

◇1　ジャン・ストラッサー作。一九四二年にアメリカで映画化され、日本では一九四九年公開。
◇2　ストックホルムの中心部から歩いて行ける憩いの場。野外博物館スカンセンなどもある。
◇3　スウェーデン料理。ハム、焼き豚、ジャガイモ、ニンジンなどを小さな角切りにして炒め、目玉焼きをのせる。
◇4　フランシス・ホジソン・バーネット作、一九〇五年刊。
◇5　四月二五日にクレタ島へ移動したイギリス連邦軍に対し、五月二〇日からドイツ軍は一週間にわたり猛攻。連合国側はエジプトのアレキサンドリアに撤退。クレタ島へ避難していたギリシャ国王ゲオルギオス二世や首相ら政府要員も、カイロを経由しロンドンへ亡命。六月、ギリシャはドイツ・イタリア・

ブルガリアの枢軸三か国によって分割占領された。

五月二八日

今度は、ドイツの戦艦「ビスマルク」が航行中、イギリスの巡洋艦の魚雷により沈没。貼り紙で見た情報だが、乗組員は三千人だ。これはたぶん大げさに言っているだけで、それほど多くはないだろう。「ビスマルク」の損失は、ドイツ艦隊にとっては、イギリスが「フッド」の損失で受けた打撃よりも、大きいに違いない。

夕刊各紙の記事によると、クレタ島でイギリス連邦軍はもう抵抗をやめるらしい。ルーズヴェルトが昨日ラジオ演説で「熱弁」をふるい、アメリカ合衆国における国家非常事態宣言を行った。

六月一日

イラクは休戦を求めた。イラクで、今回はイギリス軍が勝者になった。だけどクレタ島では、たぶん戦闘終了だろう。

六月八日

今日、イギリス軍は現在戦場のシリアに先ずもって進攻することで、今回はドイツ軍の侵略を未然に防いだ。[◇1] フランスのド・ゴール軍は、イギリス軍と共に戦っている。[◆2]
今日、職場ではゴットランドからの不安な噂で持ちきりだった。ドイツの兵員輸送船がゴットランド西岸を通過し、どうやらゴットランドのスウェーデン兵士が非常に緊張したようだ。兵士たちの多くが、親しい人に実際に別れの挨拶をしたらしい。
皇帝ヴィルヘルム[◆3]が先日亡くなったが、オランダの地で埋葬されることになるだろう。というわけで、先の大戦での重要人物の一人だった彼は、今回の終結を見ることができなかった。

◇1　シリア・レバノン戦役。一九四一年六月八日の連合国による親ナチ派ヴィシーフランス政府領シリア・レバノンへの軍事進攻のこと。連合国側が勝利を収める。

◆2　シャルル・ド・ゴール（一八九〇―一九七〇）フランスの軍人、政治家。パリがナチス・ドイツに占領された後、ロンドンに亡命政府と自由フランスを樹立。レジスタンスと共に大戦を戦い抜き、戦後すぐに首相に就任、一九五八年に大統領となる。

◆3　ヴィルヘルム二世（一八五九―一九四一）最後のドイツ帝国皇帝及びプロイセン王国国王、一八八八―一九一八。第一次世界大戦で敗戦国となり帝政体制が崩壊、亡命先のオランダで六月四日、生涯を閉じた。

六月一六日

今日、我らが老王は八三歳のお誕生日を迎える。この戦争が終わるまで長生きされますように。

こんな夕暮れ時は、憂鬱（ゆううつ）で不安になる。昨夏の波乱に富んだ日々を思い出させる、暑い湿気を帯びた夏の夕べの再来。そして何かが起こりそうに思える。ドイツとロシアの間で小競り合いが増えてきている。夕刊各紙に、ロシアでは総動員だと載っていた。ドイツはずっと前から東の国境に強大な軍隊を配置しているし、この一週間に多数のドイツ兵がフィンランドへ移送された。ゴットランド沖を通過して、あのような不安を煽ったのは、その兵士たちだったのだ。ドイツとフィンランドが組んで、ロシアと戦争を始めると、我々は極めて危険な立場になる。問題は、我々が無関係でいられるかどうかだ。ドイツはきっとゴットランド島を航空基地にしたいだろう。

今日フルスンドへ行く準備を全部終えた。先週の土曜日で、夏休み前の仕事が終わった。その前にレストラン・ピーレンで、ハンベリイ、ボーグスタム、フローリイ、アン－マリー、シェッルベリイ先生、そしてもう一人知らない人と一緒に楽しいお別れ昼食会があった。夕方アン－マリーがうちへ来たが、彼女は不安そうだったし、私も不安だった。コック将校や他の将校たち数人がやめるのだ。

カーリンとマッテは、今日スポーツ・パレスでの水泳講習を終了した。カーリンは自転車に乗れるようになった。こんな戦争の不安がなくなれば、すべてが喜びと満足に変わるだろう。ロシアに対抗してドイツとイギリスが手を組むようになるだろう、そしてこれがヘスの平和工作だろう、とステューレが言っている。だけどこんなことが現実になるなんて、夢のようだ。

六月二二日

今朝四時半、ドイツ軍は、ルーマニアとドイツのロシア国境を越えた。◇1 そしてたぶん他にも多くの場所でロシア国境を越えている。いまやかつての同盟国間での戦争であり、◇2 気の毒なフィンランドは再び砲火にさらされることになる。ドイツは、ロシアがドイツとの条約をまったく履行(りこう)しないばかりか、ドイツに害を与えるためになんでもしたと主張し、ロシアはその反対にドイツは理由もなくロシアを攻撃したと主張している。いまや北は北極海から南は黒海までのロシアの国境を挟んで、双方ともに驚くべき数の軍団を並べて向き合っている。

これから先は大きな疑問符がつく。スウェーデンはどうなるのか？　夏至祭の間の兵隊の外出許可はすべて取り消しだ。ここフルスンドの航路に何隻もの汽船が停泊しているが、きっと目的地まで行けないために待機していたり、引き返してきたりしたのだろう。ドイツ軍によって、バルト海の広範囲にわたり機雷が敷設(ふせつ)されている。

今日は輝くような、美しい夏の日だった。ステューレが町からぎゅうぎゅう詰めのボートでやってきた。彼は朝の八時からずっとボートに乗っていたから、今回のような戦争が始まったなんて思いもよらないだろう。それにしてもこの戦争は極めて不安なものだ。ステューレの母だけが落ち着いていて、「もうすぐ終わるわよ」と言っている。私はその反対に、始まったばかりだと思う。何より奇異な感じがするのは、ドイツを支援しなくてはならないことだ。ロシアに対してドイツを支援し、ドイツに対してイギリスを支援するのは面倒なことだ。何もかもがめちゃくちゃだ。新しく借りたラジオで、大砲の音を聴いている。本当だった——イタリアも、ソ連と戦争中だと言明した。

◇1　ドイツ軍の奇襲攻撃で、この日から一九四五年まで続くことになる独ソ戦が始まった。

◇2　ドイツとソ連は、一九三九年にモロトフ－リッベントロップ協定とも呼ばれる独ソ不可侵条約を結び、ヒトラーとスターリンが手を結んだとして世界じゅうに衝撃を与えたが、この日をもって終焉を迎えた。

六月二八日

本当は、ここで戦争勃発についてのヒトラーの演説の切り抜きを貼りつけようと思ったけれど、後ですることにした。自分のベッドに座って雨靄のかかった海を眺めている。昨晩は、蚊との戦いと遠くで響く大砲の轟音とで落ち着かなかった。オーランド海◇1から聞こえているのは大砲の轟音だと、少なくともシェプマンホルムの水先案内人は言っている。

前回の日記の後、スウェーデン政府は、北ノルウェーからのドイツ軍師団をフィンランドまで送るのに、スウェーデン領内を通過する許可を与えた。言い換えれば、どれほど多くの兵でも通過させるということだが、スウェーデンにとってはこれ以外の選択はない。今はまたフィンランドに関しての問題だ。ロシアは再びフィンランドを爆撃している——とくにオーボーは激しい爆撃を受けた。その際オーボー城が相当ひどく破壊された。ハンガリーはロシアと戦争状態にあると言明した。

ドイツは、どのぐらいロシアに進攻したかについて、なんの情報も発表していない——そしてその理由は、ロシアの通信線が混乱しているので、ドイツは事情を明らかにしたくないのだと言われている。

バルト諸国は自由になりつつある――とにかく、リトアニアからロシア人はいなくなったと思う[◇2]。国家社会主義〔ナチズム〕とボルシェヴィズム[◇3]――これらはまるで互いに戦う二頭の恐竜のようだ。恐竜の片方と仲良くする必要があるのは愉快なことではないが、今はただソ連が、今回の戦争で奪ったものや、フィンランドに対してやったすべての悪いことについて、厳しく弾劾(だんがい)されることを願うしかない。今イギリスやアメリカでは、ボルシェヴィズムの考え方に賛成しなくてはならない――それはなおさら難しいに違いない。そして本質を理解して付いていくのは、普通の人にはたぶんちょっと難しいだろう。オランダ女王ウィルヘルミナがラジオで、ロシアを支持する覚悟はあるが、ボルシェヴィズムの理論をいまだに好きになれないので保留にしたと語った。

世界史上最も大きな軍隊が東部戦線で互いに向かい合っている。このことを考える、とぞっとする。もしも差し迫っているのがハルマゲドン[◇4]だとしたら！

ここフルスンドで一般的な歴史書を読んだ。それは実際、恐ろしく重苦しい読書だった――戦争、戦争、戦争、そして人類の苦しみ。そして人類は決して何かを学ぼうとせずに、ただ地面に血と汗と涙を注ぎ続けているだけだ。

◇1　バルト海北部、ボスニア湾の入口にあたるスウェーデンとフィンランドの間の海。
◇2　六月二二日、ソヴィエト連邦に侵攻したドイツ軍は、前年七月にソ連に編入されていたリトアニアへも進駐、制圧してその勢力下に置いた。
◇3　ソ連共産主義、レーニン主義。一九〇三年にロシア社会民主労働党が分裂し、レーニンが率いた左派勢力ボルシェヴィキ〔ロシア語で多数派を指す〕は、一九一八年ロシア共産党と改称、一九二二年にソヴィエト連邦共産党へと引き継がれた。

◇4　新約聖書「ヨハネの黙示録」一六章で、世界の終末に起こる善悪諸勢力の終局の決戦場。転じて世界の終わりを意味する。

七月二日

前回日記を書いてから、ドイツ軍は相当深くロシア領内に進攻している。ロシアの兵隊三〇万人から四〇万人が、ビャウィストク〔ポーランド北東部最大の都市〕で包囲された。そして確実に死ぬことになる。ドイツ軍にリエパーヤ〔ラトヴィア西部、バルト海沿岸の都市〕とリガ〔ラトヴィアの首都〕は占領され、今日のアフトンブラーデット新聞によると、ムルマンスク◇1が陥落した、他にもいくつか。恐ろしいほどの血が流れた。リヴィウ〔ウクライナ西部の都市〕も陥落した。記憶が正しければ、ここでは第一次世界戦争の時にも戦いがあった。

◇1　モスクワの北二千キロメートルに位置する北極圏最大の都市。ノルウェーやフィンランドとの国境に近い世界最北の不凍港の一つで、軍港がある。

七月一三日

スターリン線[1]が突破された。この要塞はダウガヴァ川[2]、ドニエプル川[3]、ドニエストル川[4]などに沿いながらロシア西部の国境沿いに延びている。モスクワから特別遠い地点ではない。

その他には、アメリカがいつだったかアイスランドを占領した[5]。そしておそらく形式的なものだったシリアでのフランス軍の抵抗は総崩れになり、イギリスとフランス間の休戦が締結された。これらはすべて、最後に日記を書いてから起こった重要な出来事だ。

それにしても東部戦線の状況は、おそらく凄まじいはずだ。ロシア軍は撤退する時、スターリンの命令によって、あたりの町や村の人びとも一緒に撤退させなくてはならない。つまり町や村ごと移動させなければならないのだ。一般市民がロシア兵にやさしく扱ってもらえるなんてことは、たぶんないだろう。あらゆる苦しみを心に思い浮かべる想像力がなくて助かる。

◇1　一九三六年に起工された要塞で、フィンランド湾からプスコフ、ミンスクを通って黒海のオデッサまでをつないでいた。
◇2　ロシア、ベラルーシ、ラトヴィアを流れ、リガ湾でバルト海に注ぐ。
◇3　ロシアのヴァルダイの丘から黒海に流れこむ大河。
◇4　ウクライナ西端から黒海に注ぐ。
◇5　一九四〇年五月、ドイツのデンマーク侵攻後、イギリスはデンマーク領アイスランド王国を占領。一九四一年七月にイギリスはアイスランドでの責務をアメリカ－アイスランド防衛協定に基づきアメリカに移管し、アメリカ軍が進駐。

八月一九日

このところ戦争日記からすっかり遠ざかっていた。何が起こっていたのかよく知らない。ただアメリカと日本の関係が非常に緊迫していて、いつ何時(なんどき)戦争になってもおかしくないことや、ロシアでの戦争は激烈に続いていて、たとえフィンランドがラドガ湖あたりの広い領土を取り戻し、ドイツがロシアに深く進攻したとしても、以前のような素早いテンポの戦い方とは程遠いことや、ルーズヴェルトとチャーチルが大西洋のどこかで会って、和平についての見解を発表したこと[◇1]や、アメリカからイギリスへの援助が徐々に増えていることなどで——今日の当局の情報報告によると——ドイツ人は自分たちの最終的な勝利を信じていないことや(ロシアが手ごわい相手だとわかってきた)、イギリス軍が激しく爆撃していて、とくにハンブルクは恐ろしく破壊されたことなどが挙げられるが、ええ、今はこれ以上思い出せない。

◇1 両者は一九四一年八月九日から一二日にかけて世界大戦後の国際協調のあり方についての会談を重ね、一四日に領土不拡大、民族自決などの八項目からなる「大西洋憲章」に調印。

八月三一日

明日でこの戦争は二年目になる。ずっといつも戦争だったような気がする。フィンランドはヴィボルグを取り戻した——どのフィンランド人の心にも、感じるものがあるに違いない。フィンランドの国旗が再びヴィボルグ城ではためいているのだ——たとえ一枚のシーツから大急ぎで縫われたものだとしても。いまやフィンランドは、一九四〇年三月一三日のモスクワ講和条約で失った領土を、早々と取り戻した。でもフィンランドが戦うのはこれで終わりにして、後のことはドイツにまかせてほしいと願っている。

明日でまる二年を迎えるといっても、子どもの誕生日のように祝福されるわけではない。検閲する手紙には、人びとの深い思いがこめられている。

その他イギリスとロシアがイランを占領し、屈服を強要したことを書くのを忘れていた。◇1

◇1　イギリスとソ連によるイラン侵攻作戦は、一九四一年八月二五日から九月一七日に行われた。イギリスが握っていた石油生産の権限の保持と東部戦線でナチス・ドイツと戦うソ連に対する補給線の確保のため、南からイギリス、北からソ連が攻めこんだ。八月三一日イランは敗北、油田は奪われ、イラン縦貫鉄道は連合国軍の手に落ちた。

九月六日

息がつまりそう！　あの男が一人で死んでくれたら！　彼〔ヴィドクン・クヴィスリングのこと〕は不眠症らしくて、ここのところ睡眠薬を大量に飲んで、死にそうになっていると聞いてうれしい。

ドイツの悪行（あくぎょう）がヨーロッパじゅうで猛威を振るっている。ああ、神さま、どれほど長く続くのでしょうか？　彼らドイツ人はどこに押し入っても、食料をすべて奪いつくす。エジプトのイナゴの大群が略奪の遠征に出ているようだ。◇1

「ドイツは、ドイツに反抗的なフランスの人質三人を処刑した」、「ドイツにいるすべてのユダヤ人は黄色い六芒星を付けていなくてはならない」、そして「ノルウェーじゅうが、ラジオなしになる」などの記事が一九四一年九月七日の日刊紙に掲載される。

◇1　旧約聖書「出エジプト記」一〇章四—五節。エジプトで虐げられていたイスラエル人を救い出すために、神は一〇の災いをエジプトにもたらし、預言者モーセはイスラエル人を率いてエジプトを脱出する。イナゴを放って作物を食い荒らさせるのは八番目の災い。

九月一一日

昨日オスロで、一般市民への非常事態宣言が発令。最初の軍法会議で、二名が銃殺、一名が終身強制労働刑、二名が一五年、一名が一〇年の強制労働禁固刑を言い渡された。銃殺された二人はノルウェーの労働組合のリーダーで、ヴィゴ・ハンスティーン◆1と労働組合委員長ロルフ・ウィックストレム◆2だ。こんなことが、スカンディナヴィアの中で起こったなんて！　無気力な怒りと絶望で、心臓が胸の中で破裂しそうだ。

ノルウェーでは、夜八時以降はだれも外出できない。なんてこと、ノルウェーで憎しみがどんどん強くなっていく！

クヴィスリングのつい最近の演説が、ノルウェーでとてつもない怒りを巻き起こしたようで、そのためオスロでゼネストが計画された。その結果、非常事態宣言の導入となったのだ。

ロシアでは、ドイツとソ連の両軍が全力で戦っている。フィンランドの若者が戦場で血を流して死んでいっている。仕事を通じて知り合った何人かも戦死した。なかには、スウェーデンの女の子と婚約していたヴァイノ・タンネルのたった一人の息子も。レニングラードは、他のロシアの町と交通や通信が断たれている。昔の国境を土台にしてロシアとフィンランドが単独講和を結ぶという噂が流れている。

◆1 ヴィゴ・ハンスティーン(一九〇〇—四一) ノルウェーの弁護士、共産主義政治家。
◆2 ロルフ・ウィックストレム(一九一二—四一) ノルウェーの労働組合指導者。

一〇月一日

最後に日記を書いてから、大変なことが次々に起こった。

九月一七日、スウェーデン海軍がホーシュ湾で恐ろしい惨事に見舞われた。まだ原因は不明だが、駆逐艦「イェーテボリイ」が爆発炎上、そして沈没。駆逐艦「クラース・ホルン」と「クラース・ウッグラ」も引きずりこまれて沈んだ。助かろうともがく、かわいそうな乗組員が浮かぶ海の上には、燃え盛る油がいっぱいに広がった。三三名が亡くなった(幸いだったのは、多くの乗組員が休暇を取っていたことだ)。職場で読む手紙によると、その後あたりの海岸の惨状はぞっとするものだったということ。腕、脚、切断された頭部などがあたり一面に散らばり、棒を持った救助隊は歩きまわって、木の枝に引っかかっている肉の小片や内臓を突つき落としたという。ある人がどのように親友を見つけたかを書いていたが、顔は損傷していなかったけれど、その他は傷んだ断片だったそうだ。また別の人は、桟橋に立ってタバコに火を付けようとした時、突然人間の腕が顔に当たったと書いていた。爆発炎上の原因は、魚雷の実地試験での不注意だと言われているが、他に五人の人間が証言しているのを、我々は聞いている。何機かの飛行機が飛んできて、その中の一機から、爆弾がホーシュ湾に円を描きながら落ちていくのを見たそうだ。これが真実なら、原因は爆弾の落下によることになるのだろう——しかし新たに、明らかになってきた故意の破壊の線も考えられるようだ。今日の新聞に爆発物を使っての破壊者が新たに捕まったと載っていた。

また、国内の動きとしては、いまや卵も不足してきた。我が家に缶詰にしたのが二〇キロあるのはうれしい。というのも、卵は一人につき一か月に七個しか買えなくなるらしいから。

ノルウェーでは最初の軍事法廷が開かれてから、二、三日後に廃止になった。ところが、その代わりに今度はチェコスロヴァキアで軍事法廷が導入され、そこで死刑宣告があられの降るように行われている。ノルウェー人は自分たちの毛布をドイツ軍に譲ることになっている。そうしなければ、ひどい目にあうのだ。占領された国では、ほとんどすべての食料をドイツに供出しなければならないが、それでもまだドイツで人びとは飢えているし、ヨーロッパじゅうが同じように飢えている。フランスでは、食料事情は耐えられないほどだし、フィンランドもノルウェーも同じだ。

フィンランドがペトロザヴォーツク〔ロシア連邦の都市、カレリア共和国の首都〕を占領し、またムルマンスクの鉄道が全面的に切断されていると、夕刊各紙に載っていた。けれどロシアでは、何か決定的なことは冬になるまでは起こらないだろう。

そして我が家は、戦争や物価高騰期の最中にもかかわらず、ヴルカヌス通り一二番地からダーラ通り四六番地へ引っ越した。[◇1] 私たちの美しいマンションには喜ばずにはいられない。多くの人が頭上に屋根すらないという時に、あまりにも分不相応に良い思いをしていると常に自覚している。

引っ越しで、私の一九四〇年のポケットカレンダーが行方不明になった。

大きくてきれいな居間ができたし、子どもたちはそれぞれの部屋が持てたし、私たちに寝室もできた。新しい家具をかなり買ったので、とても快適になった。爆撃されたくないなあ。

◇1 アストリッドは九四歳で亡くなるまで六〇年余りを、このマンションで暮らした。

一〇月一〇日

ドイツ軍はモスクワからおよそ一五〇キロメートルのところにいるらしい、そしてロシアの一七〇個師団が包囲されていると言われている。何が真実なのかを見極めるのは、簡単ではない。

一〇月一一日

明日でデニッシュパンや、「バターが練りこまれた」菓子パンが食べられる最後の日になる。卵の配給が一か月に一人七、八個に決まったことは、確か書いていなかったと思う。幸運にも保存用のはかなりあるが、もしも戦争が続くとしたら、この先のことまで考えないと！

愛する娘は、この秋から小学校へ通い始めた。今まさに彼女は反抗期で、いざこざに疲れる。つんつんと愛想がないし、言うことは聞かないし、どんなことにも気取ってばかり。そのうちに変わってくれますように。

一一月五日

戦争はまだまだ続いている。そして世界は苦しみの極限に遭遇している。どこに目を向けても、悪魔の仕業かいたずら以外の何ものでもない。昨夜も座って新聞を読んでいると、痛ましい状況の記事ばかりで、すっかり重苦しい気持ちになった。イギリスはフィンランドに対して宣戦布告を考えているが、それはフィンランドがロシアと単独講和を結びたくないからで、同様の理由でアメリカもフィンランドに警告している。アメリカは、すでに八月にフィンランドとロシアの和平を実現させようとしていたが、フィンランドが拒否していた。◊1

ドイツは、モスクワからおよそ四〇キロメートルの地点にいるようだが、モスクワは「死ぬまで」防御させられるはずだ。今日の笑い話を一席。スターリンがヒトラーに電報を送った。「このいらいらする国境上の茶番爆撃が終わらないなら、動員をかけるつもりだ」。ここには大いに真実がある。ドイツはロシアの奥へと進んでいるようだけれど、広大で、侵すべからずの神聖なロシアだから、動員は簡単ではないだろう。今日のダーゲンス・ニイヘッテール新聞に、ドイツは、たぶんロシアが冬になるまでには屈するだろうと思っていただろうが、この戦争が冬に突入することはほぼ避けられないだろうという記事が載っていた。この記事を読むだけで震えた。なぜなら、そんな戦争になれば恐ろしく厳しいことが起こるに違いない。ドイツ軍はクリミア半島を制圧した。ロシアの情報によると、多大な死傷者を出している。

最近ではこんなことがあった。ドイツ軍が、護衛艦に囲まれていたアメリカの駆逐艦を撃沈した。これを、ルーズヴェルトは確かに許しがたいことだと受け取ったが、それでも戦争を始める理由とするにはまだ十分ではないと思っているようだ。

そしてヨーロッパは飢えている。アテネには食べるものがなんにもないと、昨日の新聞に載っていた。フランスでは人びとはできるだけ野菜を食べようとしている。ドイツは奪い取れるものはすべて奪い取っているにもかかわらず、相当厳しいようだ。そしてヘルシンキでは、警察官はバルト海ニシンがないのに列を作る人びとを散らさなくてはならない。

ドイツはまるでならず者のように略奪を続けている。ノルウェー人からは、毛布、スキー靴、アノラック、テント、スキー、ラジオ受信機、それにほとんどすべての食料、そして(アイナ・モーリン[◆2]によると)ついに最後の最後のもの、つまりシーツや枕カバーまで奪っていったとのこと。ベルリンのユダヤ人が大量にポーランドへ強制移住させられている。そしてこれが何を意味しているのか容易に想像がつく。彼らは鉄条網で囲まれたゲットーに収容され、もしもそこから出ようとすれば警告もなく銃殺されるのだ。彼らの食料の配給は他の人間の半分もない。

先日、ストックホルムのベリダレバンス通りにある本屋に看板が立った。「ユダヤ人とユダヤ人の混血は入店禁止」。店の前では大勢の人びとが群がり、すごい騒ぎになっていた。ストックホルム当局が店主に看板を通りから見えないようにするよう指示を出したが。

嘘っぽい残酷話といえば、バルト諸国では、ドイツ人の流入により、ロシア人たちが退去する前にした残酷な仕打ちのことを聞いた。母親たちの目の前で、幼い子どもたちの舌に釘を打ち付けたなんて、信じがたいほど恐ろしいことが言われているが、真実だろうか。人間のサディズムはどこまでも果てしないと思われる。何千何万の人間が消えているが、シベリアに追いやられたか、殺されたかだ。あらゆる限界を超えた凄惨(せいさん)さ。終わりがまるで見通せない。

◇1 フィンランドは、モスクワ講和条約の過酷な条件に衝撃を受けているところへ、ソ連によるバルト諸国占領や、ドイツによるデンマーク及びノルウェー占領のために連合国との連絡路を失い、スウェーデンからの同盟支援も得られず、国際的に孤立。ソ連の攻撃を恐れるあまり、ドイツ軍が領内に駐留することを認めるなどしたため枢軸国と見られるようになる。一九四一年六月二二日独ソ戦が始まるとドイツはフィンランド領内からソ連を攻撃、フィンランドが中立を表明しているにもかかわらず、ソ連がフィンランド領内を空爆したため、二六日フィンランドはソ連に宣戦布告し、いわゆる継続戦争が始まった。一二月、イギリスはフィンランドに宣戦布告し、アメリカも国交を断絶した。

◆2 情報なし。

一二月六日

フィンランドの独立記念日に、イギリスが宣戦布告した。我々はきっと奇妙な世界に生きているのだろう。一九三九年の冬、ロシアと戦うフィンランドを支援するために、イギリスは自国の軍隊がスウェーデン国内を通過できるように要求していたのだ。それなのに今度はドイツと戦争をしているロシアと手を組み、面倒なフィンランドの人びとを負かそうとしている。そしていまや突然イギリス人の目には、ロシアの人びとがなんだか勇気があり、偉大で、神聖に感じられるようで、攻撃したフィンランドの方こそ恥じるべきだと思っているのだ。かつての同盟国ドイツとロシアが権力闘争をしていることになる。あっという間に立場を変えることができるのだ。だけどイギリス人とアメリカ人が共にフィンランドのことを心の底から理解することでのみ状況は変わるのだが、彼らには何か別の事情があるに違いない。他には新聞のどこかに載っていたのだけれど、ポーランド人とロシア人が、両者間の「すべての積年の恨み」を忘れるということで同意したらしい。ポーランドの何百年にもわたる憎悪や百年にわたるロシアからの圧制に対しては、ゆるすぎると思う。けれど、ドイツに対する憎しみとは比較にならないらしい。

そうそう、一九三九年のロシアとフィンランドの会談から不和の種だったハンコ半島がフィンランドの元に戻ってきた、と書くのを忘れていた。

一二月八日

第二次世界大戦がいよいよ現実になってきた。昨日、日本がハワイの真珠湾を繰り返し爆撃してアメリカ合衆国と戦争を始め、マニラへも爆撃した。◇1 後になり東京のラジオ局が、日本は、月曜日の明け方から太平洋で、合衆国と大英帝国と戦争状態に入ったとの声明を読み上げた。日本は、バンコクへの砲撃を恐れて、すぐに武器を捨てたタイを攻撃した。そしていまやアメリカのドイツに対する宣戦布告を待つばかりだ。その後枢軸国は結束して民主主義国家に立ち向かう——つまり、全地球規模の巨大な戦いになるのだ。

目下のところは、ロシアの森、リビアの砂漠、そして陽のあたるハワイで戦っている。なんてったってこの戦争は、ドイツがダンツィヒをほしがったことから始まったのだ。そのことを考えると、軽い目まいを感じてしまう。

ロシアでドイツ軍は、ぐずぐずしているというのが現実。冬になるずっと前に終わっているはずの戦争は、何事もなかったかのように続いている。ドイツ軍はモスクワのあたりでは確かにゆっくりではあるが進んでいる。一方それに反して南部前線では大きな損失を出しながら撤退を余儀なくさせられている。それに強大なロシアは一挙にはやっつけられないだろう。今年は、ドイツ兵にはクリスマス休暇の許可は下りないかもしれない。かわいそうな世界じゅうの若い兵士たち！

そしてレオポルド三世は、一九三五年八月、アストリッド王妃の悲劇的な事故死以来王妃不在だったが、再婚した。

◇1　日本海軍は、一二月八日早朝、ハワイのオアフ島の真珠湾を攻撃、太平洋戦争の戦端を開いた。同日、日本陸軍はイギリス領シンガポール攻略のためマレー半島へ上陸、アメリカ領だったフィリピン攻略のためマニラ郊外にあるアメリカ軍の飛行場を爆撃。

一二月一一日

日本がイギリスの巨大戦艦二隻、「レパルス」と「プリンス・オブ・ウェールズ」を撃沈したと、[◇1]朝刊各紙が報じていた。太平洋上でのこと。イギリスは、激しく動揺。日本軍には、敵を攻撃するために、自分の命を犠牲にする死のパイロット〔特攻隊〕がいるらしい。

午後になって、さらに衝撃的なニュースが飛びこんできた。枢軸国がアメリカに宣戦布告をしたのだ。これは予想されていたことだが、まさに世界じゅうが紛糾している時にさすがに恐ろしいことだ。ここスウェーデンでは、郵便とかそういったものはドイツを通して行われているから、我々にとっては、アメリカとのすべての関係が断たれてしまうことを意味する。

そして中国がドイツに宣戦布告した。

職場でフィンランドの子どもたちの恐ろしい写真を何枚か見た。ロシア人がロシアへ連れて行った子どもたちで、今度戻ってきたのだ。これほど痩せ衰えて異様な様子の子どもは、世界大戦以来、失礼、先の世界大戦の日々以来見たことがない。しかし、この戦争が終わらない限り、ヨーロッパじゅうの子どもたちは当然こんなふうになっていくのだ。

◇1　一二月一〇日のマレー沖海戦で、海軍航空隊がイギリスの誇る戦艦を爆撃した。

一二月二六日〔クリスマスの翌日で祝日〕

最後に書いてから、驚くようなことが起こった。ドイツ陸軍総司令官フォン・ブラウヒッチュ[◆1]が辞めた後、ヒトラー自身が陸軍総司令官になったのだ。その理由について、いろいろと推測されているが、たぶんロシアで戦うドイツ兵たちを鼓舞するためには総統の個人的な介入が必要なのだろう。ロシアで、ドイツは苦戦を強いられており、気の毒な兵隊たちは、マイナス四〇度の土の掩蔽壕（えんぺいごう）[◇2]で過ごしているのだ。一一月のモスクワへの攻撃は、おそらく失敗だったのだろう。ブラウヒッチュとは戦略上対立したまま、ヒトラーが自分で命令を下し、今ブラウヒッチュはスケープゴートにされたと思われている。とにかく、このヒトラー自身が総司令官になるなんて変化は、ドイツの弱体化の印として解釈できる。

クリスマス休暇中も戦争は変わらず激しく続き、日本軍は太平洋で大騒ぎのシラミの如く暴れている。香港が陥落したし、マニラは危険な状態、等々、等々。

ネースではいつものように、どっさりのごちそうと、クリスマスイヴに降りしきった雪で（それまで雪はまったくなかった）、クリスマスの当日には、木や茂みはまるでクリスマスカードのように美しいクリスマス日和になった。今日はクリスマスの翌日、気温はマイナス一〇度。

スウェーデンの人びとは、クリスマスが近づくにつれて、今年もまだこんなふうにクリスマスを祝えることに、心からの感謝の気持ちを強烈に抱いていた。（ただ今年は、クリスマスツリー用のロウソクは、子ども一人に対して一〇本だけで満足しなくてはならなかった。）

◆1　ヴァルター・フォン・ブラウヒッチュ（一八八一―一九四八）ドイツ陸軍元帥（げんすい）。第二代陸軍総司令官を務めたが、独ソ戦の戦略をめぐりヒトラーと対立、解任された。

◇2　銃撃や爆撃から兵士や戦闘機を守るために地下や山を掘り抜き、鉄筋コンクリートなどで造る設備。ここでは土の掩蔽壕とあるので、もう少し簡易なものと思われる。

ヴルカヌス通りのリンドグレーン家.

1942年

家族写真．1940 年代．
上段左から：ハンス（アストリッドのすぐ下の妹スティーナの夫），アストリッド，ラーシュ（息子），グンナル（兄），インゲエード（一番下の妹），イングヴァル（インゲエードの夫），2 列目：スティーナ，グッラン（グンナルの妻），3 列目：ハンナ（母），サムエル－アウグスト（父），抱かれているのはエイヴォル（グンナルの三女），下段：インゲル（インゲエードの娘），バーブロ（グンナルの次女），グンヴォール（グンナルの長女），カーリン（娘）．

一月一日

新しい年が始まる。隣り合って写っている三人の男たち〔巻頭カラー頁参照〕は新年に何を期待しているのだろうかと思う。少なくともヒトラーは何日も眠れていないようだし、チャーチルは憂鬱そうで、悩んでいるみたいだけれど、ルーズヴェルトだけはアメリカ人らしく希望に満ちているように見える。だけどこの写真は、日本が真珠湾攻撃をする前に撮られたのかもしれない。

ドイツにとって、実際のところ戦局は至極厳しいようだ。少し前から続いているロシアでの惨めな戦いを隠せなくなっている！　それでも、ドイツがなんとかロシアを押しとどめてくれますように！とため息をつきつつ願わなくてはならない。そうでなかったら、どうなるか？

今年の終わりには、世界の様子はどうなるだろう？　いまだ全世界の人びとが待ち焦がれている和平はない。救出までにどれだけ多くの魂が「死と死の暗夜に落ちゆくであろう！」[◇1]。

先日ノルウェーで、一一人のノルウェー人が銃殺された。単なる自衛本能からドイツの敗北を望めないのは難儀なことだ！

◇1　シェイクスピア作『ヘンリー六世』第一部第二幕第四場「今から紅バラと白バラの戦争だ。いく千いく万の人命は、死と死の暗夜に落ちゆくであろう！」からの引用。一九四六年刊『名探偵カッレくん』（尾崎義訳、岩波書店、一九六五年）でも使われている。

二月一日

ストックホルムの新聞通信員によると、これが今日のギリシャだ。[◇1] ヨーロッパのどこにも、スウェーデンほど暮らしやすいところは実際ないだろう。フランスはドイツに近づかなくてはならないのだと、先日新聞に載っていた。フランス人たちは食料不足と悲惨な暮らしぶりに、もはやこれ以上耐えられないのに。ベルギーでは、空腹から路上で意識を失い倒れる人がいるし、フィンランドやノルウェーでも悲惨な状態だし、もちろんドイツでも同じだ。ロシアではどうなのか知らないが、ちょっと想像力を働かせばわかることだ。

それに再び恐怖の厳冬の到来。人びとは寒さに凍え、あまりのひどさに泣きたくなる。

日曜日の朝、アーケシュフース城[◇2]で儀式張ったセレモニーがあり、ドイツのノルウェー担当国家弁務官、テアボーフェンが、クヴィスリングをノルウェー首相に任命した。

◇1　切り抜きには、パンなどの価格が高騰し、体重が五四キロあった女の人が一八キロも痩せたこと、アテネに滞在していた外国人がいかにも健康そうな自分が恥ずかしくて外出すら困難だったことなど、ギリシャの悲惨な状況が書かれている。

◇2　ノルウェーの首都オスロにある古城。城塞（じょうさい）として重要だったが、ナチス・ドイツによる占領後は、抵抗するノルウェー人の処刑場として使用。ドイツ敗戦後、死刑判決を受けたクヴィスリングもここで銃殺されている。

二月二三日

前回書いてから、大きな出来事がいくつか起こった。こんなことは定期的にもっともっと書くべきだった。まずシンガポールが陥落したなんて。[◇1] 百年に一度しか起こらないほどのことだ——と言われている。この出来事の新聞の切り抜きを残していたつもりだったが、どこかへ行ってしまったみたい。太平洋での日本軍の働きは比類なきものだ。イギリスが、要塞としてシンガポールを何世紀も前から優れた主要陣地として維持してきたことを考えると、日本軍にあれほど短期間のうちに占領されたのは——日本軍の能力の高さを示してはいるが、それよりもたぶんイギリス軍のあきれるほどのんきな無頓着さを示しているのだろう。このことでイギリスでは政権の危機に瀕(ひん)したが、チャーチルはもちろん、いつものように難局を切り抜けた。

もっと驚くようなことがあった。一週間ほど前に(一三日か一四日だったと思う)、ドイツの戦艦「シャルンホルスト」と「グナイゼナウ」が、ブレスト港[◇2]からなんと白昼堂々、出港した。ブレストでは数か月間集中砲火を浴びていたのだが、イギリス軍からのちょっかいもなく、幸運にも北海にうまく戻ることができた。

現在最も重要な出来事が次々起こっている太平洋に話題を戻すと、防衛のために兵役に適したすべての男子が召集されていたビルマ公路やオーストラリアと同様に、スマトラ島、ジャワ島、インドだっていつ何時(なんどき)爆撃されてもおかしくない状況だ。イギリスとアメリカがどうしようとしているのか、よくわからない——日本軍がモンスターのように突き進んでいる。ここ数週間、シンガポールでは凄まじい戦いがあったようだ。要塞は海側だけ防衛することができたようで、日本軍はマレー半島をじわじわと南下していった。こちらは防衛対策をほとんどしていなかったようだ。[◇3] 水不足は、「忍耐の限度を超えるもの」だったらしい。爆弾が雨の如く落とされる間、女や子どもはスマトラへ疎開させられていた。イギリス軍はシンガポールに飛行機をほとんど持っていなかったけれど、どうしてそんなことが可能だったのか。

ロシアでは、三万七千人の兵士が次々殺されたらしい。

フィンランドは自国の前線で、健闘している。

スウェーデンでは、ここ数日多数の召集令状が出ている。外務大臣ギュンテール[◆4]が昨日、戦況について政府見解を発表した。スウェーデンの現状は深刻なものではなく、現在は悪い方向に向かう恐れもないが、春までには軍備を増強することが必要だと語った。予想されるのは、おそらくノルウェーに対するイギリスの爆撃だろう。

ところで、いまだに春の兆（きざ）しは見当たらない。ここストックホルムでは一月五日からずっと氷点下が続いていて、バルト海はすっかり氷で覆われている。ゴットランドは閉じこめられ――まったく悪魔的な冬――戦争になって三回目の冬は、思いきり痛みをともなう厳しい冬になった。私自身こんなに長いと感じる冬は経験したことがないが、たぶんカーリンが咳をしているせいだろう――彼女が咳をし始めて四か月になるが、今も咳と鼻水と熱が出た時とちょうど同じように、私のベッドで横になっている。カーリンの胸のレントゲン写真を撮ると、左の肺に完治した炎症の跡が写っていた。そして心拍曲線は炎症の影響を受けていることを示していて、ヒューヒューという音も聞こえている。オッタンデル先生は少しずつ良くなっていくと思うと言っているが、そうならなかったら、どうしよう。

私自身ひどく疲れ、絶望的になっているせいか、今はカーリンの質(たち)の悪い咳と体調の悪さが、世界戦争のことよりも気にかかる。

◇1 真珠湾攻撃の一時間半前に、山下奉文(ともゆき)中将率いる日本軍はシンガポール攻略を目的にイギリスの植民地マレー半島のコタ・バルなどから上陸し、半島を南下。二月一五日、イギリス軍の総司令官パーシヴァル中将が降伏し、シンガポールを占領。

◇2 フランス西部ブルターニュ地域にあるフランス海軍最大の軍港。一九四〇年六月、ドイツに占領されてからは、ドイツ軍の潜水艦基地となったため、連合国軍からの空襲で町は破壊された。

◇3 イギリスは一九二三年から二年の歳月と巨費をかけて、難攻不落のシンガポール要塞を築いたが、大砲は南の海側に向けられており、マレー半島の北側から攻撃されることは想定していなかったため、一〇日足らずという短期間で日本軍はシンガポールを占領。捕虜約八万人はイギリス軍史上最大。

◆4 クリスチャン・ギュンテール(一八八六―一九六六) スウェーデンの外務大臣、一九三九―四五。

三月一六日

カーリンがお医者さんへ行った。もうほとんど良くなったし、胸の音もずいぶんましになった。けれど尿に膿(うみ)の細菌が混じっているとかで、ある種のサルファ剤で治療することになった。

ジャワが降伏して[◇1]、その時に九万八千人のオランダ人とイギリス人が捕虜になったことは、日記には書かなかった。オランダ帝国はもう存在しない――そしてイギリス帝国はどうなるのか? オーストラリアは攻撃されることを覚悟している。

リオン〔フランス中部の都市〕では、フランスを惨敗させた責任者たちに対する裁判が続いている。◇2

ここスウェーデンではずっと危機的状況だったのが、いまだに続いている。今日疎開についての通達があった——けれど戦争の始まった頃に比べて、今はすべてのことについて比較的落ち着いていられる。私たちが口角沫(あわ)を飛ばして公園で疎開のことをしゃべっていた時には不安でいっぱいだったが。ノルウェーの刑務所で行われていることについて書いた記事の件で、先日、ノルウェーの新聞一七紙が差し押さえられた。それを読むと、もしもそれが真実ならば——それを疑う理由は何もない——気分が悪くなり、恐ろしくて震えてしまう。完全なサディズム、そして中世の拷問だ。ノルウェーの多くの人びとに栄養失調の症状が現れ始めている。

スウェーデンでは、まだ食料はあるが、かなり厳しくなっている。肉はどんどん小さくなってきた——夏には配給量が少なくなるだろう。悲惨なことを書くのはもううんざりする。

◇1　ジャワ島のある現在のインドネシアは、当時オランダ領東インド(蘭印)であり、一七世紀からオランダの植民地だった。日本は、アメリカなどからの石油禁輸措置を受けていたため、石油などの天然資源が豊富なボルネオ島、ジャワ島、スマトラ島に進攻した。

◇2　リオン裁判。ナチス・ドイツとの戦争に敗北した際のフランス政府首脳、エドゥアール・ダラディエやポール・レノーなどが、ヴィシー政権によって裁判にかけられた。ところが敗戦責任はヴィシー政権のペタンにも及ぶ可能性があったため、一九四二年二月一九日に始まったが、四月一五日には中止された。

聖金曜日[1]

ここ数日道路が乾いてきれいになっていたが、また雪が戻ってきた。今年は絶対、春は訪れないのだろう――気象学的に記録されるほど厳しかった冬の後だから。

ノルウェーがドイツに占領されて以来、イェーテボリイ港に泊められていた一一隻のノルウェー船が、降りしきる雪に紛れ、イギリスに向けて逃げ出そうとした。スウェーデン政府は、それらの船の本当の所有者がはっきりするまで、出入港禁止令を出していた。ドイツが船の所有権を主張していたが――先日の最高裁判所の採決によると、聞き入れられなかった。スウェーデンにいるほとんどすべてのノルウェー人が、イギリスへ逃れるチャンスをうかがっていたようだ。しかしドイツ軍は、スウェーデンの領海の外で猛獣のように待ち伏せしていて、三隻の船に火を付け沈没させた。二隻だけはイェーテボリイへ引き返したが、六隻は海上で追跡され、沈められたそうだ。我々は手紙の検閲によって、逃げようと考えているノルウェー人のことをたくさん知っていたが、今回のイギリスへ逃げるという計画は最初から無謀な企てだったがゆえに、船が沈められたことはいっそう恐ろしく後味の悪いものになった。船に乗った者はみんな、その航海が最後の機会になると覚悟していたに違いない。

家の中は、まるでこの世には苦しみなんて何もないかのように復活祭の飾りつけがされ、私はその中に座っている。結婚して明日で一年になる。カーリンはまた新たに風邪を引いているが、早く良くなるようにと願っている。ダーラ通りの家では初めての復活祭。カーリンは、復活祭の卵を隠せるところがいっぱいあると言って喜んでいる。これは、もちろん子どもたちの復活祭用のお菓子の卵のこと。本物の卵を持っている人は、この町の中にはほとんどいない。でも私は、アン-マリーが、夫のステッランの病気証明書でもらった卵から、一二個を借りられた。

世界政治の話に戻ると、太平洋での日本軍の動きは少し鈍く、停滞しているように見える。オーストラリアへの侵攻についてはまだ何も情報がない。ロシアでの戦局がどうなのかよくわからないが、ドイツの春の攻撃はちょっと遅れているようだ。

◇1 復活祭前の金曜日、イエス・キリストの受難と死を記念する日。
◇2 スウェーデンの南西に位置する港湾都市。ストックホルムに次いで大きな都市。

四月一九日

アメリカ軍が東京を爆撃した。このことでアメリカは途方もない歓喜に沸きかえった。近頃世界で何が起こっているのかよくわからないが、死者数や絶滅した村の数などあらゆる情報から判断して、ロシアは総力を挙げて戦っているようだ。

ラヴァル◆1がフランス政府に戻ってきた。彼は、フランスをドイツに接近させようとするクヴィスリングのような人物らしい。

イギリス軍はドイツを激しく爆撃している。

昨日ストックホルムでは、気温が二三度まで上がった。一八八〇年来の観測記録によると、四月の最高気温だ。一四日前には激しい降雪があったというのに。今はどこもかしこも乾いてきれいだし、お日さまは輝いているし、さっき書いたように暖かい。でもきっとまた寒くなるのだろう。今日は午前中、家族そろってハーガ公園[◇2]へ出かけた。帰ってから、私とカーリンは「マルクス兄弟[◇3]」の映画を観に行った。ステューレは自動車連盟が企画している展示会「自動車連盟 四二」のことで頑張っている。ラーシュは少し小さくなった服で毎日出歩いているが、今度堅信礼に合わせて新しいのを買ってもらうことになるだろう。その時には、相当たくさんのクーポン券が要ることになる。

夏前になると、きっと肉はほんの少ししか買えなくなるだろうが、ついに卵が少しずつ店頭に並び始めている。バターは少ないが、たぶんもっと厳しくなるだろう。

書いたかどうかわからないけれど、王が膀胱結石で手術を受けられたが、うまくいったので、みんなほっとした。

ノルウェーでは政府と牧師階層との間で激しい争いが起こっていて、司教のベリイグラヴがドイツの強制収容所へ送られそうになったものの、どんな理由からかわからないが、送られなかった。

レマルク[◆4]作の避難民を書いた作品『汝の隣人を愛せ』(一九四一年刊)[◇5]を読んでいる。この作品はユダヤ人移民すべての苦難の道を描いている。恐ろしい話だが、これが真実だと、仕事で手紙を読んでいるため理解できる。

ヨーロッパのいたるところで、人びとが道路で行き倒れ、飢えて死んでいる――一番ひどいのは、ギリシャだろう――しかし、フランスもベルギーも恐ろしい状態だ。

◆1　ピエール・ラヴァル(一八八三―一九四五)フランスの政治家。第三共和政下で二度首相を務め、ヴィシー政権下でも首相(一九四一―四四)となった。

◇2　ストックホルムの北端にあり、「ストックホルムの肺」と呼ばれるほど木々の多い広大な自然公園。

◇3　ニューヨーク出身の兄弟四人組のコメディ俳優。

◆4　エーリヒ・マリア・レマルク（一八九八―一九七〇）ドイツの作家。第一次世界大戦に従軍した経験から生まれた作品『西部戦線異状なし』（一九二九年刊）は大ベストセラーとなり、翌年ハリウッドで映画化された。一九三八年ユダヤ人を理由にドイツ国籍を剝奪されたため、アメリカに亡命、のちにアメリカ国籍取得。

◇5　苦難の道は、ヴィア・ドロローサ、つまりイエス・キリストが死刑を言い渡されてから、ゴルゴタの丘に向かい十字架を背負って歩いた最後の歩みを指す。

五月一二日

この前書いた後、ヒトラーの演説を、この日記に貼りつけようとしたが、すごく長かったのであきらめた。しかしながら、あの演説は、ドイツの内部分裂が明らかだとわかるがゆえに、注目に値するものだった。つまりヒトラーは懇請し、そして聞き入れられた。彼はすでに持っている権力に加えて、どんな形であれ戦争の疲弊感を踏み消し、かつこの戦時下の要求を理解しない者たちを罷免するといった異例の権力を認められたのだ。おそらく「この戦時下の要求」は、現在のドイツにとってはかなり厄介なものだろう――これが演説を聞いて何よりもまず得た印象だ。そして職場では、みんなすぐにドイツの勝利を明らかに疑っていることに気づいた。あの演説の後、同じような反応が世界のあちらこちらであったようだ。つまりドイツが勝つという信頼性は極めて低いのだ。

ただ日付が早かったというだけでヒトラーの演説のことを先に書いたが、今日の日記にはもっと重要なことをまず書くべきだった――今日初めて毒ガスが使われ始めたとの情報があった。このおぞましい戦争において、毒ガスの使用がさらにおぞましい出来事を引き起こすのではないかと、恐れている。フィンランドの冬戦争の間に、ロシアが一度毒ガスを使ったと書いた――しかしこのことについてそれ以上話題にならなかったのだから、たぶん真実ではなかったのだろう。しかしながら今回ドイツ軍は、クリミアでロシア兵の不意を突いて、ある種の神経ガスを使い出したというのだ。夕刊紙アフトンブラーデットによると、こういった神経ガスは死に至らしめるほどのものでなく、捕虜にするためにただ意識を失わせるだけのものだという。しかし一度使い始めると、すぐに最悪の毒ガスを使うようになるものだ。チャーチルが昨日の演説で、ドイツ軍が毒ガスを使い始めるなら、その場合イギリス軍はドイツ本土の上空から大量の毒ガスを撒き散らして対抗することになるだろうと警告した時には、何か悪いことが起こるのではと考えてしまった。もちろんドイツは、毒ガス戦争への準備を秘密にできていなかった。ドイツは、無制限の毒ガス戦争がドイツ国民にとってどんな意味があるのか理解したに違いないのに、このような警告を気にしないのはある意味驚きだ。しかし人類には知性や分別がまったくないのだ。いまやイギリス、アメリカ、ロシア、そしてドイツなど各国が、どれほどか恐ろしい殺戮（さつりく）ガスを保持しているかを声高に叫んでいる。最初から毒ガスを使わないと実際同意しているにもかかわらず、まるで自慢するかの如く(笑い！)。ドイツが、自分の立場を困難だと理解し、東部戦線で強引な解決を得るために、そういった毒ガス使用という戦闘手段を取らざるをえないのは明らかだが。

それに他の出来事もあった。デンマークの首相スタウニング[1]が亡くなった。彼はずっと前のことだが、ルンドでの演説の中で、スカンディナヴィアの攻守同盟の考え方には距離をとる発言をしていた。もしもそんな同盟が実現していたら、ここ数年間の世界戦争を目の当たりにして、スカンディナヴィアが実際にどうだったかを探るのは興味深いことだろう。たぶんスカンディナヴィア全土は、今でも手を付けられていなかっただろう！

それからイギリス軍が、フランスの抵抗にもかかわらず、マダガスカル[◇2]を占領した。ラヴァルがフランスを枢軸国へ近づけている。そのためイギリスとアメリカに関連して、難しいもめ事を起こしている。

そして、ヒトラーとムッソリーニが再び突然、会談した――毒ガスを使い始めることについての合意のためだったのだろう。何か悪いことは、たいていいつも彼らの会談の後にやってくる。

今日の政府情報局からの報告に、フィンランドの食料事情について胸を締め付けられるようなことがあった。フィンランドには種芋にせよ食用にせよ、ジャガイモがないらしい。今年の冬はどうなるのだろう。現在すでに飢餓状態だから、これ以上悪くなるというのは餓死しかないのだ。兄グンナルは、スウェーデンからの農業援助をフィンランドで組織化するために旅立った。だけど、もし蒔く種や植えるものがないとなれば、農業を援助しようとする者はなんの役に立つのか。気の毒で、かわいそうなフィンランドの人たち――ストックホルムの通りにフィンランドの傷病兵がたくさん歩いている。ラーシュより年上とは思えないような少年兵が何人も、片足でケンケンしながら、あるいは片腕だけで……。

他のこととしては、私たちは雨を待っている。もし神のお慈悲がなく、今年の豊かな収穫がなければ、この国も食物が不足して飢えることだろう――それは確かだ。今でもすでに食事に何を食べるかを工夫するのはかなり大変なことだ――他の国の人びとに比べると多めに持っているとしても。

政府情報局からの報告書に、かつてスウェーデン人を非難していた外国人からの素晴らしい褒め言葉がいくつか書いてあった。なかでも我々は「善きサマリア人」[3]だと書いてあるのがあった。そしてたぶん我々はできる限りの援助をしていると思っている。

最近、ドイツは占領した国々で大勢の人を銃殺した――一八人の若いノルウェー人、七二人のオランダ人、相当数のフランス人、すべてドイツに対して越権行為をしたとか抵抗したという理由で。しかし、ドイツ人はいたるところであんなに憎まれるようなことをしているのだから、越権行為や抵抗する以外に何ができるというのだろうか。

さて、西暦一九四二年はこんな感じで過ぎていっているが、いまいましいほど厳しい冬や不快な春だったことも付け加えなくては。明後日キリスト昇天日に、ラーシュとヨーランは堅信礼を受けることになる。なんとか、なんとか戦争が早く終わらないか？　そうでないと、若くこれから社会に出ようとしている人にとって、どんな将来が待っているのか。血なまぐさい、恐ろしい、荒廃した、毒ガスを撒かれた、そしてあらゆる点で惨めな世界を受け継ぐというのは、どんなに厳しくつらいことか。

◆1　トールヴァル・スタウニング（一八七三―一九四二）デンマーク初の社会民主党からの首相、一九二四―二六、一九二九―四二。

◇2　アフリカ大陸の南東沿岸沖の西インド洋に浮かぶ世界で四番目に大きな島。一九四二年五月五日から一一月六日まで、マダガスカルの戦いがあり、連合国側が勝利した。ヴィシー政権側についた駐マダガスカルのフランス軍と日本軍の枢軸国陣営と、イギリス軍と南アフリカ軍を中心とした連合国陣営の間で起こった、マダガスカル島とインド洋の海上交通路奪取を目的とした戦いを指す。

◇3　新約聖書「ルカによる福音書」一〇章二五―三七節。イエス・キリストが見知らぬ瀕死の旅人を助けたサマリア人のたとえ話が語られている。

五月二一日

毒ガスは虚報だったと判明。このニュースを流した新聞記者は、直ちにベルリンから追放された。つまり今のところ毒ガス戦争ではないのだ。

今日はカーリンの八歳のお誕生日だった。今までこの時期はいつも暖かくさわやかだったのに、今年はここ数日、すごくうれしいことに雨が降っていた。今日、雨は降っていないし、寒くて冷え冷えとしている。カーリンはラッセの古い腕時計をもらった(カーリンが学校へ行く時に、リネアがこっそり見ていたら、彼女は「すごい、まだ動いているわ」と、歓喜のあまりつぶやいたらしい)。他には旅行カバン、がま口、本を二冊、箱入りチョコレート、花、何人かから合わせて一二クローネのお小遣い、ブックマルケン、[◇1] そして石板をもらった。マッテとエルサ＝レーナは、それぞれの母親と一緒に、そしてカーリン・ベネ[◆2]も来てくれた。

母親たちは、いつものようにクーポンや食べ物のこと[◆3]をおしゃべりした。そしてエルサが、フィンランドから来ている栄養不良のグレータ・ヴィクベリイが訪ねてきた時に、現在のヘルシンキの裕福な家庭のメニューがどんなものかを聞かせてくれたと言って、みんなに話してくれた。朝食は、パンもミルクもなしでライ麦のオートミールだけ、昼食は、ライ麦のオートミールと小さなパン一切れとミルク一〇〇cc、そして夕食には、何時間も列に並んで手に入れた、茹でて冷凍したジャガイモに生のカブをすりおろして添えたものに、後でフルーツスープが付くこともあり、夜食にコケモモの葉っぱで作ったお茶と小さなパン一切れ、それだけ。食料不足で厳しい状態にあると思っているが、私たちの配給ならまったく大食らいになってしまう。

ラーシュが五月一四日にアドルフ・フレッドリクス教会で、他の四三人の男の子たちと一緒に堅信礼を受けた。その後我が家で、ワイン、コーヒー、ケーキ、そして焼き菓子で「感謝会」を開いた。エルサ、アッリ、レッカ、[◆4]ペッレ・ヴィリデン〔アッリの夫〕、マッテ、エルサ＝レーナと息子のペーテルがうちに来てくれた。

ラーシュは、私たちから時計、レッカからカフスボタン、エルサとアッリから四色ペン、そして花ももらった。その後、家族でスモーガスボード、ホロホロ鳥、そしてケーキで祝った。スウェーデンでは、たぶんありがたい暮らしをしているのだろう。

◇1　花、天使、動物などの絵が印刷されたシート。子どもたちは集めたり、交換したりして楽しむ。
◆2　カーリン・ベネはアンデシュの母、ヴァーサ公園仲間。
◆3　情報なし。
◆4　レッカはテクラ・エリクソンの愛称。アストリッドが初めてストックホルムに来て一緒に部屋を借りたグン・エリクソンの義妹。

七月五日

この前書いてから、書くのを怠けているうちに、かなりいろんなことが起こった。一番関心を引いたのは砂漠戦争だ。ロンメル[◆1]が暴風のようにエジプトに攻めこみ、いまや相当奥まで進んでいて、アレキサンドリアとカイロに脅威を与えている。ここ数日、アレキサンドリアがドイツの手に落ちたという記事を読むことになるのかと思っていたが、どうも今はちょっと休憩中だと思われる。繰り返し激しい戦いのあったトブルクがしばらく後に陥落したが、その時に大量のイギリス兵がドイツの捕虜になった。イタリア軍はいつもと違って、今回だけは戦闘に参加して戦っているようだ。ロンメルは、イギリス軍第八軍を全面的に粉砕したが、その戦いぶりや捕虜の扱い方などで、ほとんど敵国イギリスの国民的英雄になったほど有能と見られている。

どうなっているのだろう、ドイツ軍がロシアに侵攻してもう一年以上も経ったというのに。冬の初めには解決がつくだろうと言われていたけれど、解決の代わりにドイツ軍は凍りついてしまい、食料不足、寒さ、病気など恐ろしい困難に耐えなくてはならなくなった。ドイツ軍は前進してはいるが、そして最近陥落したクリミア半島のセヴァストポリ[◇2]で恐ろしい血まみれの戦いがあったとはいえ、あんなに自慢していた春の大々的な攻撃はその後なんの進展もない。

スウェーデンの蒸気船「アダ・ガルトン」がスウェーデン領海内で、ロシアの潜水艦による魚雷で撃沈された。そして別の蒸気船も同様に、バルト海のヴェステルヴィク沖でロシアの魚雷で撃沈された。

ありがたいことに、今年のスウェーデンの収穫は良くなりそうだ。そうでなければ飢饉になるところだ。冬は恐ろしく寒かったが、雨がどっさり降ったから。昨日七月四日、今年初めて造船所の近くで、戸外での水浴びをした。ヴィンメルビーに三週間滞在していたけれど、気温が低く、風があったので、泳ぎに行けなかった。今はステューレ、カーリン、そしてグンヴォール[4]と一緒にフルスンドにいる。二人が本気で泳ぎを覚えるようになってほしいと思っている。カーリンは今、とても元気だ――やっと――冬の長い咳のあとに。ラーシュはネース[3]に残って農場を手伝っている。ラーシュと私は、四日間の自転車旅行で、ヴィンメルビーから、ホルン、シーサ、北ヴィー、トロノース、スキューールガタ、エークシェー、フルト、ベッロ、クロークスフルトを回って、ヴィンメルビーに戻った。

ああ、スモーランド地方はなんてきれいなのでしょう。

ドイツからの石炭は全然手に入らない、そして自国の薪を切り出すのも極めて難しいので、今度の冬の暖房事情は切迫しているどころではないようだ。現在、薪は許可書なしには買うことができないので、冬に暖炉で楽しむことはできないだろう。今年は、ここ三年のような恐ろしい冬になりませんように。

◆1　エルヴィン・ロンメル(一八九一―一九四四)ドイツの陸軍元帥。第二次世界大戦時、フランス侵攻や北アフリカ戦線でのイギリス軍との攻防戦における驚異的な活躍で知られる。一九四四年七月二〇日に起こったヒトラー暗殺未遂事件に関与した疑いで、服毒自殺を強要された。

◇2　黒海に面したクリミア半島南西部に位置する都市。セヴァストポリの戦いは、一九四一年九月から一九四二年七月にかけて起きた、クリミア半島とセヴァストポリ要塞をめぐるドイツ軍とソ連軍の戦闘。ドイツ軍の勝利。

◇3　スウェーデン南部、スモーランド地方の都市で、アストリッドの両親の営むネース農場がある。

◆4　グンヴォールは兄グンナルの長女、カーリンと同じ歳。

八月一八日

今晩のラジオニュースで、国籍不明の潜水艦が再び、スウェーデンの蒸気船をヴェステルヴィク沖のスウェーデン領海内で沈めたと伝えていた。この船は、同じような状況で沈められたスウェーデンの船舶の三隻目、いや四隻目になるのではないだろうか。まったく、くそったれだ！　これはロシアに対する我々の態度を探るために、ドイツがロシアの潜水艦を使ってやっているのだと、はっきりと書かれた手紙を読んだ。

護衛艦を護衛しているスウェーデン艦隊が、撃沈爆弾で謎の潜水艦を何隻か沈めたと書いてある別の手紙を読んだが、これが真実だと望むばかりだ。ロシアはこの件には関与していないと強く主張している。

昨日ストックホルムで、秘密のラジオ送信機を持っていた二人のスパイが捕まった。父親と息子で、父親はロシア生まれ。現在はスウェーデン国籍。

闇マーケットで男たちが毎日捕まっている。配給とは無関係に荒稼ぎしているのだ。

カルデムンマ氏にクッリル〔Kurrill〕と呼ばれているチャーチル〔Churchill〕が、スターリンを訪問していた。その際チャーチルは、ロシアが別の前線についての約束を了解したとしてVサインをした。インドで、イギリス軍は面倒なことになっている。ヒンドゥー教徒は自由になるためにあらゆる力で戦争を利用しようとしているが(自由になった後には、イギリスを二倍手伝うことになるだろうと彼らは言っている)、イギリスは彼らが自由になることを望んでいなくて、ガンディーと妻など数人が何度も逮捕されている。◇1 激しい暴力行為や暴動は日常茶飯事だ。

◇1 イギリスは一七世紀以後インド植民地支配を推し進め、イギリス国王が皇帝を兼ねるインド帝国を成立させ、直接統治を続けていた。このため早い段階から反英闘争はあったが、第一次世界大戦後ガンディーらを指導者とするインド独立運動が本格化してきた。ガンディーの提唱するイスラム教徒との連携や非暴力・非服従に対してイギリスは逮捕を繰り返し、運動を弾圧した。

九月五日

戦争は三年目を迎えたが、祝うことはなかった。戦争に対する私たちの態度は、少しずつ変化してきている。以前は戦争のことを単に迷惑千万なこととして話していたが、今はできるだけ考えたり、話したりしないようにして、必要悪ぐらいに見ている。実際に話していることといったら、配給で得られる肉がどんなにちょっぴりかとか、配給の他にどれほどたくさんの卵を運よく手に入れるかとか、冬に向かって寒くなってくると、どれだけのインゲン豆を缶詰にして保存するかといったようなことだ。食料が何より大事——そしてとにかく私たちには、まだまだたくさんの食料がある。といっても、肉はほとんど絶望的だし、少なくともストックホルムでは魚も不足している。だから今日、夕食にラ、ム、ス、テーキを食べた時には、厳かで気が引き締まる感じがした——そしておいしかった。ドイツの各港に留め置かれているロシアとフランスの戦争捕虜のことを思った。スウェーデンの船員からの手紙によると、彼ら捕虜は恐ろしく飢えており、うろうろ歩きまわってごみの缶からジャガイモの皮を探しているとのこと。とにかく考えないようにしても——戦争のことは頭から離れない。いつも心の底に絶望が横たわり、絶えず新聞記事によって深まっていく。ギリシャでは今も、日に二、三千人の人たちが飢餓で亡くなっている。そうした死者を埋葬することもできないので、教会の墓地に放り投げているそうだ。

そしてまた新たな戦争の冬に向かっている——神よ、あわれみ給え。まさに今スターリングラードをめぐって、激烈に戦われている。[◇1]ドイツ軍はロシアに進軍しているが——冬までに何かが決まることはないだろう。

今頃になって夏はかつてなかったほど美しく、気温も高く盛りを迎えている。少し前はすごく寒かったけれど、今は見事な天気に恵まれ、作物はどんどん実っている。ありがたいことに、今年はきっと素晴らしい収穫になるだろう。

◇1　スターリングラード攻防戦。一九四一年六月二二日に始まった独ソ戦の一環で、ヴォルガ川西岸に広がるスターリングラードで史上最大の市街戦が繰り広げられた。

一〇月五日

いやいや、ドイツ人は飢えることはないだろう！　それにしても、長い間ジャガイモや野菜にありつけなかったノルウェーの労働者が、絶望的な気持ちから、もしもドイツ行きの鉄道車両に山盛りの食料品を積みこむ作業を拒否すれば、そう、その時にはナチスの強制収容所に入れられてしまうのだ。もちろんすべての占領国においても同じことだ。

しかしスターリングラードでは、事態はまだぐずぐずしている。スターリングラードの街は完膚(かんぷ)なきまでに破壊されたが、こんなことでロシアは屈服しない。

一〇月七日

ノルウェーのトロンデラーグ◇1で非常事態宣言が出た。これに関連して、一九四二年一〇月六日一八時、一〇人のノルウェー市民が、「いくつかの破壊工作を仕掛けた償い」のために銃殺、財産はすべて没収。

「目には目を、歯には歯を」は、もはや適用できない。今は他人が犯した罪を、まったく無実の人たちが償わなくてはならないのだ！　ちぇっ、なんて「法律」だ！　情報報告書の中にある一通の恐ろしい手紙に書いてあったのだが、あるノルウェー人が三二本の健康な歯を全部抜かれ、その後強制収容所に入れられ、三か月間、堅パンと塩水だけで過ごしたそうだ。

◇1　ノルウェーの中部地域を指す。ナチス・ドイツ占領後、Uボート(ドイツの潜水艦)の基地となった。最大都市はトロンハイム。

一一月三日

この前書いた直後、さらに多くのノルウェー人が射殺された。

それ以外は特別新しく報告することはないようだ。スターリングラードはまだ陥落していないし、リビア砂漠でイギリス軍はロンメルをかなり巧みにやっつけたし、ロシア軍はまだ別の前線で悲鳴を上げているが、こんなことで何かが見えてきたわけではない。

四回目の戦争の冬に近づいている。私たちですら四回目の戦争の冬を迎えることにうんざりしているのだから、戦争当事国の人はどれほどの気持ちになっているか察しがつく。今回の戦争を振り返ってみると、人びとの反応の仕方にいろいろあったことに気づく。ごく初期に感じた恐ろしい絶望の後、比較的無関心な時が長くあったが、その無関心は、ドイツによるノルウェーの占領やフランスの敗北時の激しい急襲の時だけは中断された。そしていまや本物の戦争倦怠感が漂い始めている。人びとは戦争にすっかり嫌気がさし、どんなことにも陰鬱(いんうつ)な気分になり、実際にどうしていいかわからないのだ。冬になると、少なくとも大都会では、食料や燃料が不足して厄介なことになるだろうが、他の国ではどうなるのか、あえて考えないようにしている。ノルウェーでは確実に飢饉になるだろうし(ドイツ人がすべてを奪い取るから)、そしてフィンランドでも状況はたいして良くないだろう。ドイツでも戦争に対する倦怠感が、とくにベルリンでは非常に強いらしい。デンマークでも苛立ちがつのってきている。それに国王クリスチャンが落馬し、瀕死の重傷を負われたが、ありがたいことに、回復してこられた。

リンドグレーン家では、今日ステューレが四四歳のお誕生日を迎え、おいしいピティパンナ、燻製ウナギ、それにケーキでお祝いをした。おかげで、ここでは飢えていない。少なくとも、今のところは。

一一月八日

ドイツはアフリカでうまくいかなかった。ロンメルが混乱のうちに退却し、それをイギリス軍が追っていることがわかる。[◇1] ドイツ軍が実際に敗北したというのを聞いたのは初めてだったが、多くの人たちは、これをドイツの決定的な総崩れの印だと見ている。イタリア軍は自国の戦死者を埋葬するために休戦を要求した。その後アメリカ軍がフランス領のアフリカの海岸に上陸したことによって、今日フランスがアメリカに対して宣戦布告した。従って、いまやまた何か新しいことが起こりそうだ。

◇1　もともとは一九四〇年にスエズ運河制圧のため、イタリアがエジプトへ侵攻したことから始まった北アフリカ戦線だったが、苦戦を強いられていた。そのためドイツからロンメルが送りこまれ健闘していたが、兵器や食料補給など、兵站(へいたん)能力で、イギリス軍と大きく差がついた。アメリカから大量の戦車と航空機の増援を受けたイギリス軍は、オーストラリアやニュージーランドからの植民地徴集兵も加えての猛攻撃を開始、武器・燃料・戦闘員不足で追いつめられたロンメルは、ついにエジプトのエル・アラメインの戦いで総退却命令を出した。

一一月一二日

大変なことになっている!〔英語で書かれている〕 昨日ドイツ軍がフランスの自由地区◇1に進攻したのだ。これで現在フランス全土が占領されたことになり、ペタンが抗議した。今日の報道では、ペタンは逃げたと報道されている。フランス艦隊の運命は今日決められる。しかし夕刊各紙によると、フランス地中海艦隊はいかなる攻撃からも守り抜くつもりだという。だからヒトラーはトゥーロン◇2を占領しないと約束したのだ。

アルジェ◇3で、ドイツ側は、アメリカ軍に対する抵抗は断念させられたが、確かにかなり無力になっていた。ヒトラーが考慮していなかった何かを、連合国が無理強いさせたのは、たぶん初めてのことだっただろう。フランスを占領しておくためには相当数の兵隊が必要に違いないから、当然ロシアではドイツ兵の数が少なくなるわけだ。北アフリカではイギリス軍はすごい速さで突き進んでいる。チャーチルは演説で、イギリス軍のエジプトでの勝利は、単に兵力の優位から得られたものではなく、イギリス軍指揮官モントゴメリーのドイツ軍をあざむく巧みな欺瞞(ぎまん)作戦によるところが大きかったと褒め称えていた。

なんと、ヒトラーとチャーチルの演説がこんなに違うとは! ヒトラーのような演説をするのは、精神的欠陥があるに違いないからだと、だれにでもわかると思う。

◇1　一九四〇年のナチス・ドイツのフランス侵攻後、ヴィシー政権は輸出入の統制や占領経費の供出などの経済的支配を受けていたが、国土の半分近くに自由地区が設けられ、この日記の書かれた前日までは、一応形だけでも国土はあった。

◇2　フランス南東部、地中海に面する都市でフランス海軍の軍港がある。

◇3　北アフリカ、アルジェリアの首都。地中海の要塞として古くから発達していた。ヴィシー・フランス政権に属していたが、一一月八日から連合国イギリス・アメリカ軍によるモロッコ及びアルジェリア上陸作戦後に解放され、連合国の北アフリカ司令部とド・ゴールの自由フランス政府が設置された。

一一月三〇日

ドイツ軍は、強い兵力でもって、フランスの地中海基地を支配しようとしたが、一一月二七日金曜日早朝、フランスのトゥーロン艦隊のすべての艦艇はそれぞれの乗組員によって穴を開けられ、沈められた。乗組員たちは船と共に全員海底に沈んだ。[◇1] 今回の戦争のうちでも、最も劇的な出来事だと思わざるをえない。概して現在はどの戦いもますます劇的になってきたのだ。

そう、やっぱり！　気の毒なペタン元帥。ペタンは全土占領後、報道されたように逃げたのではなかった。しかしながら、すべての権力をラヴァルに引き渡した。ヒトラーに従順に従っているクソ犬だ。ペタンは、フランス軍を陸・海・空軍へ権限を分散する宣言を公布した。

フランスでのこうした妨害と同時に、ドイツ軍はスターリングラードではロシア軍に敗北しつつある。やれやれ、スターリングラードでまだ戦っているなんて。そこではおびただしい血が流れたに違いない。ロシア軍の優勢がどんな意味を持つのかわからないが、何といってもドイツの前線で突破口を開いたことが、重要だといえるのかもしれない。ロシアの冬を間近にして、みんなドイツの兵隊さんたちのことを気の毒に思いたい――私もそう思う――しかしなんと恐ろしい民族ではないか。ノルウェーでは、ぞっとすることになっている。ごく最近ノルウェーにいるユダヤ人千人(その中には女や子どもさえ混ざっている)がポーランドへ、そして確実に死へと送られた。悪魔のようだ！　それにたくさんの若い女性が、北の方のドイツの兵舎へと送られるために強制的に選り分けられた。兵舎で彼女たちは、「まず手始めに」兵士たちに食事作りの仕事をさせられるのだろうが、まず手始めにだろう！　先日ちょうどヒトラーのとんでもない命令書を見た。その命令書の狙いは、ノルウェーの女性がドイツ兵との間にもうけた子どもを育てることで、価値あるノルウェーのゲルマン人種を保存することだった。しかし反対にドイツの女の子を好きになり、子どもが産まれたかわいそうなポーランドの労働者は、自分の墓穴を掘らなくてはならず、同じことをするなという見せしめのために、ポーランド人の仲間がいる前で銃殺されたのだ。

◇1　連合国軍がモロッコとアルジェリアに上陸した際のカサブランカ沖海戦で、ヴィシー政権の陸海空軍総司令官ダルラン大将が連合国軍の停戦に応じ、協力して枢軸国と戦うことを決めたため、ヒトラーは激怒し、ヴィシー・フランスに進駐した。そして、ドイツとの休戦協定以来トゥーロン港に停泊していたフランス地中海艦隊約百隻を奪取しようとしたが、北西アフリカにいたダルラン大将は、ナチス・ドイツが協定を破って自由地区を占領した以上、義理立てする必要がないと判断し、全艦隊に対して至急出港して自分のところへ来るよう命令し、その際には連合国イギリス艦隊が護衛にあたるとまで伝えたが、トゥーロン港のフランス海軍のド・ラボルデ提督たちは反イギリスの考えから拒否。同時に艦艇を奪いに来たドイツ軍もはねつけ、すべての艦艇を自沈させた。

一二月二五日

戦争になって四回目のクリスマスをストックホルムで祝った。ネースでクリスマスを祝わなかったのは、私の生涯で初めてだった。でも、とても楽しかったので、これからも家でクリスマスを過ごすと思う。実はカーリンが、クリスマスのおよそ一週間前に、医者からちょうどクリスマスイヴの頃には喉に膿がつくだろうと診断されるほど、ひどい喉の炎症を起こしていたのだ。でもなんとうれしいことに、クリスマスイヴの朝には症状が治まり、夕方には熱も下がり、クリスマスの喜びを存分に味わえた。「ママ、こっちへ来て、一緒に遊んで」と彼女は上機嫌だった。ラーシュも喜んでいたし、満足していた。ラーシュはスキーズボン、アノラック、スポーツ用ソックス、靴下、数冊の本、お金、お菓子、写真アルバムをもらったし、カーリンは、雨傘、学校用上着、ミトン、たくさんの本、とくに待望の『不思議の国のアリス』◇1、お菓子、二、三のゲームなどをもらった。今年のクリスマス用のロウソクは取り置きがまだあったけれど、カーリンはロウソクを配給で一〇本もらった。ありがたいことに数本残っていた。そして食べ物で足りないものはない。豚肉のクーポン券をためておいた――こんなことぐらいが、食べ物に関して私にできることだが、用意したのは、クリスマスハム三・五キロ、シルタ、自家製レバーペースト、塩漬けの牛肉、スモーランドから届いた子牛の腎臓(でもこれはクリスマス前に食べた)など。ステューレがあちこちからかき集めてきた大きな鶏一羽、燻製ウナギ、そしてトナカイの背肉などもある。スコーネからウサギ一羽も届くことになっていたが、ありがたいことに来なかった。というのは、届いていれば、食べすぎになるところだったから。けれどクリスマスのシナモンクッキーとコニャック入り花輪パンなどは自分たちで焼いた。そこへ母さんがネースから焼き菓子をかなりたくさん持ってきてくれた。

明日フリース家のみんながこちらに来てくれるので、そうなれば、いろんな肉料理(ハム、タン、塩漬け牛肉)、マッシュポテト、ニシンサラダ、燻製のバルト海ニシンのグラタン、ニシンの酢漬け、レバーペースト、燻製ウナギなどが並ぶ持ち寄りパーティーになるはずだ。きっととびきり楽しいものになるだろう。

外の世界では、悲惨なだけだというのに。ドイツ軍はロシアでもアフリカでもうまくいってない。大規模な軍事的失敗——終戦への序奏に違いない。

ペッレ・ディエデンがクリスマスの少し前に来た時、ノルウェーのことについて少し話してくれた。ポントス・デ・ラ・ガルディエの娘はノルウェーで結婚している。この娘の母方の祖父ローエンショールド伯爵が、村の中心的な男たちと共に、強制労働のため北ノルウェーへ送られたと、娘がペッレに話した。理由は、あるドイツ兵が映画館前の列の先頭に割りこんだり、その他のことでも厚かましく騒いだりしたので、何人かのノルウェーの人たちがぶつぶつと文句を言ったことへの報復だ。かわいそうな伯爵は、映画の上演があったことさえ知らなかったというのに。これがドイツの正義なのだ。そして伯爵が連れ去られた後、二台のトラックが伯爵の城の前に乗り付けた。そしてかなりの数のドイツ兵がどかどかと入りこみ、見つけた物を全部奪っていった。二千本のワイン、すべての缶詰、それに小さな子どもが使う石けんのかけらまで全部持っていってしまった。その際兵士たちは酒を飲み、前後不覚になるまで酔っぱらい、夜中の三時には、年老いた伯爵夫人に無理やりお茶を入れさせた。グリニ強制収容所[◇3]では、ペッレが、そこに収容されていたノルウェー兵から聞いたところによると、彼らは良くて日に三回、さもなければ四回殴られたと誓って言ったらしい。ドイツ兵たちに天罰が下りますように。

そして今年のクリスマスにと、我らが愛する両親から千クローネもらった。

◇1　ルイス・キャロル作、一八六五年刊。
◇2　豚肉や子牛肉の細切れの煮こごりをゼリー状に固め、冷やしたものを薄く切って食す。
◇3　ノルウェー南東部の町にあったナチス・ドイツの強制収容所。

1943年

クリスマスイヴ．1943年．
左から：カーリン，カロリーナ・リンドグレーン(ステューレの母)，
アストリッド，ステューレ．

元旦

ついさっき、一九四三年になったばかり。子どもの頃、ネースの家で兄妹たちと大晦日から徹夜で起きていて、新年になったとたんに、子ども部屋の暖炉の後ろの漆喰の白い壁に「おめでとう一九一八年」と、書いたことを覚えている。一九一八年〔第一次世界大戦終結の年〕と一九四三年との二つの年の間に何か確かな接点があるか考えてみると、この戦争が今年で終わること以外ないだろう。ちょうど一九一八年に感じたのと同じような気がするのだ。ここ数日、スウェーデンの立場は再び深刻な状況だと、いろんな方面から聞こえてくる。でも、そんな憂いは大げさすぎたということになってほしい。そして来年の新年には、世界が平和になっているようにと願っている――この三年間ずっと新年が訪れるたびに望んできたように。

昨年のクリスマスイヴに、ダルラン提督[◇1]がアルジェで殺された。

ドイツにとっての状況は悲観的に見えている。ロシアとアフリカにおいて、戦況は悪い。悲劇的な結末を迎えるのでは。ドイツの人びとは「我々はすでに戦争に負けた」と言っているらしい。私もそう思う。

◇1　ヴィシー政権の陸海空軍総司令官ダルランは、息子がポリオのため入院していたアルジェを訪れていて、フランス君主主義の若者に銃撃され命を落とした。

一月二四日

状況は以前とほとんど変わらないが、ドイツだけはさらに悪くなってきている。イギリス軍がトリポリ〔リビアの首都〕に進軍したし、ロシアではまったく壊滅的な状態だ。ドイツのある連隊が、繰り返し狂ったような戦闘が行われていたスターリングラードで包囲されている。[◇1]ドイツでは、スターリングラードで亡くなった英雄たちを追悼して、悲しい音楽をラジオで流している。毎日ロシアの新しい突撃の報せ（しら）が入るし、コーカサスにいるドイツ軍は予定どおり撤退している。[◇2]スターリングラードにいる哀れなドイツ兵たちは塹壕（ざんごう）内の掩蔽（えんぺい）に入っているが、そのすべての出入口はロシア軍の射撃手に見張られている。それにロシアは今の時期気温が低い。かわいそうな人たち。ナチズムとドイツ軍が占領した国々で行ったあらゆる残虐行為をどんなに憎悪していても、兵隊たちが過酷な目にあっているると、どうしても同情してしまう。ゲシュタポを地上から抹殺するべきだと思うが、善良なドイツ人も相当いるに違いない。いったい何ができるというのだろう。

ところで――スウェーデンは強力に軍備を強化している。国王が国会開会の勅語（ちょくご）で極めて深刻に述べたし、ハンソン首相も結局は「こちらへ来るな、来ればひどい目にあうぞ！」というような演説をした。つまり、連合国がナチスからノルウェーを取り戻すための侵攻があるのではないか、あるいは春には二番目の前線がここスウェーデンになるのではと、しきりに語られているのだ。そんな時、かつてドイツ軍がスウェーデンの国内通過を強く要求したことを思い起こしてしまう――我々は拒否したのだが（そうするように今も願っている）、今回再び拒否するとなると、ドイツとの戦争が勃発するだろう。現在スウェーデン鉄道を使って、ドイツ軍の帰休兵や弾薬をドイツに運んでいる――すでに親切すぎるほどのことをしているとみんな思っている。

ステューレはこの間の晩、新聞社の人たち何人かと出かけた。そして情報通の通信社のベックマン氏から最近ヒトラーはアパシー〔無気力〕になっていると聞いてきた。どうぞお好きなだけアパシーになってくだされ！　最初からもっと無気力だったら良かったのに。

今ストックホルムでは『ミニヴァー夫人』を上映中だが、この映画はとても魅力的で、連合国にとっては素晴らしい宣伝になっている。この映画をドイツ人も観られたらいいのに。

今年の冬は、今日までのところはやさしくて穏やかだ。今日はカーリンと二人で、コア[◇3]へスキーに行った。

◇1　スターリングラード攻防戦後半。一九四二年六月二八日から始まった戦いは、一月三一日ドイツ第六軍司令官フリードリヒ・パウルス大将がソ連軍に降伏し、二月二日すべてのドイツ軍の兵が銃を置いて終わる。ドイツ、ルーマニア、イタリア、ハンガリー、クロアチアなど枢軸国軍対ソ連軍との熾烈(しれつ)な攻防戦が繰り広げられ、史上最大の市街戦となったが、最終的にはソ連軍の攻勢が圧倒し、ドイツ軍はついに包囲されるに至った。独ソ戦の趨勢(すうせい)を決し、第二次世界大戦の全局面における決定的な転換点の一つとなった。

◇2　黒海とカスピ海に挟まれたコーカサス山脈とそれを取り囲む低地からなる地域。さまざまな言語・文化・宗教をもつ民族が暮らしている。

◇3　リンドグレーン家から近いカールベリイにあった公園、リゾート施設。

一月二九日

実に興味のあることだと思う。悲しいことに、ノルウェーがまだ戦っている段階で、我々がドイツ軍にスウェーデン国内を通過させたという噂がノルウェーで広まっているらしい。イェーテボリイ海運貿易新聞[◇1]がこんな噂を広めているのは、恥ずかしいことだ――問題の一九四〇年四月――我々はドイツとの関係で命の危険にさらされ、侵略を恐れ、国境あたりで緊張していたのに――そんな時どのようにしてドイツ軍を国内通過させたというのだろう？　この噂が本当だとは思わない。しかし、ノルウェーでの戦争が終わった後、ドイツ兵の帰休兵用車両は通しているし、今もやっているが、そんなことはいつでも喜んでやめていいと思っている。

ルーズヴェルトとチャーチルがカサブランカで会い、今後の戦争の舞台について話し合った。[◇2]二人がスカンディナヴィアのことについて何を言ったのか知りたい。

ナチ党員たちは、政権の座に就いてから今日で一〇年目になることを祝った――ヒトラーの演説はなかったが。夕刊各紙によると、ヒトラーはスターリングラードに行っていたそうだ。そして包囲されている兵士たちに向かって、ドイツの運命はいまやきみたちの手中にあるのだから、降伏せず、最後の一人になるまで戦えと激励した。「第六軍は、敵の前進を遅らせ、阻むために、各々の持ち場に留まらなくてはならない」とヒトラーは告示した。別の言葉で言うと、兵士たちは、死ねという命令を自分たちの総統から受けたことになる。そして彼らは十分義務を意識しており、それを実行するべく、頑（かたく）なになっているように思える。

さっきも書いたように、今日ヒトラーはなんの演説もしていないが、このことはかなり世界の関心を呼んでいる——しかし代わりにゲーリングが、一時間以上も遅れて演説をした。
どういうつもりだろう、「この過ぎた一〇年間、我々の世界観がどのような本質的な力を持っているのか、そしてどのような恩恵を与えられるかを示してきた」だって。こんなことを苦しんでいる哀れなドイツ国民に向かって図々しくも言うなんて。実際にドイツの人びとが、このような国家社会主義の「恩恵」について、何を考え、何を感じているのだろうかと思う。ナチの恩恵とは、人生の最高の時期にある若者を殺す破壊的な戦争、大多数の国々から向けられる敵意と憎悪、貧困と悲惨、無防備な人間に対しての恐ろしい越権行為つまり残酷な行為、国民とくに若者たちの目的意識の愚鈍化と文化的教養の否定、占領した国々での住民への肉体的・精神的拷問、ユダヤ人を助けた人を密告するシステム、家庭生活の崩壊、宗教の破壊、不治の病や精神薄弱の人びとの「死へのお手伝い、安楽死」、愛情を単なる生殖作業に低下させること、外部世界からのあらゆるニュースの遮断などだが——こうしたすべての現象があざむくものでないとすれば——近いうちにすべてのドイツ国民の全面的な崩壊を招く。多くのドイツ人が、自分たちの総統とその他の指導者たちによって、どれほど完全に騙されていたかを理解すること以外はありえない。しかしながら、あるドイツ人女性の手紙を読んだのだが、『ミニヴァー夫人』のことを煽動的な映画と決めつけているので、彼女にはあまり洞察力がないのだろう。まさに人間愛を教えている映画なのに。ノルウェー在住のクヴィスリング・ファンの女の手紙も、ほとんど同じほど嘆かわしく思えた。彼女が言うには、いまノルウェーはかつてなかったほど自由だし、去年ベルリンにいた時自分がドイツ人の邪魔にならなかったのと同じように、ドイツ人はノルウェー人の邪魔になっていないらしい。かつてとの違いがわからない人なんて、クヴィスリング派かナチスに違いない。こんなへんてこな主張は聞いたことがない。

「街では、ドイツ語とノルウェー語が虫の声のようにブンブン聞こえている」と、彼女は書いていた。このカワイコちゃんがこんな状態を本当に楽しいと思っているのにはびっくり——そして彼女は手紙を、「ハイル・ヒトラー——クヴィスリング」で締めくくっている。だからドイツ人はノルウェー人より優先されているのだ。

クヴィスリングはインフルエンザにかかっているようで、着任してから一年目の記念日に、「国民の祝辞」を受け取ることができないでいる。

そう——ついにレニングラード[◇3]が一年半の包囲の後、救援されることになった。レニングラードの住民が経験したような苦しみをじっと耐えたのは、まさにロシア人だ。犬、猫、鼠(ねずみ)はとうの昔に食べられてしまったし、昨日メディン夫人[◆4]がフィンランド人から聞いたのだが、ごく最近、レニングラードで人肉が売りに出たらしい——いくらなんでも、それは本当ではないだろう。人びとは一日のうち、ちょっとの間だけしか起き上がる力がなく、パンのかけらと少しの水のようなスープだけが一日分の配給になっているそうだ。

バルト三国をロシアが支配していた年月の間、ロシア人がバルトの人びとへ行ったあらゆる蹂躙(じゅうりん)についての恐ろしい記述を、たびたび目にする。八万人がシベリアか、あるいは神のみぞ知るどこかへ送られた。今日、一通の手紙がリガ[◇5]からこっそり持ちこまれた。手紙の送り主が、リガで書いたことは、スウェーデンではたぶん信じられないだろうが——本当だと誓っていた。子どもは母親と、夫婦も離ればなれにされ、女や子どもまでが、家畜車両に押しこまれて運ばれて行ったらしい。先日ローセンが来て、彼はバルト諸国からの写真を見て、気分が悪くなると言った。そしてボーグスタムは、[◆6][◆7]彼女が犠牲者の何人かを知っていることを確認したと言った——ロシア人がリガから引き揚げるまでに犯した本物の大量殺人の写真だ。だめ、こちらにロシア人たちを絶対に来させないで！　ゲッベルスの演説、そしてヒトラーの声明も貼りつけなくてはならない。ヒトラー自身が人前で話さないのは、たぶんまだベッドで横になっているのだ。もうしばらくいらいらと歯軋り（はぎし）りでもするのだろう。

そして総統は、宣言の中で明確に勝利を約束している。

宣言の内容については、私にも相当言いたいことがあるが、ダーゲンス・ニイヘッテール新聞に掲載されたヨハネス・ウィックマン[◆8]の解説で十分だと思う。ウィックマンの、喜びのない記念日だという意見についてはどのように思ってもいいが——彼は特別中立という立場をとっていない。ひょっとしてゲシュタポが彼を捕まえたら、どうなるだろう。

たった一つ私が気に入らないのは、イギリス崇拝者たちには、ドイツと戦うために、ロシアを小さな平和の鳩にしてしまう傾向があることだ。ロシア人は平和の鳩なんかではないと、みんな徐々に気づくようになると思う。

◇1　反ナチスの思想で知られた新聞。
◇2　カサブランカ会談、一月一四日から二三日にかけて行われた連合国の首脳会議。アフリカ作戦の成功後、シチリア島・南イタリアへの上陸作戦、枢軸国に対して無条件降伏を要求することなどを確認した。
◇3　バルト海東部、ロシア西部の都市、現在の名称はサンクトペテルブルク。
◆4　エリザベス・メディン。手紙検閲局の同僚フローレンス・シャンケの母親。

◇5　ラトヴィアの首都で「バルト海の真珠」と称えられる美しい港町。ラトヴィアは第一次世界大戦後に独立していたが、第二次世界大戦が始まると一九四一年ソ連に、翌年にはナチス・ドイツに占領された。
◆6　情報なし。
◆7　ターゲ・ボーグスタム（一九一七―二〇〇四）イラストレーター、手紙検閲局の同僚。
◆8　ヨハネス・ウィックマン（一八八二―一九五七）スウェーデンのジャーナリスト、ダーゲンス・ニイヘッテール新聞の外信部主筆。

三月七日

話すような大きなニュースはとくにないが、目立ったことといえば、ドイツで経済活動の全面的改革があり、戦争のために一切が従属させられることになるというもの。占領されている国々でも同じことが行われ始めている。先日、イギリス軍によるベルリンへの大規模な空襲があったが、なかでもツァラー・レアンダーの別荘は全面的に破壊された。何百人もの死傷者。

セーブ・ザ・チルドレン[◇1]がヨーロッパの子どもを救援するために大きな運動を開始――これは必要とされているだろう。幸いカーリンは最近の体重測定で一キロ増えていて、今は二九キロだ。

デンマークで、ドイツ人女性を狙った爆弾テロが失敗に終わった。デンマーク王クリスチャン一〇世とヒトラーとの奇異な電報事件[◇2]について、書いたか覚えていない。デンマークに対するドイツの露骨なやり方は、電報事件が直接影響を与えたと言われている。つまり、ヒトラーはデンマーク王に電報を送った――いつだったのか――王の誕生日だったに違いない。その電報は、ありきたりの大げさな書き方で、ドイツの考えついたヨーロッパの国や社会の新しい秩序などについてだった。クリスチャンの返事、悲痛なデンマーク魂のこもった電報は、次のようなものだった。「どうも、ありがとう。王クリスチャン」。ヒトラーが怒り狂ったのも不思議はない。我々の新聞には「簡潔な王の電報」の件はほんのちょっぴりしか載っていなかったので、電報の文章などは、まったくわからなかった。このことは、去年のクリスマスに兄グンナルから聞いた。

それから、フィンランドで大統領選挙があった。リュティが再選された。新内閣の組閣は大騒動だった。

昨日、レンネスレットで恐ろしい事故があった。◇3 トリニトロトルエンによる爆発で、七人の軍人が死亡、六人が即死で後に一人が死亡、そして多数の負傷者。我々の平和的な防衛軍においてでさえ、多くの事故が起こる。

ヒトラーは完全に沈黙を守り、代理人を通してのみ話が伝わってくる。ある人は、ヒトラーは死んでいると言い、ある人は、狂っていると言う。

◇1　一九一九年、第一次世界大戦後、飢餓に陥った子どもたちを救うためにイギリスで設立された非政府組織(NGO)。

◇2　一九四二年九月二六日、ヒトラーはクリスチャン一〇世の七二歳の誕生日を祝して長い電報を打ったが、王は短文で返電。ヒトラーは激怒し、駐独デンマーク大使を追放し、デンマーク内閣を更迭(こうてつ)し、親独内閣を作った。

◇3　スウェーデン南部のスモーランドのエークシェー近郊レンネスレットで、戦車用地雷を使った訓練中に起きた事故。

四月一日

アフリカでは、マレス線[◇1]がイギリス軍によって攻撃され、ロンメルは苦境に立たされている。ロシアからの情報は多くないが、双方にとって状況は良くないようだ。ヒトラーが長い沈黙の後、よみがえり、少し演説をした。しかし、ドイツの総崩れはほとんど時間の問題だろう。

ここスウェーデンでは、レークヴァットネット[◇2]に着陸しなくてはならなかったドイツの輸送機のことで、国会が大荒れになり、質問が相次いだ。この事件でスウェーデン軍がなんの反撃もしなかっただけでなく、過分に親切な対応をしたことが問題にされる中、ある一七歳の国防市民兵の少年だけは例外で、彼は機転を利かせたことでメダルまでもらうことになった。「輸送機」にはドイツ軍兵士が多数乗っていて、実際に武装はしていなかったものの、機内には機関銃が搭載されていた。この事件はドイツ兵に対する扱い方が寛容すぎるとして、イギリスで大きな不満を引き起こした。

まもなく連合国の占領があちこちで想定されている。デンマークでは、サボタージュ〔破壊活動・妨害工作〕が極めて盛んになってきた。

イギリス軍によるドイツとイタリアへの爆撃は衝撃的だ。

◇1　第二次世界大戦以前に、フランスによって南チュニジアのメドニンとガベスとの間に築かれた要塞。

マレスの戦いは、一九四三年三月一六日から三一日。

◇2　スウェーデン中西部に位置するヴェルムランド地方にある村。一九四三年二月二三日、一九名のドイツの将校と看護婦一名の乗った輸送機がこの村に不時着した。最初に飛行機を見つけた少年は、銃を構えながらドイツ兵たちを近くのスウェーデン軍のパトロール隊に引き渡したが、パトロール隊は彼らをホテルでもてなし、翌日には駅まで送り届けた。

聖金曜日〔四月二三日〕

一週間前、たぶん一六日の金曜日に、スウェーデンの潜水艦「オオカミ」が三三人の乗組員と共に消息を絶った。潜水艦は西海岸の近くで、艦隊が行っていた訓練に参加しており、最後に確認できたのは、木曜日の午前中だった。金曜日に、訓練で「オオカミ」が来るべきところに来なかったため、そこから捜索が始まった。それから一週間経ったが、その間スウェーデンの人びとは「オオカミ」のことしか考えず、他のことにはまるで関心がない状態だ。いまやすべての望みがついえた。潜水艦は何らかの事故に遭遇したものの、酸素がある限り乗組員は生きており、潜航可能な状態でいるのだと推測されていたのだが。人びとは、スウェーデンの科学知識の粋(すい)を集めた専門家の意見を聞き、考えられうるあらゆる手段を模索していた。そしてついには、不安に慄(おのの)く一人の乗組員の父親が、飛行機で空から見てもらうために、ヴェステルボッテン地方〔スウェーデン北部〕のアンカシュンド村出身の透視家カールソン氏に依頼し、お金を出すまでに至った。けれども透視家でさえ「オオカミ」を見つけることはできなかった。天候はひどく、潜水夫たちは荒れ狂う嵐に邪魔され、うまく潜れなかった。最初は実に希望に満ちていて、「オオカミ」は「見つけ出されている」と新聞に書かれていたのに、残念ながらまるで見つかっていなかったのだ。「オオカミ」からノックが聞こえたと思われていたが、モールス信号が全然打たれていないことから考えると、潜水艦からではなかったと思われる。しかし今日の新聞に書いてあった。「火曜日の朝六時頃、水中聴音器で最後のノックが聞こえた——その後まったく何の音も聞こえない」と。このことは乗組員たちが生きていたと推察できる時刻とちょうど一致するので、ちょっと考えこんでしまう。

日曜日の夕方、スウェーデンの潜水艦「ドラゴン」が、「オオカミ」が消えたのと同じ金曜日の朝、そして同じ海域で、武装したドイツの商船「古い教会」に砲撃を受けたと報告した。海軍中将である「ドラゴン」の司令官は、馬鹿なのか、日曜日の夕方までこのことを公表しなかった。ベルリンで異議申し立てがなされ、同じ商船が「オオカミ」を撃ったのかどうかの早急な解明が求められた。もしそうだったのなら、「オオカミ」の乗組員が、一週間もの恐ろしい苦痛ではなく速やかな死を迎えていたことを祈るだけだ。けれどドイツの商船が、潜水艦を沈めたのだということがはっきりすれば、潜水艦には防水された部分がまだあったはずで、乗組員たちが生きている可能性があったのだから、それなら日曜日の夕方まで知っていることを言わなかった「ドラゴン」の司令官を殺してほしいと願うぐらいだ。

海軍にとっても大悲劇だし、ホーシュ湾での悲劇よりひどいのではと思う。私はある水兵の感動的な手紙を読んだが、彼と彼の仲間たちは「オオカミ」について話し、「泣かなかった者は、一人もいなかった」そうだ。

今日はいよいよ本格的な春の到来だ！「オオカミ」の乗組員はもうこんな春を経験することは決してないのだ。「オオカミ」の司令官は一年前に結婚して、妻は第一子の誕生を待っているところだった。

イギリスでチャーチルが、ドイツは東部前線で毒ガスの使用を考えているという情報を得たと発表した。毒ガスを使用した場合、チャーチルにも直ちにドイツの港町や軍事用工業地区に毒ガスを撒く準備があるという。素晴らしい春になることでしょうよ。

でも今日はユールゴーデンで、お日さまの光の中にイチリンソウやキバナノアマナが咲くそばで、とても楽しく過ごした。ラーシュがスモーランドへ出発したので、ステューレとカーリンと私だけだ。カーリンと私は、「金の靴と金の帽子」◇1という遊びをしたが、勝つためにはなんでもしなくてはならない。金の靴といえば、今日は靴の配給がある。そして新聞を信じるとすれば、今日の配給は並みの厳しさではないらしい。とにかくカーリンの靴の半張りが復活祭までに間に合わないのではと、やきもきしている。

◇1　娘カーリンによると、アストリッドが思いついた遊びとのこと。

五月九日

最後に日記を付けてから、およそ次のようなことがあった。「ドラゴン」についてのスウェーデンの抗議に対して、ドイツから返事を得たが、傲慢で、いまいましい。

スウェーデンの潜水艦の事件は、スウェーデン側に責任があるとし、潜水艦がスウェーデン海軍の規則に反する行為をしたからだと決めつけている。彼らは愚かにも、こんなに厚かましいことを言うのだ。つまりドイツには、我々のスウェーデンの潜水艦がスウェーデンの領海でどのように振る舞うのかを決める権利があるらしい！　けれど彼らは、スウェーデンからかつてないほど手厳しい返事を受け取っている。「オオカミ」については、ドイツ側は自身の覚え書で何も言っていない。

スウェーデン政府の趣旨としては、「オオカミ」の行為の正当性を主張し、ドイツの非難を全面的に否定している。つまり、「オオカミ」はスウェーデンの領海内にいて、ドイツに攻撃されたことになる。そもそもドイツが機雷をスウェーデン領海内に敷設したのは、スウェーデンの中立に対して明らかな違反になる。

最も重大で、気がかりなのは、いまいましいドイツ軍がスウェーデン領海内に機雷を敷設したことだ。この機雷原がたぶん「オオカミ」の運命を決めた原因だろう。なぜなら先日、懸命の捜索により「オオカミ」が見つかったのだが、「オオカミ」は機雷帯のおよそ真ん中、水深五二メートルあたりのところに横たわっていた。いまだ「オオカミ」がどのように破滅へ向かったのかは確認できていないが、衝突したとか砲撃を受けたとは考えられなかった。潜った潜水夫は、「船首はへこんでいるようだ」と語っている。この「オオカミ」を見つけたのは、漁船だった。乗組員たちはすぐに絶命したのかどうかが、最もつらくて気になるところで、みんなそうであってほしいと願い、望んでいる。たぶん「オオカミ」は、ドイツの機雷にぶち当たって破壊されたのだろうが、この機雷はスウェーデンの領海に敷設されていたのだ。いまや、スウェーデンのすべての人が怒っている。ドイツ軍「帰休兵」のいまいましい輸送を終わりにする時が来ているようだ。

その後、ドイツによって一月から停止になっていた戦時船舶自由通行権が二、三日前に再び認められた。これで我々は、コーヒー少々とか靴用の皮革などの必需品を輸入できるようになり、そうなると厳しい靴の配給がちょっとは楽になるだろう。

さて、ここに書いたことはすべてスウェーデンに関することだけだが、もちろん世界では戦争に関連して確かにいろんなことが起こっていた。チュニス[◇1]とビゼルト[◇2]が陥落したので、結局アフリカにおいて枢軸国は確実に終わったことになる。このことは、連合国軍側にとってはなにしろ初めての価値ある成功になるし、今回の戦争で最大の成果だ。枢軸国軍の残兵はボン岬半島（チュニジア北東部の地中海に突き出た半島）で袋の鼠になり、数千人の兵士が投降し、捕虜となった。

私はきちんと理解していなかったけれど、ロシア政府とポーランド政府の間で争い事がいくつもあった。亡命ポーランド政府があったことさえ知らなかったが、ロンドンにあるらしい。とにかくポーランド政府は赤十字を通じて、ロシアがポーランドを占領した後、カティン[◇3]（と発音するのだと思う）でポーランドの将校一万人を殺戮（さつりく）し遺体を埋めたとされる、いくつかの恐ろしい埋葬穴の調査を要求した。ああ、なにとぞロシア軍からお守りください。ポーランドの将来の国境、そしてロシアとの関係についてのごたごたでもあるのだが、今はこれ以上くわしく書けない。

◇1　チュニジアの首都。一八八一年からフランスの保護領だったが、第二次世界大戦でフランスがナチス・ドイツに占領されると、チュニスもヴィシー政権下に入った。五月七日、連合国軍の手に落ち、北アフリカの戦争は終わった。
◇2　チュニジア北部の都市。占領していたドイツ軍とイタリア軍が、五月七日、連合国軍に敗れた。
◇3　カティンの森事件。第二次世界大戦中にソ連のグニェズドヴォ近郊の森で、ポーランド将校、国境警備隊員、警官、官吏などが、ソ連内務人民委員部（KGBの前身）によって虐殺、埋められた事件。

五月二二日

とても暖かくて、とてもさわやかで、そして心地よくて、感謝の気持ちでいっぱい！　自然は信じられないほど美しい。昨日、カーリンは九歳になった。エルサ－レーナとマッテがこちらに遊びに来てくれた。カーリンは、私たち両親から時計、学校カバン、箱入りチョコレート、本一冊、オーバーオール[◇1]（胸当て付きズボン）をもらい、そしてお客さんからも数冊の本をもらった。お祝いの食事には、マッテの他に、小エビの茹でたものや、ラディッシュ、サーディン、骨付きハム、卵、残りのケーキを食べた。

同じ日にラーシュは英語のテストがあった。これでこの科目が合格か不合格かが決まるのだ。学年末に近づいているので、警告を受けてからは、信じられないほど大変だったし、私も多少がみがみと言ってしまった。ドイツ語はどう考えても不合格だし、他の教科に至ってはもう祈るしかない。

来週の月曜日から、仕事を再開することにする。ひどい鼻風邪のために、一週間半の快適な休みを取っていたのだ。風邪で横になっている間、いくつかの随筆をまとめて、まずストックホルム新聞へ送った。新聞社は一つ買ってくれたが、三つの随筆は送り返してきた。その後、ダーゲンス・ニイへッテール新聞へ二つの随筆を送ったが、両方とも送り返してきた。二つのうちの一つについて、スタファン・チェルネルド[◆2]が、「この女性に書ける能力があることに関しては議論の余地はない」という文章で始まる批評を書いてくれたが、確かにあの文章はちょっと浮かれていて、現実味が薄かった、はっはっ！

くだらない話はこれで終わり。スターリンがコミンテルン[◇3]を解散したなんて小さなニュースなら、注目される価値があるかもしれない。これは昨日新聞に載ったのだけれど、当然世界じゅうに衝撃を与えた。ボルシェヴィキが世界革命の意図を断念したことを意味するのだろうが、絶対にそんなことはない。コミンテルンは、たとえ隠れ蓑の下であっても、確実に存在するだろうし、こうしたコミンテルンを解散するなどという思いつきはすべて、イギリスとアメリカの世論に対して、おべっかを使うためだろう。

書いたかどうか思い出せないが、イギリス軍がドイツのいわゆる渓谷に設置された堰（せき）を二か所爆撃したら、破壊がひどく、結果として大洪水になった。亡命したドイツのユダヤ人がイギリス軍に作戦を教えていると言われていて、こうしたことが今ドイツで新たな迫害の理由になっている。

今日はこれで終わり。

◇1　マッテという名前が「食べ物」という言葉と発音が似ているので、冗談を言っている。

◆2　スタファン・チェルネルド（一九一〇—八九）スウェーデンのジャーナリスト、作家。
◇3　一九一九年三月、レーニンを中心にモスクワに創設された共産主義政党の国際組織。独ソ戦勃発の結果、ソ連が英米と共に連合国を形成したため存在意義が薄れ、一九四三年五月に解散した。

六月三日

戦争に関して特別なニュースはない、と思う。日本軍が占領していた、「アッツ」[◇1]とかいうところが陥落した。残った二、三百人の兵隊は、抵抗しきれないとわかると、東京にある天皇の住む宮城に顔を向け、深々とお辞儀をし、それから大声でバンザイと最後の叫びを上げながら敵に向かって行き、そして全員なぎ倒された、と新聞に書いてある。以前は相当数がハラキリをしていた。そう、これは「アッツ」だけれど——世界全般の大混乱の中にあって、アッツのことがどんな意味を持っているかわからない。

爆撃はさらに破壊的になっている。職場でイタリアの宣伝写真を見た——イタリアの産院が爆撃されていて、写真には死者や手足の飛んだ人がたくさん写っていた——むごたらしすぎる。

先日、新聞に、アテネでは飢餓で合計一〇万人が亡くなったと載っていた。最悪の時には、一日に千六百人。

しかしスウェーデンでは、食料品前線において著しい改善があり、驚くほど良くなっている。たくさんの牛肉や豚肉、それに突然、魚が買える日もあるのだ。そのために魚の配給がやめになった。今では家庭の主婦になるのは至極簡単だ。バターだけは、大変だけれど。

キリスト昇天祭[2]の日は美しく、暖かさも本格的になった。そして私はいつもの理由で〔英語で書かれている〕、ステューレにひどく腹を立てた。午前中はアッリと一緒にカーリンを連れてサイクリングに行き、午後(早い夕食のあと)はカーリンとコアへ行った。この時期、ライラックやマロニエの花が今を盛りといっぱい咲いていて、素晴らしかった。ラッセも一緒に来てほしかったけれど、彼はここのところ自分の好きなようにしたい年頃らしい。

◇1 アラスカ州アリューシャン列島ニア諸島最西部にあるアメリカ領の島。一九四二年六月に日本軍が上陸して占領したが、翌年五月一二日にアメリカ軍上陸。アメリカ軍一万一千人に対して日本軍二六六五人で戦闘の末、五月二九日日本軍全滅。

◇2 キリストの昇天を記念する日で、復活祭から六週目の木曜日にあたる。

聖霊降臨祭前日

ありがたいほど美しい聖霊降臨祭前日、信じられない暖かさ。今年は何もかもが異常に早い。居間の窓を大きく開けて座っていると、まるで公園の中に座っているようだ。外の歩道を歩くハイヒールのコツコツという音や公園で子どもたちが騒ぐ声は、夏らしい元気な感じがするし、路面電車が勢いよく通り過ぎていく時など、まるで私たちのいる居間に飛びこんできそうな感じがする。

カーリンがマッテと一緒にスーレー〔ストックホルム北西のバルト海の群島の一つ〕へ出発した。彼女が出かけたので家の中は寂しくなったけれど、こんなに暑い日に彼女が島へ行けてうれしい。カーリンは六月八日に試験があり、歌と体操以外は、Baの成績だった。それに引き換え、ラーシュは残念な成績(ドイツ語と数学はBc、英語、歴史、化学、フランス語はB?)で、昨年はいい成績だったのにずいぶん無残なものだ。彼は、現在高校へ通っている自覚がないようだ。今週彼は自転車で配達するアルバイトで五〇クローネ稼いで、来週ヨーランとサイクリングに出かけることにしている。私も付いて行けたらいいのになあ。だって今は夏がこんなに美しいのだから、しばらくでも街から飛び出したくなってしまう。もちろんストックホルムが地上で格別美しい夏の都だということは認めるけれど(他にそんなにたくさんの町を見てないけれど、思うの)、ただただすべての花の美しさと香り、新緑のみずみずしさ、それに夕暮れの空の魅力を楽しむために、日が暮れるころ自転車に乗って出かけたくなるの。うっとりする季節に、ええ、きっとうっとりしたいのね!

聖霊降臨祭のお祝いの食事は、まずラディッシュ、アンチョビ添えの固茹で卵、アスパラガス、子牛のカツレツ、マザリンケーキ[◇2]でスタートさせた。ありがたいことだけれど、突然豊富な食料を得られるようになったのは、なぜだろう。もちろん高くつくが、主婦でいるのは一番簡単なことだ。

ところで、イタリアのパンテッレリーア島〔シチリア島とチュニジアの間にある火山島〕が、恐ろしく破壊的な砲撃を受けた後、降伏した。ステューレが、「きみは、書いて、書いているけど、ランペドゥーザ島〔イタリア領最南端の島〕のことを書いたかい?」と言う。ランペドゥーザ島というのは、次に連合国軍が占領する島のことだ。イタリア国内のムードは緊張なんてものではないだろう。結局パンテッレリーア島の占領は、もともとこの島がイタリアの領域であるため、侵略のちょっとした手始めと見なされるからだ。ここ数日、侵略のことで持ちきりだ。

今日、新聞に一九四一年のホーシュ湾事故の調査結果が載っていて、この大災難の原因はサボタージュだったのだって。恐ろしい、恐ろしい！

ロシアで、ドイツ軍とロシア軍はお互い攻撃の準備をしている。ドイツ本土へ、連合国軍は極めて恐ろしい爆撃を繰り返していて、昨夜はデュッセルドルフ、ミュンスター、ヴィルヘルムスハーフェン、そしてクックスハーフェンが爆撃された。今までで一番激烈な爆撃だったと言われている。今日、あるパイロットの手紙に書いてあったが、ドイツではちょっと前に起こった渓谷の堰の爆破により二〇万人が亡くなったらしい。この爆破を実行したイギリスのパイロットたちは、任務のために丸一か月特別な訓練を受けたそうだ。世界で、破壊されるところが広がってきている。聖なる、貴(とうと)い人間の生命が軽視されている。この気持ちのよい夏の時期に……〔スウェーデンの讃美歌の歌詞より〕。

◇1　アストリッドの住むマンションはストックホルムのヴァーサ公園に面している。

◇2　アーモンド粉に砂糖、バターを混ぜ合わせたものを、小さな楕円形の型に詰めて焼き、上にアイシングをかけた、スウェーデンの菓子。

七月二日

最後に書いた後、王が八五歳のお誕生日を迎えられ、内外の新聞に取り上げられる大きな出来事になった。お誕生日当日、ストックホルムは大変な騒ぎで、お祝い気分が大いに盛り上がった。残念ながら、私はラッセの自転車旅行の準備のためにすることがたくさんあり、王のパレードが街なかを通るのを見る間が全然なかった。初夏の間ずっと火が付きそうなほど乾燥していたので、確かにみんな雨が降ってほしいと願っていた——しかしだからといって、王がオープンカーでパレードに出かけようとする、ちょうどその時六月一六日午後五時に、雨が降る必要は必ずしもないだろう。しかし、もちろん雨は降ったのだ。みんな王が濡れるのではと、とても心配した。我らが老王は、信じられないほど人気がある。そして世界じゅうから祝電が届いた。スウェーデン国民は、グスタフ王のおかげでこの国が戦争に巻きこまれず平和でいられるのだと、王に感謝しているが、まったくそのとおりだ。

その後、夏至祭になった。ラーシュとヨーランは、エステルイエットランドとスモーランド方面へサイクリングに出かけたし、カーリンはスーレーで、[◆1]夏至祭用に白樺の葉を飾った干し草車に乗ったりした後、夏至祭当日の夕方に、シッゲ・グッランデルと一緒に帰宅した。私はステューレと一緒にサルトシェーバーデン〔ストックホルム近郊のバルト海に面した美しい町〕までサイクリングした。すごく楽しい時間を過ごせた。

それからカーリンと私は、六月二七日にスモーランドに出発したのだけれど、その準備などで二、三日忙しかった。そして今、私たちはネースにいる。私はもちろんだけれど、子どもたちも思いっきり楽しんでいる。

戦争の状況は概ねいつもどおりだ。今朝のニュースで、太平洋でのアメリカの攻撃について言っていた。侵略、侵略と、侵略は絶えず話題になっている。ここでの侵略とはヨーロッパ大陸での連合国側の侵略を意味している——一九四〇年の時のように、「侵略」は、ドイツの大英帝国への侵略を意味していない。この侵略についてはずっと予想されていたけれど、決して実現することはなかった。その頃、ヒトラーは侵略するつもりだったし、彼にとって大きなチャンスだったが、失敗したのだ。とにかく、このイギリスへの侵略にはまだお目にかかったことがない。ただしシチリア島はかなり緊迫した情勢に見える。無力になった枢軸国軍の抵抗下、連合国軍の爆撃は続いている。ドイツの最も傑出した建造物であるケルン大聖堂が爆弾で破壊された。[◇2] ドイツの新聞は、文化を破壊するイギリスの野蛮行為に抗議の悲鳴を上げている——しかし、一九四〇年に自分たちがしたことはどうだったのか？

◆1 シッゲ・グッランデル(一八八四—一九七一)はエルサ・グッランデルの夫、カーリンの友だちマッテの父。
◇2 ゴシック建築の大聖堂で、この様式としては世界最大。第二次世界大戦中、英米軍の空襲で一四発の直撃弾を受けたが、戦後復元された。

七月一七日

私がスモーランドで忙しい日々を送っていて、書く時間がなかった間に、大変なことが起こっていた。ロシアの大々的な攻撃が始まったのだが、独ソ双方にとって大量の流血を見ることとなった。クルスク[◇1](という名前だと思うけれど)のあたりで。この大きな戦闘が始まった数日後、連合国軍はシチリアにうまく上陸を果たし、現在戦闘の真最中だ。今日のニュースによると、カターニア(イタリアのシチリア島東部の都市〕からほんの一〇キロメートルのところに連合国軍が待機しており、すべての抵抗勢力が打ち負かされるのは、もう時間の問題だ。あとは、イタリア本土への侵略の番になるだろう。しかしながらこれは何度も話題になっている侵略のごく始まりに過ぎないのだ。連合国軍の飛行機から、イタリアの人びとの上に、ビラが撒かれている。それには、イタリアの国民に向けて平和条約を締結するよう勧告文が書かれている。

我らが神童グンデル・ヘッグ◆2のことを書くのを忘れていた、彼は今アメリカで弾丸のごとく走っている。距離の違う三種目で走った――そして自己世界記録は破れなかったが、アメリカの選手たちには確かに勝った。「驚異のグンデル」と呼ばれている――そして今晩、四本目を走ることになっている。国民はグンデルの成功に猛烈な興味を抱いている。彼はいまやアメリカで、スウェーデンの素晴らしい代表なのだ。

ステューレやカーリンと一緒に、一昨日フルスンドに来た。ラーシュはスモーランドに残って、農作業とドイツ語と数学を頑張っている。昨日初めてアンズタケ◇3を摘んだ。今年の夏の天候もあまり頼りにならないが、その時その時を楽しまなくちゃ。これからベッドへ行って、ちょっと「世界文学全集」を読むことにする。いま読んでいるのは『脂肪の塊（かたまり）』〔ギー・ド・モーパッサン作の短篇、一八八〇年刊〕。

◇1　ロシア南西部に位置する都市。ドイツ軍とソ連軍の激戦地となった。クルスクの戦い（一九四三年七月四日―八月二七日）は、ドイツ軍が攻勢に出た最後の戦闘であり、ソ連軍が夏期においても勝利した最初の大規模な戦いとなり、双方とも被害は大きかった。

◆2　グンデル・ヘッグ（一九一八—二〇〇四）スウェーデンの陸上中距離走選手。一五〇〇メートルから五〇〇〇メートルまでのレースで世界記録を樹立した。
◇3　食用キノコの一種。全体が黄色で、杏（あんず）の香りがあり美味。

七月二五日

ヒトラーとムッソリーニが会談した、そしてローマが爆撃された。ヒトラーは、ムッソリーニが単独講和を結ぶのを阻止するために会ったのだと推測されている。「イタリアは名誉ある道を選ぶ」と先日飛行機から撒かれたビラの答えが、イタリアの新聞に載っていた——しかし平和会談がイタリア国内で開かれているというのは、国民が平和を願っている証（あかし）だ。シチリア島では連合国軍が少しずつ進攻していて、恐ろしいほどうまくいっている、とチャーチルが語っている。スターリンは、先週の土曜日の戦時日程表で、ドイツの七月の攻撃は阻止できたし、ドイツ兵が七万人戦死したと説明している。ロシアの夏の攻撃はまだまだ頂点には達していないと、ベルリンでは考えている。戦死したロシア兵の合計は、およそ三三万人と報告されている。双方がかなり嘘をついているとしても、背後に横たわるあらゆる人間の悲惨さを考えると、どうしても感覚が麻痺してしまうことがつらい。

ここ数日、グリムベリイ◆1の『世界史』に書かれている古代ローマのことや、あらゆる殺戮（さつりく）、残忍な出来事、公権剝奪、侵略戦争などについて読んでいる。その後で日刊新聞を読んでいる時に同じ地名に出会うと、過ぎ去った千年もの間、人間はどんなにちょっぴりしか学ばなかったのかと絶望するばかりだ。

もうすぐ平和になってほしいとだれもが願っているが、明日ではなく、今年でもないかもしれないが、そうかといって希望がないほど遠い先のことではないだろう。イタリアはまもなく敗れるだろうと、みんな思っている。

そしてついに、グンデル・ヘッグがアメリカ陸上競技会で自己最高記録を達成した――一イギリスマイル〔約一六〇九メートル〕四分五秒三。

そしてようやく夏が来た。ステューレとカーリンと私は、ここフルスンドでおいしい空気を胸いっぱい吸っている。午前中みんなそろってバード島へ船を漕いで行き、午後から私とリネアでベリーを摘む。ラッセがスモーランドに残っているので、夕方になるととくに寂しい。だけど、ラッセはスモーランドがお気に入りだし、一週間もしないうちに短期間だがこちらへも来る。ドイツ語と数学の勉強のためにストックホルムへ戻る前に来て、私と一緒に帰るのだ。カーリンは今では小さな魚のように泳ぐし、どこでも水に飛びこんで喜んでいる。

◆1　カール・グリムベリイ（一八七五―一九四一）スウェーデンの歴史家。

七月二六日

昨晩書いて間がないのに、今朝のニュースにすごくセンセーショナルな出来事があった。ムッソリーニが、議会で解任を可決され、ヴィットーリオ・エマヌエーレ[◆1]にも承認されたのだ。そしてバドリオ元帥（げんすい）が後継者に指名された。イイゾー、キャッホー！　ヤッター！　ファシズムのヒュドラ[◇2]がその頭をなくしたのだ。今だ――今――今こそたぶん人間性の回復が始まるのだろう。このろくでなしの悪党ムッソリーニは（イタリア人をちょっとは奮い立たせたことは認めなくてはならないが）、平和的なイタリアの人びとを一九三五年のエチオピアへの侵略戦争に強制的に巻きこみ、数年間の戦争の年月をもたらしたし、無防備な現地の人びとに対して毒ガス戦争を仕掛けたのだ。また、スペインに干渉したせいで、凄惨なスペイン内戦を長引かせることになったし、ファシズムを生み出すことによって、内戦を継続するための条件を整えたのと同じように、ドイツにおける国家社会主義が急速に勢力を伸ばすための条件をも整えることになった。あるいは正しく言えば、その手本を作ったわけで、この国家社会主義が前代未聞の悲惨極まりない世界戦争の原因となったのだ。このとてつもない悪者は、いまや片隅に追いやられた。そこで彼は後世の歴史家の審判を待つことになるが、確かに厳しいものになるだろう。フーッ！　長い文章だったが、世界歴史のことを話しているのだから。ムッソリーニは病気だと言われている。胃がんらしいが、もしもだれかが胃がんになるとすれば、当然彼になるだろう。

　そう、それはベニート・ムッソリーニだ！　アドルフ・ヒトラーも同じようにと願いたいところだが！

　チャーチル首相は、火曜日にイギリスの下院で所信表明演説を行った。その中でイタリアの事態についての声明を、次のように始めた。

「下院は、この荒廃した戦争において、主たる罪のある人間の一人が失墜したとの報告をおそらく満足した気持ちで受け取ったことだろう。ムッソリーニのイタリア国民への長く厳しい支配の終わりは疑いもなく、確実にイタリアの歴史において、ある時代の終焉を示している。ファシスト・アーチの一番上の要石が落ちたのだ。そして、予言する気はないけれど、このファシストの全組織が、すでに崩壊したのでないとすれば、廃墟となって地に落ちることも不可能ではないと思う」

◆1　ヴィットーリオ・エマニヌエーレ三世（一八六九―一九四七）イタリア国王、一九〇〇―四六。
◇2　ギリシャ神話に登場する九つの頭を持つ水蛇。頭を一つ切っても、すぐにそこから二つの頭が生えるという怪物。

七月二九日

ファシスト党が崩壊した。ミラノで深刻な政情不安。街頭での交戦は日常茶飯事。多くの市民や兵士が死んだ。大多数の人びとが即時和平を懇願している。軍隊の兵器庫が襲撃された。ソ連支持のデモ頻発。

「幼稚な小さい王」と、アメリカの新聞特派員が、ヴィットーリオ・エマヌエーレのことを呼んだが〔実際に小柄だった〕、これはルーズヴェルトを狼狽させた。

八月四日

今日、「オオカミ」の乗組員たちへの追悼ミサが執り行われた。潜水艦は四月以来海底の墓場で眠っていたが、ついに引き揚げられたのだ。五名が機雷に当たって死亡(もちろんスウェーデン領海内でのドイツの機雷)、そして残りは溺死——つまり短時間での死亡——それはありがたいことだが。

昨夜、シビラ[◆1]が第四皇女を出産した。

◆1　スウェーデン皇王子グスタフ・アドルフ妃(一九〇八—七二)　現スウェーデン王カール一六世グスタフの母。夫グスタフ・アドルフ(一九〇六—四七)は航空機事故により四〇歳で死去。

八月六日

ついに、ついに終わった。スウェーデンであんなにいやがられていたドイツ軍の国内通過が終わることになった。イエーテボリイ海運貿易新聞とトロッツ・アルト新聞[◇1]はきっと狂喜していることだろう。二紙は、国内通過に対してライオンのように戦ってきたのだから！　このような中立侵犯はもちろんスウェーデンに強制されたものだったが、この惨めなことを中止する「許可」を幸運にも得られたことで、我々はドイツの現在の弱さを鋭く感じとっている。ノルウェーでは、このドイツ軍のスウェーデン国内通過のせいで、我々に対して激しい怒りを引き起こしてきた。そして国内通過はノルウェーがまだドイツと戦争している間に始まったのだと、ノルウェーでは一般的に理解されてきた。政府の明確な否定が真実と合致しているようにと願っているし、信じてもいる。

ひょっとしたら、この戦争は、ついにもうすぐ終わるのではないか！　つまりドイツの大崩壊が取り沙汰されているのだ。ロシアでは、ひどい惨敗を喫している。ロシア軍はオリョール[◇2]を取り戻し、シチリアではカターニアが陥落した。すぐにチュニスのミニチュア版になるだろう。しかしイタリアでは、国民が平和を願うデモをしているにもかかわらず、政府はあきらめていない。ドイツへの激しい爆撃が続いている。ハンブルクのひどい近況報告を読むと泣かずにはいられない。考えてもみて、ハンブルクには子どもも残っているのよ。胸が張り裂けそうで、耐えられない。

今、ジャン・ジャック・アガピの『彼らに告げろ』[◇3]を読んでいる。この本には、戦争で傷ついたフランス人捕虜のドイツの病院での地獄が書かれている。全篇にわたって、血と膿（うみ）が流れている。もう戦争はたくさん、言葉がない。日常的にこういった残虐なことを目にしている国々では、いったいどんなことになっているのだろう。アガピのはいい作品だが、二つの世界大戦の間に出版されたレマルクの『西部戦線異状なし』ほどの深い印象は残さなかった。以前『西部戦線異状なし』を読んだ時は、毎晩布団の下にもぐって、絶望のあまり泣いた（アトラス通りに住んでいた頃だけど）。そしてもし、もう一度戦争になり、スウェーデンが参戦するようなことになるなら、私は膝をつきながら這（は）ってでも政府へ行って、地獄の好き勝手にさせないでと懇願するだろうと考えたことを覚えている。ラーシュを戦争へ送りこむぐらいなら、自分自身で撃ってしまいたいと思った。どれほど、この狂った地球上の哀れな母親が苦しむことになるのだろう。「オオカミ」の乗組員のことを考えたり、アガピの本を読んだりすると、ラーシュが沈んだ潜水艦に乗っている（その時は乗組員たちが海底で生きているとみんな思っていた）、あるいは高熱や感染症で野戦病院に入院しているなどと想像してみたが、想像するだけで苦痛に耐えられなかった。それなら想像なんかではなく、残酷な現実である人にとってはどのように感じられるのだろう。そんな苦痛に耐える必要が人間にあるだろうか。そもそもなぜ戦争になるのか。全世界を破滅と混乱に追い立てるのに、ヒトラーとかムッソリーニのような人間が二、三人いるだけで十分なのだろうか。なにとぞ、なにとぞ、なにとぞ、せめて恐ろしい殺戮だけでも、もうすぐ終わりますように。その後で、もちろん戦争にともなう他の惨めなことがいろいろ起こってくるだろうが。

おばあちゃん◇4はここのところ、とても元気で楽天的。平和になりさえすれば、何もかもまた平穏で幸せになると信じている。彼女は、コーヒーがまた自由に飲めるようになったり、配給が国内でも海外でも中止になったりするだけでみんな幸せになると信じているようだが、戦争がもたらした名状しがたい絶望的な傷は、少々のコーヒーでは癒されないだろう。平和といえども亡くなった息子を母親の元に戻すことも、死んだ子どもたちを両親の元に戻すことも、ハンブルクやワルシャワで死んだ子どもの命をよみがえらせることもできないのだ。憎しみは、平和になったその日に終わるわけではない。家族や親戚をナチスの強制収容所で苦痛のうちに殺された者は、平和になっただけで何もかも忘れることはないし、ギリシャで餓死した何千人もの子どもたちの思い出は、母親が生き残ったとすれば、母親の胸の中にはきっといつまでも生き続けるだろう。平和になったというだけでは、傷痍(しょうい)軍人はみんな、片脚が不自由なままだったり、片腕で不便だったりのままだし、失明した人たちは目が不自由なままだし、非人間的で過酷な戦車戦で神経をやられた人たちは癒されないままなのだ。しかしそれでも、それでも——人間が少しずつ健全な気持ちを取り戻すことができるように、どうか早く平和になってほしい。

だけど——平和ってどんなものだろうか？　惨めなフィンランドはどうなるのだろうか？　恐怖と専制を内在しているボルシェヴィキは、ヨーロッパで自由に動きまわるのだろうか？　この戦争ですでに命を落とした者は幸いかもしれない。

一九四三年の夏は終わりに向かっている——私の夏の休暇が終わるから、そう思うのかもしれない。明日、私とラーシュはストックホルムへ戻る。ここフルスンドでは、ずっと暖かく、美しかったけれど、今日は雨が降っているし、何もかもが秋らしくなってきている。カーリンとリネアはもうしばらくフルスンドに残る予定。カーリンはようやく深いところで泳ぐ怖さを克服した。それに桟橋の飛びこみ板から飛びこむこともできるようになったので、大きな満足感を得ている。ラーシュはドイツ語と数学の追試を受けるためにストックホルムに戻るのだが、彼が夏休みの勉強をいやがったために、夏の間我々はずっともめていた。

これで、今日は終わり！

◇1　スウェーデンの反ナチ新聞。
◇2　モスクワから三六〇キロメートル南西にある都市。一九四一年一〇月三日にドイツ軍に占領され、一九四三年八月五日にソ連軍により解放された。
◆3　フランスの作家、ジャン・ジャック・アガピ作、一九四一年刊。
◇4　ステューレの母は普段フルスンドに住んでいる。

八月二六日

伝えられていたとおり――ケベック[◇1]でルーズヴェルトとチャーチルが会談をした。チビのスターリンは一緒ではなかった。ワシントンにいたロシアの駐米大使リトヴィノフ[◆2]が突然ロシアに呼び戻され、代わりの大使が任命されたことで世間を騒がせた。このことは、ロシアと他の連合国との関係がこじれている証拠だと解釈されている。ロシアは第二の前線を持ちたい、そしてその第二の前線として英仏海峡を越えて侵略することしか受け入れられないのだ。近頃はドイツとロシアの単独和平が可能かどうかがよく取り沙汰されているが、ドイツとロシアの単独和平が結ばれれば、イギリスとアメリカの立場は悪くなるだろう。単独和平を結ぶことは、ドイツにとっては、大きな足音を立てて近づいているると思われる大崩壊を免れる唯一の方法になるのだが。ベルリンへの爆撃が始まったが、ハンブルクの時と同じほどの規模と予想されている。

最近デンマークで深刻な不安が広まっている。サボタージュ、いわゆる破壊活動や重要物資の製造妨害が多数発生し、ドイツとデンマークとで日常的な交戦が、とくにオーデンセ[◇3]で頻繁(ひんぱん)に起こっている。

ラーシュは、私と一緒にドイツ語と数学を集中して勉強して追試に臨み、高校二年生に進級できた。カーリンは三年生が始まり、新しくミセス・アーディンが担任に決まったが、厳しいおばさん先生らしい。ラーシュの進級を祝うために、カーリンにちゃんと許可をもらって、二人で午後七時から上映された映画を観に行った。午後八時半にステューレが帰ると、カーリンが激しく泣いていたらしい。

カーリンは掛け算の九九の宿題を繰り返しやっていたけれど、眠くなってできなくなっていたのだ。その後私たちが九時半に帰るまで、ステューレと一緒に起きていて、私の腕の中でまた大泣きした。でも、慰めてもらったので、いやなことを全部忘れてすぐに眠った。カーリンは学校が始まる前にちょっと喉が痛くなり、休まなくてはならなかったのだが、今日は私が喉を赤くしてベッドで横になっている。でもすぐに起き上がって、N・K（エヌコウ）デパートへカーリンのブラウスの生地と、私の毛皮のコートを修理する生地を買いに飛んで行くつもりだ。その後一〇キロのインゲン豆を缶詰にする予定。このインゲン豆のおかげで、今日一日が無駄だったと思わずにすむ。

夕方に

アフトンブラーデット新聞に、デンマークの大規模な暴動について書いてある。そうそう、切り抜いておこう。

◇1　カナダ東部の都市の名前。第一回ケベック会談は、八月一七日から二四日に行われた。

◆2　マクシム・リトヴィノフ（一八七六―一九五一）ソ連の政治家、外交官。外務大臣時代にソ連と資本主義諸国との平和的共存の方針を貫いて失脚。独ソ戦が始まると外務次官に復帰し、西欧との関係修復に尽力し、一九四一年から四三年まで駐米大使を務めたが四六年に引退。自動車事故で亡くなり国葬で送られたが、スターリンの陰謀で暗殺されたと言われている。

◇3　デンマークのユトランド半島とコペンハーゲンのあるシェラン島の間に位置するフュン島中部の都市。

八月二九日

切り抜くのを忘れていた。しかし、デンマークで非常事態宣言が出されていたと、今日知った。昨日デンマークとの電話の接続が切られた。そしてここスウェーデンでは、みんなデンマークで何が起こっているのか真剣に心配している。今日説明が届いた。デンマーク政府は、国の秩序を回復するための最後通牒を受けていた。デンマークでは最近、サボタージュ、ストライキ、街なかでの騒乱などが横行していたのだ。デンマーク政府はうまく事態の収拾が計れないと思ったので、非常事態宣言を出すに至ったということだ。つべこべ議論する者は、みんなドイツの軍事法廷に立たされる。ストライキをしたり、煽動したりする者は死刑判決を受けるのだ。人びとのあらゆる集会は禁止されているし、同様に夕暮れになると、交通はすべてストップだ。スウェーデンとの交通機関も停止中(今日はデンマークの陸上競技のナショナルチームがストックホルムに来ているというのに)。電話――そして電報の接続はいまだに凍結されているままだ。いまやデンマークもノルウェーと同じように、ひどいことになりかかっているようだ。

リンドネール機長の操縦するスウェーデンとイギリス間のスウェーデン定期航空機「トンビ」が、先週の金曜日に消息を絶った後、連絡がない。撃ち落とされたのかもしれない。スウェーデンの漁船が、西海岸からいつも魚を捕っている公海で穏やかに漁業をしていたところ、ドイツの商船に機関銃で砲撃され、一二名の漁師が亡くなった。

ブルガリアのボリス王が昨日死亡。情報によると、狭心症で亡くなったらしいが(ヒトラーとの会談から帰国直後死亡)、噂では警視正に下腹部を撃たれたという。六歳の息子シメオン二世◆1が後継者となった。

これが一九四三年八月二九日、日曜日にあったこと。デンマークの非常事態宣言を貼りつけなくてはならない!

◆1 シメオン・サクスコブルクゴツキ(一九三七―) ブルガリア王、一九四三―四六。

八月三〇日

デンマークでは極めて厳しい状況になっていると思う。
新聞の切り抜きの内容の紹介。
・ムッソリーニの娘と娘婿チャーノ◇1はうまく逃げ切れたと思われる。逃げる前に召使いの給料を払っておいたそうだ。
・スパイ罪で一一名のノルウェー人が処刑された。
・スウェーデンの漁師たちへの砲撃に対する我々の抗議に、ベルリンから辛辣(しんらつ)な返答。
・スウェーデンの報道機関がドイツについて書く記事が、ドイツでどのように受けとめられているかというと、スウェーデンの報道はもはや中立でなく、むしろ反ドイツだという。そしてドイツは、自国に対して悪口をけしかけるスウェーデンの報道機関に激怒している。だけど確かに、けしかけている。

●ダーゲンス・ニイヘッテール新聞のローマ駐在特派員によるムッソリーニについての記事。ムッソリーニの愛人クラーラ・ペタッチとその妹は、ペタッチ姉妹と呼ばれていて、ムッソリーニとは海岸で知り合ったことや、ムッソリーニの屋敷に遊びに行ったことなどが書かれている。またクラーラ・ペタッチの体つきなどを記事にしていて、くだらない。

◇1　ガレアッツォ・チャーノ(60頁◆1参照)　一九四三年七月二五日のファシスト党大評議会で、義父ムッソリーニに対しての首相解任動議に賛成票を投じた。ムッソリーニは失脚したが、その後ドイツ軍に追われることになった。

九月一日

哀れな小さなスウェーデンはスイスと同じく、どんなにドイツの支配下国家に押しこめられていることか。それでもスウェーデンとスイスの両国は、鎖でつながれた犬のように、ドイツに対して、ひるみもせず吠えている。幸運にも戦争をせずにすんでいる国がどれほど少ないか――スウェーデン、スイス、スペイン、ポルトガル、アイルランド。戦争が四年目を迎え、北欧の隣国があれほどひどい目にあっていると、我々が今でも平和で、あらゆる点で今日のようにうまくいっているのは、実際どれほどありがたいことかとわかる。

デンマークでは恐ろしいことになっている。大量の逮捕も続行中。郵便や電話の接続も、まだ切られたままだ。

今回の戦争は先の戦争と同じぐらい続いたのだから、もう終わりにならなくてはならない。もしも先の世界戦争ときっちり同じ年月続くとすれば、一九四三年一二月一一日で休戦になるはずだ。◇1

◇1　第一次世界大戦は、一九一四年七月二八日から一九一八年一一月一一日まで四年三か月余り続き、第二次世界大戦は、一九三九年九月一日から一九四五年九月二日まで六年間続いた。

九月五日

一昨日三日は、イギリスがドイツへ宣戦布告してから、ちょうど四年目だった。イギリス第八軍がメッシーナ海峡◇1を越えてイタリアの「長靴のつま先」へ上陸した。これを書いている時も、事態は慌ただしく進行している。いくつもの橋頭堡（きょうとうほ）◇2が攻め落とされた。そしてイタリアの人びとは降伏の印として白いシーツを手に、連合国軍の方へ向かって歩いている。ドイツはおそらく北へ伸びる防衛線を守る準備をしている。イタリア人は、自分たちが平穏に降伏できるように、ドイツ軍を国内から追い出すことしか願っていないだろう。ラーシュとカーリンがまわりで騒いでいるので、今はこれ以上書けないが、ここ数日は興奮している。

ようやくカーリンが夕刊アフトンブラーデット紙を手に取り、ラーシュは座って本を読みだしたので、お日さまの輝く素晴らしい今日のことを書くことができる。カーリンと私は自転車で北ユールゴーデンのユールゴーズブルン◇3あたりまで行った。その後家に帰って夕食にチキンローストを食べた。

たった今、子どもたちと戦争の本を読んでいる間、ステューレは肘掛椅子に座って、いびきをかいて眠っている。この後カーリンはベッドへ行くだろうから、『グラント船長の子どもたち』[4]のお話を読んでやり、その後チャーチルの『わが半生』[5]で楽しいひと時を過ごすことにしよう。

◇1　シチリア島北東部の港湾都市メッシーナとイタリア本土との間の海峡。
◇2　渡河や上陸作戦のとき、上陸地点の確保とその後の足場とする拠点。
◇3　古くはユールゴール泉のある保養地だったが、二〇世紀になると、ゆったりくつろげるレストランなどがある地域になった。
◇4　ジュール・ヴェルヌ作、一八六八年刊。
◇5　一九三〇年刊。誕生した一八七四年からおよそ一九〇二年までのことが書かれている。

九月九日

昨晩九月八日、カーリンのベッドの端に座って、『グラント船長の子どもたち』を読んでいると、ラーシュが入ってきて、イタリアが無条件降伏に応じたと知らせてくれた。このことは予期されていたが、それでも今回の戦争において記念すべき日を経験するのは特別に感じられた。それで記念にと、子どもたちにそれぞれ二五オーレ貨をあげた。誇り高い枢軸国の歯車が狂ったのだ。そしてドイツでは裏切りについて厳しい言葉が盛んに飛び交い、ヴィットーリオ・エマヌエーレ王はとくにひどく非難されている。そしてバドリオにまで及んでいる。休戦協定はすでに九月三日にシチリア島で署名されていたが、秘密にされていた。たぶんイタリア艦隊が連合国軍側の港に入港する時間を稼ぐためだったのだろう。

どれほどドイツが持ちこたえられるのだろう。ロシアでも悲惨なことになっている、極めて悲惨だ。いまや連合国軍はイタリア本国に足を踏み入れているし、たぶんバルカン半島もまもなくだろう。デンマークでは、いくつもの死刑判決が言い渡されている。そして今デンマークの人たちはスウェーデンのどの新聞をも読めないのだが、こんなことは苦痛以外の何ものでもない。たくさん、たくさんの人びとがスウェーデンに逃れてきている。

九月一〇日

イタリアは確かに混乱している。ドイツ軍がローマを占領し、その上今夜のラジオ報告によると、イタリアの他の地域も同じように占領し、いままたドイツ軍とイタリア軍は共に連合国軍と戦っているのだ。ヴィットーリオ・エマヌエーレ王は息子のウンベルト[◆1]のために退位したと言われている。王太子妃マリーア・ジョゼ[◆2]は四人の子どもたちと一緒に国外に逃れたと言われている。その上、ドイツ軍は、連合国軍がアルバニアを侵略すると思ったので、アルバニアを占領した。[◇3]かわいそうに、イタリアの人びとは気の毒だ、哀れな人たち。イタリアの人びとは、ようやくちょっとは落ち着くと思ったろうに、代わりにますます悪くなっているのだから。

◆1　ウンベルト二世（一九〇四―八三）　イタリア国最後の王、一九四六年五月九日―六月一二日。第二次世界大戦後、国民投票により廃位され、国外追放となり、ポルトガルに亡命した。
◆2　マリーア・ジョゼ（一九〇六―二〇〇一）　ウンベルト二世妃、ベルギー国王アルベール一世の王女。
◇3　一九三九年イタリア軍による侵攻により、イタリアに統合されたが、一九四三年九月八日にイタリアが連合国に降伏すると、ドイツが占領した。

九月二〇日

すべての前線でドイツ軍は劣勢だ。イタリアではサレルノ〔イタリア南部の港湾都市〕での戦いになった。最初連合国軍にとっては失敗したように見えていたし、ドイツによって新しいダンケルク[◇1]になるだろうと宣言されていたが、ついに連合国軍は多大な損失を出したものの、勝利は明らかになったようだ。そしてロシアでも、ドイツ軍には破滅的な状況のように見える。

いやな男だ、あんなこと言うなんて！[◇2]　ドイツ軍と連合国軍がイタリアの土地で激しく戦うことや、イタリア軍が敵味方で戦うなど、イタリアの惨めさは計り知れないほど大きい。そして今またムッソリーニは汚名をそそぐために、イタリア人にさらなる血を流してほしいのだ。代わりに彼が自分自身の血を流したらいいのにと思う。

先週の木曜日の夜、その日はキノコ狩りハイキングの後で疲れきっていたので、一〇時頃寝ようとしていると電話が鳴った――それはエッセ[◆3]からだった。彼は朝早くコペンハーゲンを発ち、汽車を降りるとまっすぐ我が家へやってきた。コペンハーゲンのスウェーデン領事は、すべてのスウェーデン国民にスウェーデンに戻るように勧告していた。そしてエッセは、スウェーデン語をまったく話せないが、確かにスウェーデン国民なのだ。まあなんと、彼が故国スウェーデンに帰るために世界戦争が必要だったなんてね。我が家にやってきたのは、とても自信のある、積極的な若者だった。そして振る舞いには興奮している様子が見られた。彼はデンマークの情勢について立て続けにしゃべった。主にサボタージュとデンマークの惨状についてだった。彼は、デンマークの若者はみんな「非合法」なことをし、サボタージュに参加していると話した。エッセ自身、ドイツの制服を着て、工場の爆破に携わったとラッセに話した。生命力と激情にあふれる若者が祖国愛の活動にのめりこんでいくのは十分理解できる。しかしなんでもいいわけでないのは確かだ。どの人の心の中にもある破壊的な傾向が、不安になるほど目覚めることは確かにあるが、その後で工場を破壊したり窓ガラスを叩き割ったりしてはならない正常な生活に戻ることは、たぶんそんなに容易ではないだろう。

◇1　一九四〇年のダンケルクの戦いでドイツ軍はイギリス軍を追いつめ勝利を収めたので、この時も勝利するつもりでいた。
◇2　失脚後イタリア中部グランサッソーの山頂のホテルに幽閉されていたムッソリーニは、一九四三年九月一二日、ヒトラーの指示で救出され、九月一八日、イタリア国営放送を通じて声明を発表した。貴族と王政を排した共和制下でのファシズム体制完成を掲げて、イタリア社会共和国を建国し、ドイツと日本はこれを直ちに承認した。
◆3　ヨン・ステーヴェンス（エッセ）（一九二五―二〇〇七）ラーシュの一歳年上の養兄。ラーシュは三歳まで、コペンハーゲンのステーヴェンス家でエッセの母に育てられた。

九月二六日

先日、イーデン[1]が下院で、イギリスでのルドルフ・ヘスの使命について語った。ヘスが抱いていたのは間違いなく平和構想だった。この平和構想は、つまりドイツが大陸で自由裁量を得る代わりに、イギリスは自分の帝国で自由に行動すればいいというものだ。ドイツの植民地は返されることになるし、ロシアはアジアへ追い払われることになる。こういう条件でイギリスが講和を望まない限り、ドイツは徹底的にイギリスを打ち負かし、この先ずっと支配下に置くだろう。ヘスは、自分はヒトラーの承諾を得ずに飛び出してきたと主張したが、結局ヒトラーの意図と同じことを伝えたのだ。

スモレンスク[2]が解放された！　次はキエフの番だ。まもなくロシアは国境からドイツ軍を追い出すことになるだろう。

◆1　アンソニー・イーデン（一八九七―一九七七）イギリスの政治家。外務大臣、一九三五―三八、一九四〇―四五、一九五一―五五。首相、一九五五―五七。

◇2　ロシア西部の都市。一九四一年七月ドイツ軍との戦闘後占領されていたが、一九四三年八月ソ連軍が大攻勢をかけ、九月二五日に解放した。

Av alla de många bilder, »som kommer att gå till historien» under vår på sådana bilder så rika tid, blir denna kanske icke den minst attraktiva. Den är tagen vid det dramatiska mötet mellan befriaren Adolf Hitler och exdiktatorn Benvenuto Mussolini. Rikskanslern mötte sin vän på flygplatsen närmast det tyska högkvarteret och kom i sällskap med bl. a. riksutrikesministern von Ribbentrop, som står närmast bakom Hitler. Om de närmaste åtgärderna från de två har telegrafen därefter burit noga vittnesbörd.

救出されたムッソリーニを迎えるヒトラー
切り抜きの出典は不明

一〇月三日

救出されたムッソリーニを迎えるヒトラー

写真があふれている我々の時代にあって、これは「歴史に残る」数多くの写真の中でも、たぶん最も魅力的な一枚になるだろう。救出者アドルフ・ヒトラーとイタリアの前独裁者ベニート・ムッソリーニが感動的な邂逅(かいこう)を果たした時に撮られた写真である。ドイツ首相ヒトラーは、すぐ後ろに立っている外務大臣リッベントロップと共に、司令部に一番近い空港で友人を出迎えた。この二人がごく最近どのような対策を講じたかについては、その後の電報が十分な証拠となっている。

デンマークで、ドイツ軍はユダヤ人の追い出しに取りかかった。何千人ものユダヤ人が強制的に国外追放されることになる。スウェーデン政府はベルリンで厳しく抗議し、同時にデンマークのユダヤ人をすべてスウェーデンで受け入れると表明した。これらの抗議や表明になんら特別な効果はないだろう。そのうちに大勢のユダヤ人難民がこちらへやってくる。

ナポリ[◇1]が連合国軍の手に落ちた。もうすぐローマの番になるだろう。

我々はガスを節約しなくてはならなかった。でもその結果、温かいお湯が出るようになった。お湯が出るって、家事をする上でどんなに快適で、楽に仕事がはかどることか、書ききれない。お湯が出ることに関して、面白いカットが『日曜日小人とフクロウ[◇2]』から新聞に転載されていた。

kan inte beskrivas, hur skönt det är och hur det underlättar det husliga arbetet. Ett gripande inlägg i varmvattens-frågan är nedanstående, klippt ur Söndagsnisse Strix

Varmvattnet

— *Nu så ere slut på fröjden...*

温かいお湯　——せっかく，楽だったのになあ……
ダーゲンス・ニイヘッテール新聞(1943年10月3日)からの切り抜き

◇1　イタリア南部の都市。一九四三年九月二七日から三〇日、占領ドイツ軍に対する「ナポリの四日間」といわれる民衆蜂起があり、一〇月前半に南イタリアの全体が連合国軍の手中に落ちた。
◇2　『日曜日小人』と『フクロウ』という漫画雑誌が一九二四年に合併して五五年まで発行されていた。

一〇月一〇日

ある古い信頼できるナチ党員の声明は、ここ数日の形勢の逆転をかなり如実に語っているようだ。この声明では、デンマークでのユダヤ人迫害に関して、スウェーデンの激しい憤りにも言及している。目下のところ、ユダヤの避難民の多くはエーレスンド海峡〔デンマークとスウェーデン間の海峡〕を渡ってスウェーデンに来ている。ドイツ軍は、それらのユダヤ人の避難を実際に阻止する気がないように見える。スウェーデンは、デンマークの避難民、ほとんどがユダヤ人だが、六千人を引き受けたそうだ。反ユダヤの人たちは煽動しようと、避難民のことを人殺しや強姦者だと書いたビラを配っている。

ここ数日はルート◆1の悲劇のことで、暗い気持ちで胸が痛む。いまだに信じられないでいるが、先週の木曜日の夜、その恐ろしいことは起こった。二日後、昨日土曜日に彼女は釈放され、今は三週間後の判決を待っている。今日彼女と電話で話したが、あれほど荒(すさ)んだ、疲れきった声は今まで聞いたことがなかった。これも間接的には戦争のせいにできる悲劇だ。というのも、戦争がなければ、彼女はこの仕事に就いていなかっただろうし、彼女がこの仕事をしていなかったら、そんな恐ろしい誘惑に遭遇することもなかったのだから。

◆1　ルート・ニルソン。おそらくアストリッドの職場の同僚、それ以上の情報はない。

一〇月二〇日

二、三日前、イタリアがドイツに対して宣戦布告をしたことを書くのを忘れていた、もちろんバドリオ率いるイタリアのことだが。そして今日の新聞にムッソリーニが引退するだろうと書いてある。◇1彼が引退するのはもっともだ。ロシアでのドイツ戦線は突破された。イギリスとドイツの捕虜が、スウェーデンの仲介により、イェーテボリイで交換された。

捕虜交換の時の兵士の顔が素晴らしいので、貼りつけた。「スウェーデンの船員と結婚したイギリスの若い女性は、自分の兄と再会し、数分間話すことができた」。この写真は、世界じゅうのすべての兵士の願いを表現していると思う。

◇1　この時期、ムッソリーニは、ドイツの傀儡(かいらい)政権イタリア社会共和国の元首と外務大臣を兼務していた。

一〇月二四日

金曜日の夜、スメーゲン〔スウェーデン南西部の島〕のはずれで、エアロ航空の飛行機「鷲獅子(じゅじし)」◇1が砲撃

En ung engelska, gift med en svensk sjöman, återfann sin bror och fick tala med honom några minuter.

Detta foto från krigsfånge-utväxlingen tar jag med bara på grund av soldatens ansikte. Jag tycker, det uttrycker all soldatlängtan i världen.

すべての人の町イェーテボリイ．戦争捕虜交換の意義

アフトンブラーデット新聞(1943年10月20日)からの切り抜き

された。直後にドイツのJU機によるものと判明。砲撃から二〇分間「鷲獅子」は飛んでいたが、その後ガソリンタンクが爆発し、炎上しながら岩壁に衝突した。一三名の乗客が亡くなり、二名は救助された。死者の中には、二人のロシア外交官夫人とそれぞれの子ども二人ずつが含まれていた。機長と操縦士は、妻と幼い子どもを残しての死だった。先週の日曜日、役員会の後ステューレが顔を輝かせて帰宅した。自動車連盟の代表としてイギリスに行くことになっていたが、ありがたいことに当分の間、空の交通機関は停止で、しばらく飛行機事故で死ぬことはできないらしい。

　昨日、デンマークのユダヤ人の手紙を読んだ。手紙の差出人は、一人の人物の名前を挙げていたが、その人は、非合法な活動における仲間の名前を吐かせようとするゲシュタポに爪をはがされたらしい。こういった拷問によって、この人物は手紙の書き手たちの名前を密告した。そのため彼らはスウェーデンに逃げなくてはならなくなったのだと書いていた。書き手はその他数人の八〇代のユダヤ人女性たちの名前を挙げていて、この女性たちは、ポーランドへ送られる途中、ドイツ兵に船倉へ突き落とされて、殺されたそうだ。これら名前の挙がった人たちはみんな、手紙の受取人にどうやら知られていたようだ。さらに、手紙の差出人は、デンマークのユダヤ人の一一歳の少女たちがドイツの売春宿に送られたと書いていた。

　私たちに唯一できるのは、これが真実でないようにと願うことだけだ。

◇1　鷲の翼と上半身、ライオンの下半身を持つ伝説上の生物。

一一月七日

モスクワでの連合国会談について一言も書かなかったなんて、あたしゃ、馬鹿なんかい。[◇1]イギリスとアメリカの外務大臣（イーデンとハル）が出席したこの会談[◇2]はかなり長く続いたが、現在非常に関心を持たれており、どんな結果になるのかと、フィンランドでも他のところでも不安が広がっている。もうすぐ、一一月一一日の休戦協定締結日[◇3]になる。ドイツでは一一月一一日心理ともいえる、つまり極度の精神不安に陥っていると、ある新聞に載っていた。ドイツは東部戦線で失敗しているので、実際、そんなに遅くならないうちに崩壊するだろうと、世界じゅうが固唾を呑んで待っている。一昨日、つい最近までドイツにいたある婦人に会った。ドイツでは人びとは笑えないのだと、彼女は言う。彼らの顔色は灰色で、すっかりあきらめているらしい。

　バドリオは、ヴィットーリオ・エマヌエーレ王に退位を要求していると、最近の新聞に書いてあった。それが本当かどうか知らないが、今回の戦争でサヴォイア公国[◇4]が王室をそのまま残しているというのは、とうてい考えられないことだろう。

　デンマーク王については、かなりたくさんの話が語られている。なかでも、ドイツがユダヤの星、六芒星印をデンマークに持ちこもうとした時、デンマーク王は、自分がその星を付ける最初の人物になるだろうと言った。このため、デンマークにはユダヤの星は持ちこまれなかった。他にも、ドイツ軍がアマリエンボー宮殿〔コペンハーゲンにある冬の王宮〕に鉤十字の旗を掲げたいと望んだ時、そんなことをしてもすぐにデンマークの兵隊が引き下ろすだろうよと、クリスチャン王が言ったそうだ。ドイツの最高司令官が、「その時には、デンマークの兵隊は撃ち殺される」と言ったら、王は「そのデンマークの兵隊というのは、私だ」と言ったという。

◇1　アストリッドの育ったスモーランドの小話で、「ウッレが死んだっていうのに喜んで赤いズボンをはくなんて、あたしゃ、馬鹿なんかい」をまねて書いている。

◇2　第三回モスクワ会談、一九四三年一〇月一八日―一一月一日。ハル、イーデン、モロトフの会談で、第二次世界大戦の戦後処理とその後の世界構想を示すモスクワ宣言を採択。

◇3　第一次世界大戦の休戦協定締結日。

◇4　一一世紀頃に、ウンベルト一世がサヴォイア家を創立、初代サヴォイア伯の起源となり、サヴォイア公国、サルデーニャ王国と続いていたが、一八六一年にヴィットーリオ・エマヌエーレ二世がイタリアを統一し、イタリア王国を樹立した。第二次世界大戦時はヴィットーリオ・エマヌエーレ三世が治めていた。

一一月一一日

今日で、第一次世界大戦が終わってから二五年になる。かつて二つの世界大戦の間に行っていたように、今でも二、三分間黙禱をしているのだろうか？　しているとは思えない。そして世界のいたるところで、華麗に、壮麗に埋葬された、すべての若い「無名兵士たち」、彼らのことを覚えている人はいるのだろうか？　あるいは、今も毎日、絶えず様々な前線で戦い、命と向き合っているあらゆる無名兵士がいるから、このような記念日でさえも過去の兵士のことは忘れられてしまうのだろうか？　おやさしい神さま、戦争はまだ終わらないのでしょうか？

今夜、ラジオで、ジエロウ演出の年代記史劇「追悼一九一八年」を聴いた。[1] 私は深い物思いで胸がいっぱいになった。一九一八年は、人類史上最後の、最後の戦争の年になるはずだったのに、そうはならなかったのだ。ソンム[2]やマルヌ[3]で戦死した兵士のことを聞くのはどれもとても悲しい。二五年後に同じことがそっくり繰り返されるとなると、戦死した兵士は、まったくの無駄死であり、完全に不必要に死んだことになる。

この休戦記念日、新聞には、元気になるような記事の他に、イタリアのユダヤ人に対するポグロムについて書かれている。こんな休戦記念日に、ラーシュを初めて眼科医院へ連れて行った。彼の目が悪くなりませんように！　この休戦記念日に、私とカーリンはアッリの家でのにぎやかな「おばさまコーヒーパーティー」へ行った。そしてこの休戦記念日に、私とカーリンは借りているピアノで、好き勝手な曲を弾いた。この休戦記念日に、ステューレは自動車連盟で会議があった。そしてこの同じ日、私はとても眠くて、これ以上書けない。私の子どもたちはベッドですやすやと眠っている。

◆1　カール・ラグナール・ジエロウ（一九〇四—八二）スウェーデンの演出家、作家。スウェーデン・アカデミー常勤秘書官、一九六四—七七。

◇2　ソンムの戦いは、一九一六年、フランス北部を流れるソンム河畔での、第一次世界大戦における最大の会戦。

◇3　マルヌの戦いは、一九一四年、ベルギーを突破したドイツ軍をフランス軍がパリ東方のマルヌ河畔で撃退した戦いで、戦局が短期決戦から長期戦へと大きく変わった。

一一月二九日

いよいよアドベント[◇1]の季節になってきた。そしてちょっぴりクリスマスが楽しみになり始めてきた。暖炉の火のそばに集まって、一緒におしゃべりをする家庭があるのは素晴らしいと、少なくとも私は思うが、ベルリンの人たちはクリスマスが近づいてくるのをどのように受けとめているだろうか。今週、ベルリンへの絨毯(じゅうたん)爆撃が始まった。街が一ブロックずつ順番に瓦礫(がれき)の山となっていく。考えるだけで、ぞっとする。イギリス軍が勝つためにそこまでやるなんて、私は望んでいない。確かに、ドイツ軍は、ワルシャワ〔ポーランドの首都〕、ロッテルダム[◇2]、コヴェントリー[◇3]、ロンドンで爆撃のいい見本を見せてきたが、ベルリンが目標となってもやはり同じように恐ろしい。私はイギリス軍にドイツ軍と同じようにやってほしくないのだ。もしも死ぬのがナチ党員だと保証できるのならいいかもしれないけれど、残念ながら、罪のない人たちも相当たくさん死んでしまうことになるのだ。もしもゲシュタポを、刑吏(けいり)の下男たちみんなで一括(ひとくく)りにして爆死させたとしても、少しも同情しないだろうが。

スウェーデンは、今は避難民でかなり膨(ふく)れ上がっている。五万人ぐらい引き受けたそうだ。そして職場で、我々は避難民の手紙で溺れそうになっている。

◇1　待降節、降臨節などともいい、クリスマスイヴまでの四週間のことを指す。
◇2　オランダ南西部の港湾都市。工業都市で、貿易港もあるため、ドイツ軍による大爆撃を受けた。
◇3　イギリス中部にある工業都市。一九四〇年一一月一四日、ドイツ軍による爆撃で、一四世紀に建てられた大聖堂を含む市の中心部がほぼ破壊された。

一二月三日(金曜日の夜)

一七年前同じ金曜日の夜、私は陣痛に耐えながら横になっていた、まあ、なんて痛かったこと!今はベッドで横になり、たぶん痛みもなく眠ることができるだろうと思うだけで素晴らしい。明日、ラーシュは一七歳になる。もし彼がドイツに住んでいたなら、まさしく前線でとは言わないまでも、すでに兵役に駆り出されることになっているだろう、あるいは正確に言えば、すでに駆り出されていただろう。

ドイツが新しい悪行(あくぎょう)を犯した。一一月三〇日、ノルウェーのすべての学生が捕えられ、ドイツへ送られることになっている。スウェーデン政府は強硬に抗議したが、どれほどの効果があったかは疑わしい。ドイツへの移送はまだ実行されていないと言われている。スウェーデンでの憤激は大きく、学生は、抗議したり、デモをしたりしている。

ベルリンは引き続き、激しく爆撃されている。昨晩のは今までで一番恐ろしい爆撃だった。

クリスマスの日

クリスマスの朝、ステューレとカーリンと三人◇1でスカンセンへ行った(ラッセは一緒に行きたがらず、寝ていたがった)。その間におばあちゃんは家でお留守番をしながら、オート麦ビスケットを保温オーブンに入れて台無しにしていた。今朝は靄(もや)のかかった秋のような日で、雪はまったくなく、地面に霜柱も立っていない。それなのに私とカーリンは足元が寒く感じられた。でも、スカンセンは人もいなくて、気持ちよかった。おどおどしている小さなリスに餌をあげようとしていたら、シジュウカラが羽ばたきながら飛んできて、私たちの手に止まった。小さなノロジカが、自由に走ったり飛んだりしながら近づいてきて、クンクンと嗅いでいた。それから家に帰り、みんなでクリスマスのごちそうを食べた。そして今私は暖炉のそばに座って、書いている。

今年は戦争になって五回目のクリスマスになる――そして以前より食料がより多く手に入るようになった。冷蔵庫の中には、大きな骨つきのハムが二本、シルタ、レバーペースト、オーブンで焼いたスペアリブ、ニシンサラダ、大きなチーズの塊二個、塩漬け豚が入っている。その上あらゆる缶には焼き菓子、例えばシナモンクッキー、オート麦クッキー、コニャック入り花輪パン、フィンランドパン、柔らかいシナモンケーキ、メレンゲクッキーがいっぱい詰まっている。

今年は我々がストックホルムで祝う二度目のクリスマスになる――今回もうまくいった。うれしいことに、今年カーリンは病気ではなかった。彼女はイエスさま誕生にちなんだ聖書（新約聖書「ルカによる福音書」二章一―二〇節）を読んだ。その上クリスマストムテ[◊2]の役までした。クリスマスプレゼントの入った袋は、カーリンが引っぱれないほど、重かった。ステューレと私は、半分ずつお金を出して、青い陶器の壺に柔らかい色のシルクの笠がついているランプ一台を自分たちへの贈り物とした。他のクリスマスプレゼントを受け取ったのは、もちろん子どもたちだ。ラーシュは、スポーツシャツ、ネクタイ、ウールのマフラー、スポーツ用ミトン、下着二枚、パズル、お菓子、本三冊（『赤い館の秘密』[◊3]、『シャッフル・ケイ』、『疑惑の先に』[◊4]）、フィルム二本、クリスマスのお小遣い、ブラシと櫛（くし）、スリッパをもらった——そしてカーリンがもらったのは、スリッパ、スケート靴、スキーウェア、ブラシと櫛、ソックスとミトン、私が編んだ白いセーター、絵具箱二つ、『さあ、歌いましょう』[◇5]、『ペッレ・スバンスレス切りぬける』[◇6]、『帰ってきたメアリー・ポピンズ』、『絶対に忘れないお話』、クリスマスのお小遣い、お菓子、等々。

明日フリース家のみんなが我が家のクリスマスパーティーに来る。そして二七日に、ラーシュとカーリンがスモーランドへ発ち、元旦には私も追いかけて行く。

私たちはありがたく暮らせている。ステューレは一月一日からお給料が年間四千クローネ上がることになった。そして今年もまた、両親からクリスマスプレゼントに千クローネもらった。

私は準備も含めて我が家のクリスマスを十分楽しんだ。こんなふうに楽しむことがいまだにできることや、これほど平和な世界の片隅に暮らせることに、ずっと心から感謝の気持ちを感じている。こんな言い方は陳腐に聞こえるが、とにかくうまく言葉に表せないほど感謝している——そして、私の人生の中で最も幸せな年に違いないと強く自覚しているし、長い目で見てもこれほどいい時はないだろう。試練が必ずあるに違いないと覚悟している。ここ以外の世界が不幸と悲惨さで満ちあふれ、その悲惨さがあまりに激しいので、何もかもがいっそう際立ってしまう。昨日ラジオでドイツの子ども聖歌隊が澄んだ歌声で「きよしこの夜」を歌うのを聴いて、私は台所へ行って泣いた。こんな天使のような美しい声の子どもたちが、何事も他の人間を暴力的に支配するような国で育っているのだ。

この秋、チェコ人が書いた一冊の本が出版された。タイトルは、『死者たちが判断するだろう』[◇7]で、ハイドリヒ[◇8]が殺された後、チェコのリディツェ村がこの世から抹殺されたことが書いてある。村には暗殺に関係する者は一人もいなかったが、ドイツは見せしめにしようとしたのだ。その結果、一六歳以上の男は全員、自分の墓穴を掘らされた後、銃殺された。女はすべて強制労働収容所に送られ、三歳以上の子どもはトラックでどこかへ運ばれた。そのトラックの荷台に一五七人の子どもが詰めこまれたのだが、およそその半数のためのスペースしかなかったため、子どもたちはずっと立ちっぱなしでいなくてはならなかった。この本によると、トラックでの七時間の移動で、到着した時にはかなりの子どもが死んでいた。本の情報がどれほど正確なのかはわからないが、半分が真実だとしても、永遠に天に向かって大声で叫ぶことになるような虐殺を、ドイツは犯したのだ。その後、村全体が爆破された。二四時間後、そこに和やかな村人が住む小さな平和な村があったことを思い起こさせるものは、何も残っていなかった。

　そしてこれは、「きよしこの夜」を作った国の民によってなされたのだ。次の詩は、先日手紙の中で見つけた、アルヌルフ・エーヴェランド[9]の風刺のきいた替え歌だ。

静かな夜、聖なる夜！
父さんが、国家警察〔ノルウェーのゲシュタポ〕に捕まった！
どこへ連れて行かれたかだれも知らない、
またここへ戻れるかだれにもわからない。どなられた、
さっさと服を着ろ！と。そして引っぱられて行った。

地上に平和、地上に安らぎを！
子どもよ、おまえの兄さんに気をつけろ！
兄さんのキスで、おまえの運命は終わりだ
「冬の援助」は、寒さで役に立たない。
羊の皮をかぶったオオカミに、注意するのだ
我々に混じって、どこにでもいるぞ。

クリスマスの平和、永遠の平和！
大砲の威勢のいい音を聞け！
地上を天国の緑の葉で覆うのだ
今までで一番いとおしい屍(しかばね)の数々を
天使の歌声は永遠だ
長江のあたりでさえも。

◇1　ステューレの母。クリスマスをストックホルムの息子の家族と過ごすために来ていた。
◇2　トムテは農家などに住み着いている赤い帽子をかぶった小人(妖精)で、クリスマストムテはサンタクロースのようにプレゼントを持ってきてくれる。
◇3　A・A・ミルン作、一九二一年刊の推理小説。
◇4　ヘレン・マッキネス作、一九三九年刊。

◇5　アリス・テグネール監修、エルサ・ベスコフによる挿し絵の歌の本、一九四三年刊。
◇6　イェスタ・クヌットソン作、一九四二年刊。
◇7　ジェラルド・カーシュ作。
◇8　ラインハルト・ハイドリヒ（一九〇四―四二）ドイツの政治家、軍人。ドイツの政治警察権力を掌握、ハインリヒ・ヒムラーに次ぐ親衛隊の実力者。ヒトラーにベーメン・メーレン保護領（チェコ）の副総督を任じられ、プラハで逮捕と処刑を繰り返し、「プラハの虐殺者」と呼ばれた。一九四二年五月二七日、チャーチル及び亡命チェコ政府が送りこんだ暗殺者に、乗っていた自動車を襲撃され重傷を負い、それが元で死去。激怒したヒトラーは、その死を悼み、大々的に葬儀を行った。
◇9　アルヌルフ・エーヴェランド（一八八九―一九六八）ノルウェーの詩人。

一二月二七日

ドイツの戦艦「シャルンホルスト」が昨日午後、ノールカップ沖〔ノルウェー北部マーゲロイ島にある岬〕でイギリス海軍の船に沈められた。◇1 ドイツの戦艦はもういくつも残っていないと思う。

◇1　ノールカップ沖海戦で、イギリスの戦艦「デューク・オブ・ヨーク」などからの砲撃、魚雷を受けた。

1944年

アストリッド，カーリン，そしてラーシュ．1943年．

一月七日

新年に何も書かなかったが、きっと時間がなかったのだろう。新聞から一九四三年の「回顧記事」を切り抜くこともしていない。でもとにかく始まったのは「平和の年」だ——賭けてもいいぐらい。一九四四年は平和な年になるに違いない、そして今のような混乱は終わりにならなくちゃ。

一昨日、新年から「スウェーデン・ラジオ」と呼ばれることになった放送局が、牧師で詩人であるカイ・ムンク[1]がヴェデシュエーの自宅から連れ出され、ピストルで頭をぶち抜かれ、その後、国道沿いの溝に投げ捨てられたと伝えていた。泣かずにはいられないほどのショックだ。悲しい。デンマークでの暴力行為は日に日に増えてきていて、他の国よりもひどいように思う。

先日、ロシア軍が、独ソ戦の最初の一週間で手放して以来ドイツ軍の手中に落ちていた旧ポーランド国境線まで到達したと報じられた。どの公式発表にもドイツ軍の用意周到な撤退位置と計画的退却について書いてあるが——いつもただ退却、退却。

今、子どもたちとネースにいる。今年は去年ほど美しくはない。去年は森のどの木や茂みにも厚く雪が積もって、まるでおとぎの国のようだったが——今年は全然雪がないのだ。それでも楽しかった。とくに公現祭[2]の前日、カーリン、グンヴォール、バーブロ、カーリン・カールソン[3]たちと凍ったストング川の氷の上で、二、三時間スケートをして楽しい時を過ごした。ラーシュとはあまり一緒にいることがない。最近、彼はストックホルムでもヨーランと一緒にいることが多かったし、私とは気が合わないらしく、いらいらしている。でもたぶんそのうちに良くなるだろう。そう思うことにしよう！

フィンランドの女性作家ヘッラ・ヴオリヨキ[4]が、ロシアのスパイ罪で終身刑を言い渡された。

◆1 カイ・ムンク（一八九八―一九四四）デンマークの劇作家、牧師。ゲシュタポにより殺害。
◇2 エピファニー、一二日節とも呼ばれる。クリスマスから一二日目の一月六日、イエスの誕生を祝って東方の三賢人がベツレヘムへ贈り物を持ってきたとされる日。
◆3 カーリン・カールソンは、ネース農場で働くヨハン・カールソンの娘。カーリンと同じ歳。
◆4 ヘッラ・ヴオリヨキ（一八八六―一九五四）エストニア生まれのフィンランドの作家、劇作家、政治家。継続戦争終了後、解放された。

一月一四日

いまだに心が痛むカイ・ムンク殺害についての記事を少し貼りつけようと思っていたのに、切り抜きがどこかへ行ってしまった。それで新聞数紙に書いてあったのを覚えている間に、およそ復元してみることにする。つまり――カイ・ムンクは、ヴェデシュエーという小さなありふれた教区で活動していたが、彼の説教は教区から遠く離れたところや国境にまで届いていた。この不運な日、彼は妻と子どもたちと狩猟小屋のあたりに行き、帰宅後家族で食卓を囲んで食事をしている時、一、三人の制服の男たちが来て、ムンクに逮捕状が出ていると告げた。ムンクは小さなカバンを持って車に乗りこみ、連れ去られた――その後ピストルで額をぶち抜かれ、溝に倒れているのを発見されたのだ。今日の新聞によると、犯行に及んだのはフリッツ・クラウセン[◆1]の党のメンバーだと確認されている

イタリアでは、七月にムッソリーニの追放を完遂した古いファシストたちに対しての裁判があり、

判決が下りた。ほとんどが死刑を言い渡され、その中には例のチャーノも含まれ、判決どおり執行された。チャーノは、目をふさがず、前から撃たれることを望んだ。昨日の新聞によると、ムッソリーニの娘で、チャーノと結婚していたエッダ・チャーノ[◇2]が自分で夫を密告したとのこと。古代ローマのようだと思った。

◆1　フリッツ・クラウセン（一八九三―一九四七）デンマーク国家社会主義労働者党の党首、医師。ドイツ敗北後、逮捕され死刑となった。

◇2　エッダ・チャーノ（一九一〇―一九五）イタリアの外相ガレアッツォ・チャーノの妻、父はムッソリーニ首相。夫のチャーノが一九四三年一一月に逮捕され、翌年一月八日に裁判が行われることになると、エッダは全力でチャーノを救出するために奔走した。チャーノは銃殺刑に処されたが、エッダは、チャーノの遺した日記（一部はナチスに渡った）を守り抜き、その後一九三九年から四三年までの日記が、四五年七月からシカゴ・デイリーニュース新聞で連載された。

一月二三日

最後に書いてから、ロシアとポーランド間で、新しい国境に関していろんな策謀があったようだ。まさに想像していたように、ロシアはポーランドの要求を呑みたくないことが明確になってきた。ロシアでは、今もレニングラードで戦闘が行われているし、ドイツ軍はそこで包囲されている。イタリアでは、もうすぐローマでの戦いが始まると予想されている。もっといろんなことが起こったはずだが、今は思い出せない。

そうそう、連合国軍がローマに近づいている。

そしてアルゼンチンが枢軸国との国交を断絶した。アルゼンチンは枢軸国にとっては古い信頼できる砦（とりで）だったのだが、今ではもうそれも終わりだ。アルゼンチンにいる枢軸国の「駐在員たち」宛ての一通の手紙が没収されたが、ドイツ軍は偽造した手紙だと主張している。

二月六日

イギリスで、ノルウェーのレジスタンス仲間と共に戦っていたノルダール・グリーグ◆1が事故で亡くなっていた。

ドイツ軍の一〇師団はドニエプル川のそばで巨大な敵軍に包囲され、全滅の危機に瀕（ひん）している。師団は飛行機でしか味方と連絡が取れなくなっている。司令官はヒトラーの元へ飛んで、降伏することを願い出たが、ヒトラーは拒否した。ロシア軍がほとんどエストニアの国境にまで到達したため、エストニアの人びとは、大挙してフィンランドとスウェーデンへ避難している。多くの人びとはゴットランドまで小さな船でやってくる。ロシア軍の手に落ちるぐらいなら、どんなことでもする。

目下のところ、スウェーデンでは約四万人の避難民を引き受けている。スウェーデンにあるノルウェー人収容所での「警官訓練」について書いたかどうか、よく覚えていない。「警官訓練」と呼ばれているが、正式な軍事訓練であり兵役なのだ。私が読んだノルウェーの避難民の手紙によると、彼らはイギリスの軍服を着て、イギリス人将校が訓練を担当しているのだという。同じようにゲオルク・

フォン・ヴェントからの手紙によると、ドイツによるノルウェー人の国外追放、つまりかつてノルウェーの学生が大量に国外追放されたことは、スウェーデンが行っているノルウェー避難民への軍事訓練に対する直接の仕返しだという。ノルウェーの学生の追放は続いている。そしてスウェーデンはそれに対して何もしないし、何もできないだろう。しかし我々はまずドイツに対して激しく脅し、吠えたてた。スウェーデンにいるノルウェーの避難民たちは、我々をあまり好きでないが、たぶん当然のことだろう。避難民であるだけで、情けなくて悲しい気持ちだろうから、避難先の人びとに対して苛立ちを向けがちだ。とくにノルウェー人たちは我々に対して怒りっぽくなっていると思う。ところで週刊ジャーナル〔スウェーデンの週刊誌〕のアクセル・サンデモーセ[3]の記事を切り抜こうと思う。「フランスの国民は飢えて、凍えている」とセリエ・ブルニウス[4]が、今日のスヴェンスカ・ダーグブラーデット新聞に書いている。他の占領されている国々と同様に、何もかもがドイツへと運ばれるのだ。買うものなんて何もない、衣料品も、靴も、食器も、食料も何もないのだ。自由フランスでは、さらにひどいのだ。

◆1　ノルダール・グリーグ(一九〇二—四三) ノルウェーの詩人、劇作家、ジャーナリスト。筋金入りの反ファシストで、国民の自由を扱った劇を手掛けた。ナチスから逃れるためにロンドンへ渡り、亡命ノルウェー政府に協力し、愛国的ラジオ番組で故郷に向けて自らの愛国的な詩を放送した。一九四三年一二月二日、連合国軍のベルリン空襲の際、戦争報道記者として爆撃機に同乗し、ベルリン上空で撃墜され死亡。反ナチ闘争のヒーローであり、現代でも彼の詩は人気がある。

◆2　ゲオルク・フォン・ヴェント(一八七六—一九五四) フィンランドの医学研究者、政治家。

◆3　アクセル・サンデモーセ（一八九九―一九六五）作家。デンマーク人の父とノルウェー人の母のもと、デンマークで生まれ育つ。カナダで教師やジャーナリストとして働いた後、母の母国ノルウェーに移るが、ナチスの占領によりスウェーデンに亡命し、レジスタンス運動に参加。

◆4　セリエ・ブルニウス（一八八二―一九八〇）スウェーデンのジャーナリスト。

二月八日

一昨日の夜、つまり私が最後に書いた後、夜のニュースで、ロシア軍がおよそ二百機の飛行機を連ねて、ヘルシンキを爆撃したため、甚大な被害が出たと放送があった。このことは、フィンランドに和平を無理強いするために、ロシア側から仕掛ける動きの手始めだと思われる。いまやロシアに対する不安は、手紙や他のことからも明らかになってきている。

エルサ・グッランデルが昨日、スウェーデンにあるフィンランド援護協会から、孤児タイナをもう一度引き取れるかどうかについての電話があったと話した。「強制的に預かるようになるよりは、たぶん感じがいいでしょうよ」とその担当者は言い、フィンランドで悲劇的なことが起これば、スウェーデンは八〇万人のフィンランド避難民を引き受ける準備があるのだと伝えた。全カレリアの人びとが再び疎開している。◇1 また疎開するなんて、ロシア人がカレリアから追い出された時、あまりにも大きな希望を持って元の自分たちの土地へ戻れたカレリア人にとっては、なんとも名状しがたい悲劇である。フィンランドの運命は考えると恐ろしい――そして哀れなバルティックの国々！　ロシアの潜水艦が大胆にも再びバルト海へ来たので、我々の商船は再び護衛船に守られながら航行している。ヘルシンキでは、子どもや高齢者は全員疎開させられ、学校は閉鎖されている。将来のことを考えると神経質になる——スウェーデンでさえ背負わなくてはならない運命は重いに違いないし、ここでも万事、最も深い意味での平和のまま過ごしていくのは困難だろう。

平和、この平和が来た時には、喜ぶことにならないかもしれず、むしろその逆になるかもしれない。それまでにたぶん多くの小さな哀れな国々は、永遠の屈従の中で生きるために自由を放棄しなくてはならないだろう。

◇1　フィンランドは対ソ連の冬戦争終結時、一九四〇年三月一二日に結んだモスクワ講和条約でカレリアをソ連に割譲させられ、住民は移住を余儀なくされた。その後一九四一年に始まった継続戦争でカレリアなどを取り戻し、住民も戻っていたが、独ソ戦でのドイツ軍の形勢の悪さから、住民は再びカレリアから移住せざるをえなくなった。一九四四年九月のモスクワ休戦協定でカレリアはソ連領と確定した。

二月一七日

掲示板の貼り紙に、ロシアのヘルシンキへの猛烈な爆撃のことが書いてある。そしてストックホルムには、現在フィンランドの前首相パーシキヴィが、私人としての規範を守ってはいるが、ロシアとの和平交渉を模索するために呼び出され、滞在している。パーシキヴィはここへは個人として来ていると頑(かたく)なに主張しているが、今のところ、世界じゅうが和平交渉という公務のためだと思っている。

しかし現在、フィンランドとロシア間の和平交渉の内容は具体的でなく、まとまっていない。三月一二日の二の舞を踏むことになるかもしれないけれど、だれにもわからない？

ベルリンへの破壊的な爆撃はまだ続いている。ちょうど今、ツヴァイクの『昨日の世界』[1]を読んでいる。確か一年ぐらい前に、亡命中のツヴァイクは南アメリカのどこかで自ら命を絶ったはずだ。彼は二つの世界大戦、それに第一次世界大戦前の幸せな時さえ経験している。その幸せな幻想が人間性にまだ残っているようだ。この本は物悲しい。とくに作家シュテファン・ツヴァイクの厳しい運命を絶えず背景に思い出すし、その上、彼自身が温かい人柄だと思われていたのと同じほど、心の温かい無数の人びとと運命を分かちあっていたことがわかると、ことさら物悲しく感じる。

夕暮れのひと時、一人で座って静かに書いている。ステューレはイェーテボリイだし、ラーシュは自分の部屋で宿題をしているし、カーリンはたったいま吐いたところで、横になっている。カーリンは最近、極度に私を追うようになったり、私に何か起こるのではと恐れたりしている。精神的に危なっかしい状態だ。不安は毎晩起こる。一昨日の火曜日、ステューレと私は、アッリの四〇歳のお祝いにヴィリデン家でのお食事に招待された。「じゃ、バイバイ、行ってきますね」と私がカーリンに言うと、彼女は「ママはまるでもう帰ってこないみたいな言い方！」と悲しそうに言った。そして帰宅すると、彼女は私のガウンをかぶって寝ていた。カーリンの不安な状態が早く良くなるようにと願っている。

アッリのところでの食事は、とびっきり素晴らしかった。私たちの他には、グッランデル夫妻、イングマン夫妻、アブラハムソン夫妻、エヴェオ夫妻、パルムグレン夫妻、フルトストランド夫妻、それにニイベリイ嬢が一緒だった。私のテーブルの相手はシッゲ〔グッランデル氏〕だった。出てくるごちそうを書きとめたかった。一つには食べ物のことを書くのは楽しいし、一つには、スウェーデンでこんなふうに食べられる時がいつまで続くかわからないと思うからだ。三種類のサンドイッチ、キノコ入りクルースタード[2]、ねじりチーズパン添えのアスパラガススープ、野菜を添えた七面鳥、温かいチョコレートソースをかけたアイスクリームが出た。スープとデザートにはシェリー酒、そして、七面鳥には赤ワイン。夜食には、ミートボール、キノコ入りオムレツ、ニシン、ポテト、茹で卵などを加えたニシンサラダ、そしてニシンのグラタン。その後みんなでダンスをした。楽しく騒いでいると、夜中の二時に下の階に住む人たちから電話があり、文句を言われた。ちょうどその時はハンブー[3]を踊っていたので、家が揺れそうだったのだ。もうこれで十分、さあ、寝ましょう。

◆1　シュテファン・ツヴァイク作、一九四二年刊。ツヴァイク（一八八一―一九四二）は、オーストリアのユダヤ人作家、評論家。イギリスへ亡命、アメリカを経てブラジルへ移住し、自殺。
◇2　香ばしく揚げたカップ状のパイやパンの中に肉料理などいろんなおいしいものを盛る。
◇3　四分の三拍子で二人ひと組になって踊るスウェーデンの民族舞踊、いわゆるフォークダンス。

二月二三日

昨晩、仕事に出かけようとしていると、カーリンはいつもどおり、私に何か起こるのではと不安になった。彼女に心配ないと言い聞かせた。「爆撃があるような戦争中の国なら不安でしょうが」、この平和な国では、何も起こらないと。それから仕事にかかっていた。すると午後一〇時のニュースで、たった今、外国の飛行機がストックホルムの上空に飛んできて、ハンマービィへイデン〔ストックホルム南の中心部〕へ爆弾を大量に落とし、その後続けてセーデルテリエ〔ストックホルム南西約三〇キロメートルにある工業都市〕とストレングネース〔ストックホルム西約六〇キロメートルにある町〕にも爆弾を落としたと放送があった。空襲警報はまったく出なかったし、スウェーデン側の砲撃もまったくなかった(なぜなら飛行機は遭難信号SOSを出していたのだ)。爆弾がヴァーサ地区に落ちないで、ありがたかったと思っている。落ちていたらカーリンの神経がもっと深刻にまいってしまう。今日はカーリンには新聞を隠しておいたので、まだなんにも知らない——飛行機はロシアのものだった。

カーリンとラーシュはちょうど今、中間休暇だ。カーリンは三日間だけだけれど。ラーシュは学友たちとエーナフォーシュ〔スウェーデン中央部ジェムトランド地方の山岳地帯にある村〕へ学生スキー協会主催の山岳スキーに出かけた。カーリンは、洟(はな)が出るのでベッドで横になったり、私と近くのスキー場に行ったりした。今日は、エルサ-レーナとマッテが母親たちと一緒に遊びに来ていた。子どもたちは、スケートに出かけた。お日さまが輝き、気持ちがいい。

三月三日

そう、新聞記事にあったように、確かにロシアとフィンランドの和平が問題だ。しかしフィンランドは危惧している——当然だ！——ノルウェーとデンマークの避難民は、スウェーデン人が抱くロシアに対する恐怖心を軽蔑して語るが、これには十分な根拠があるのだ。ラトヴィアの主婦がポルトガルにいる夫に宛てた手紙(こっそり持ち出された)を訳したのを読むと、ラトヴィアで人びとがどのように考えているかが書かれている(現在ラトヴィアはドイツ軍に苦しめられている)。

そして今、ロシアがラトヴィアの国境に近づいてきているのだ。ドイツが崩壊すると、その時にはバルト諸国には救いがなくなる——どう考えても、かわいそうな人びと。

ターゲ・ボーグスタムから、ラトヴィアの住民には毒薬が配られているので、最悪の事態になれば自殺することができるのだと聞いた。そして最悪の事態が起こるだろうと思う!

三月二〇日

戦争で特別なことが起こらなかったか、書くのを怠けていたかのどちらかだ。さしあたって最も注目すべきは、フィンランドとロシア間の和平交渉。彼らは今まで長い間交渉を継続してきたが、何ら結論は出ていないようだ。フィンランドは、イギリスとアメリカからの圧力にもかかわらず、ロシアとの和平条約締結で譲歩することを拒否している。何もかもがなんとなく不可解に思える。フィンランドの立場は有無を言われぬところまで来ているので、遠からずロシアの条件に同意しなければならないだろう。グスタフ王は、どうもマンネルヘイムとリュティに接触し、講和条約を締結するよう勧めたと言われている。

家庭内前線では、カーリンが猛烈なはしかにかかっていて、まだ起きられないでいる——私は目下のところ、長くつ下のピッピで、たっぷり楽しんでいる。

三月二一日

フィンランドとロシアの和平交渉の動きを追っていくべきだったのに、怠けていたような気がする。ロシアの条件のことさえ書かなかったと思う。主としてこれらの条件は(新聞などで知る限りにおいて)、一九四〇年時点での国境線に戻すことと、必要ならばロシアの助けを借りて、フィンランドにいるすべてのドイツ軍を収容することだ。フィンランドはずっと「断る」と返事をしていた。フィンランドはまず条件の内容をもっと明確にしてほしいのだが、ロシアはまずフィンランドに降伏させ、それから交渉したいのだ。しかしフィンランドにはロシアに対して抱いている不信感があるので、なんらかの保証をまず得たいと思うのも、不思議ではない。

四月一日

今、多数の人に召集令がかかっているようだ。先日ステューレが帰ってきて、ドイツ軍はハンガリーを占領した時と同じようにフィンランドを占領しようと考えていると言ったが、本当でないようにと願っている。戦争について書く気力がなくなるほど、戦争にうんざりしている。他のことでは、私は足をくじいて、ベッドで横になっている。いやになっちゃう!

四月四日

今日は結婚して一三年目になる日だ。ところが美しい花嫁はベッドの中。ベッドにいるのが長くなると、かなり退屈だ。午前中は、ベッドで紅茶とベーコン添えフランスパンを食べて、ベッドをきれいにしてもらい、まわりを掃除してもらってご機嫌だったが、夜になり、捻挫した足のまわりに温かい湿布をすると、猛烈に痒(かゆ)くなった。ステューレは眠っているのに、こっちは眠れなくて、最悪。しかたがないので、モームの『人間の絆』◇1を読んだり、長くつ下のピッピを書いたりしている。

フィンランドは平和になりそうにない。今、ラジオで子ども番組をやっているので、これ以上書けない。

この戦争日記は、ドイツの残忍性についての記述が不均衡に多くなっているかもしれない。なぜなら我が家の購読新聞はダーゲンス・ニイヘッテールだからだ。これは他のクズ新聞よりも反ドイツ色が強く、ドイツの凶暴な行為を強調するチャンスを放っておいたりしない。しかし残忍なことが実際に起こっているのは疑う余地もない。それでもポーランドについての切り抜きの最後に、「もしも他に選択の余地がないのなら」ポーランドはロシアよりも「ドイツの支配をとるだろう」と書いてある。このことはバルト諸国や他の国でさえ、ありそうなことだと指摘されるが、ダーゲンス・ニイヘッテール新聞に載るのは、ちょっと違うかもしれない。

◇1　サマセット・モーム作、一九一五年刊。

四月一六日

クリミア半島におけるドイツ軍の最後の要塞(ようさい)、セヴァストポリでの戦いが始まった。[◇1] 実際、南部戦線は危ういように見える。ロシアはルーマニアに入っているので、まもなくドイツの石油獲得を脅(おびや)かすことになるだろう。ロシアは、チェコスロヴァキアの国境さえ越えてしまった。

連合国は、我々スウェーデンや他の中立国に対して怒っている。理由は我々がドイツに物資の供給をしているからだ。そして連合国は覚え書を送りつけてきた。

復活祭はいつもどおりにお祝いした。スウェーデンには食料が豊富にある。今後の復活祭のために、何を食べたかを書き記しておく。聖金曜日には、まったく伝統的ではないが子牛レバー、復活祭前日には、いつもどおり卵とスモーガスボード〔自家製レバーペースト、ニシンサラダ、バルト海ニシンの南蛮漬け、茹でバルト海ニシンの冷製料理、酢漬けの北大西洋ニシン、燻製トナカイ肉のステーキ、ビーツ添え「缶詰」ハムなど、もう思い出せない〕、そしてデザートはアイスクリーム。ステューレと私は、四日の結婚記念日のお祝いの代わりに、極上のシェリー酒を飲んだ。復活祭当日には、ローストチキン、次の日には、ポークチョップを食べた。

復活祭の前日、ラッセがテューレベリイ〔ストックホルム北の郊外〕の女の子からダンスに誘われたと言うので、遅くとも午前一時には帰宅するようにと言った。けれど彼は午前四時まで帰ってこなかったので、心配のあまり、たくさんの人に電話をかけてしまった。そしてヨーランから、ブリッタ＝カイサ・ファルクという女の子と冬宮殿〔ストックホルム中央駅の近くにあったダンスホール〕に行っていることを聞き出した。

カーリンは神経質になっていて、復活祭の間ずっと家族を巻きこんで、あれこれ一緒に遊びたがった。復活祭の後もまだ落ち着かない状態で、はしかの後遺症だと思うけれど、病気になる前から相当不安定だったから。足の捻挫のせいで私が家に縛りつけられているので、カーリンは不安にはならないのだけれど、気分が変わりやすく、うきうきした陽気な気分から深く落ちこんだり、学校のことやピアノのことで不満を訴えたりしている。ちょうど今私自身、とても憂鬱（ゆううつ）になっているが、それは三週間も外に出られない状況にあるからだと思う。泣きたくなってしまう。カーリンが早く良くなるようにと神さまに祈る。だってこんな状態のカーリンを見るのはつらいし、彼女もかわいそうだから。ラッセは面白おかしく暮らし、誘いも多くてよく外出するのだけれど、家の中では落ち着きがなく、がっかりする。

◇1　一九四一年九月から四二年七月にかけて、独ソがクリミア半島とセヴァストポリ要塞をめぐり戦い、ドイツ軍が勝利し占領していたが、一九四四年四月にソ連軍の攻略が始まると、わずか一か月で陥落した。

四月二三日

昨日、土曜日の夜、モスクワラジオで、フィンランドとロシアの和平交渉についての声明が読み上げられた。三月八日のフィンランドからの返事は満足のゆくものでなく、パーシキヴィに手渡したロシアの条件は、最低限の要求として示したものだという。その後、フィンランドの派遣団はモスクワへ行き、三月二七日から二八日にかけてモロトフと協議した。派遣団に次のような条件が手渡された。

(1)四月末までにドイツとの関係を絶ち、ドイツ軍兵士と戦艦を抑留すること。
(2)一九四〇年からのフィンランド・ロシア条約の再構築と、フィンランド軍の一九四〇年時点の国境までの撤退。
(3)ロシアと連合国の捕虜及び市民の即時本国送還。
(4)フィンランド軍兵員を五〇％まで削減。
(5)六億ドルの損害賠償の五年間での支払い。
(6)ペッツァモのロシアへの返還。
(7)以上の六条件を受け入れれば、ソヴィエト政府は賠償金なしでハンコ半島要求を放棄する。

五月二一日

ここ何年も幽霊のようにつきまといながらも決して実行に移されない、こんないまいましい侵略なんてあるの！ 話題になっている——とくに今年の春には、「Dデイ」とか、「Hアワー」とか言われているが[◇1]、遅れているのか、何も起こっていない。いくつか別の日にちも指摘されたが、今のところ侵攻を私は信用していない。ドイツ軍を西に縛りつけておくための神経戦だと思う。

リリー・マルレーン・フィーバー（熱）は、現在は収まっているが、切り抜きを貼っておくことにする。というのは、「ティペラリー」[◇2]や「マデロン」[◇3]などが第一次世界大戦と関連して歌い継がれてきたように、リリー・マルレーンのメロディーもこれからずっと第二次世界大戦と関連して、残っていくだろうから。[◇4]

『ポーランドからの最後のユダヤ人』[◇5]についてのイーヴァル・ハッリ[◆6]の書評を貼りつけた。なぜならこの本を読むと、哀れなポーランドがどれほどドイツに蹂躙（じゅうりん）されたか少しでも理解できるからだ。書いてあることが真実だということに一瞬も疑念を抱かなかった。たった今ノルウィッド[◆7]著の『クヴィスリングのいない国』（ポーランド語からの翻訳）を読んだのだが、恐ろしい残虐行為の内容は、両方の本で一致している。ユダヤ人が絶滅させられることを、ドイツ人は反論しようなんて思いもしていないと思う。

今日、カーリンは一〇歳の誕生日を迎えた。戦争になってから五回目のお誕生日を祝うこととなった。こんなことを言うなんて、たぶん欲ばりすぎのように聞こえるだろう。春には危うかったが、ありがたいことにこの国は平和だ。連合国は、我々のボールベアリングのドイツへの輸出のことを、ずっと強く非難してきたし、今でも変わっていないだろう。しかし（輸出しなければ）ドイツから恐ろしい攻撃をされるはずだったのだ。ドイツが我々を攻撃してどんな利益があるのか理解できないが、もちろんだれも私に理解しろとは頼んでいない。

カーリンのお誕生日のことに戻ると、彼女はいつもどおりに祝ってもらった。カーリンは『小学校の読本』三冊、ペッレ・スヴァンスレスの絵本一冊、それにきれいな黒い紙挟みに綴じた長くつ下のピッピの原稿をもらった。他には、青い水着(ゴム糸を使って伸縮自在のギャザーが寄せてある)、木底の付いた白い布靴、ブラウスの生地、ヴィリデン夫妻とグッランデル夫妻から本、私の両親、そしてステューレの母からお祝い金をもらった。それから新しい腕時計のベルトももらった。ペッレ、アッリ、ペーテル(マッテは病気)、エルサ、そしてエルサ－レーナが来てくれて、一緒にコーヒーとケーキを食べた。この日は、この春の他の多くの日々のように、寒くて風が吹いていた。そうでなければカーリンの誕生日には、たいていいつも夏がやってくるのだけれど。明日クラスの女の子が何人かこちらへ来ることになっているが、このことでカーリンはひどく不安になっている(今学期、彼女はずっと神経質だった)。彼女はみんなを招待したくないのだが、同時に招待していない子らが何を言うのかも不安なのだ。

ラッセはここ二週間、四〇度まで熱が上がる「相当ひどい」インフルエンザで寝ていた。今は回復しつつあるようだが、まだ咳をしている。昨夕、久しぶりに立ち上がって、映画に行きたいとしつこくせがんだのに、行かせてもらえなかったので、恐ろしく派手な音をたててドアを閉めていた。でも、彼はずっと寝ていたから、ちょっと調子が狂ったのだろう。

◇1　戦略上重要な攻撃あるいは作戦開始日時を表すのに使われたアメリカの軍事用語。この時のDデイは、ドイツ占領下のヨーロッパに連合国軍が進攻を開始する、ノルマンディー上陸作戦の開始日を指す。Hアワーは作戦の開始時間。

◇2 日本では、「遥かなティペラリー」として知られている歌。第一次世界大戦中にイギリス軍の将兵に広く愛唱された。

◇3 「マデロンの歌」は、一九一四年に作られ、第一次世界大戦中フランスで愛国的な歌として広まった。英語やスペイン語にも訳され、一九三九年マレーネ・ディートリッヒがパリ祭で歌い、第二次世界大戦でも歌われた。

◇4 この歌は、一九一五年にドイツの詩人ハンス・ライプが出征前に書いた詩に、一九三八年作曲家ノルベルト・シュルツェが曲をつけ、ドイツ人の歌手ララ・アンデルセンが歌った。多くの兵士が耳を傾け、涙したと言われている。ドイツ兵のみならずイギリス兵の間でも流行したが、ララの友人がユダヤ人だったことから、ナチスのゲッベルス宣伝相によりララの歌は禁止された。しかしベルリン出身のハリウッド女優マレーネ・ディートリッヒが英語で連合国軍兵士の慰問で歌い、さらに広まった。

◇5 ステファン・ツェンデ作、一九四四年刊。

◆6 イーヴァル・ハッリ(一八九九—一九七三) スウェーデンのジャーナリスト。エクスプレッセン紙主筆、一九四四—六〇。

◆7 ステファン・タデウズ・ノルウィッド(一九〇二—七六) ポーランドの作家タデウズ・ノヴァッチのペンネーム。

六月六日

ノルマンディー上陸◇1——ついに！ 空軍に支えられた連合国軍は、フランスの北西に落下傘

部隊を上陸させた。今朝早く、数千の輸送艦隊、そして何千もの飛行機がイギリス海峡を往き交った。アイゼンハワー元帥(げんすい)が、◆2占領下の国々に演説をした(我々も聞いた)。ノルウェーのホーコン王も同じく国民に語った。ヒトラーはドイツ軍の最高司令官を引き受けたらしい。この日は、歴史上の重要な日であり、確かに次の大きな侵略計画の確実な導入部となるだろう。どうなるのか、胸がわくわくする。連合国軍は、海軍も空軍も圧倒的に優位に立っている。

個人的には、スウェーデン国旗の日であり、◇3上陸記念日だというのに、ひどく不快な気分だ。ラッセが昨日まったくひどい成績をもらって帰宅し、進級できず、もう一度二年生に行かなくてはならないからだ。ヴィンメルビー行きの前に、面倒なことをいっぱい抱えているので、出発は明後日になるだろう。カーリンは明日が試験だ。

連合国軍はローマに進攻した！　そして、ついに**占領だ**――ようやく！

◇1　連合国軍がドイツ占領下の北西ヨーロッパへ仕掛けた大規模な侵攻作戦。六月六日未明の落下傘部隊の降下に続いて、空襲と艦砲射撃を行い、上陸用舟艇による上陸が始まった。最終的に二百万近くの兵隊が北フランスのコタンタン半島のノルマンディー海岸に上陸した。パリへ向けての進攻に対するドイツ軍の抵抗も激しく、八月二五日のパリ解放まで二か月以上かかった。

◆2　ドワイト・D・アイゼンハワー(一八九〇―一九六九)アメリカの軍人、政治家。連合国遠征軍最高司令官としてノルマンディー上陸作戦を成功させ、陸軍元帥に昇進した。戦後、一九五三年からアメリカ大統領を二期務めた。

◇3　一九一六年以降、毎年祝祭パレードがあり、一九八三年からは建国記念日にもなっている。

六月一三日

二、三日前から、カレリア地峡へのロシアの攻撃が行われている。いまやフィンランドを無理にも屈服させることがロシアの意図であることは明らかだ。攻撃はほとんど前触れもなく行われ、ロシア軍は、二、三か所の場所から侵攻し、一九三九年時の国境線を越えた。現在、多くのフィンランドの子どもたちがこちらへ来ることになっている。

ノルマンディーの橋頭堡(きょうとうほ)は深く、あらゆる方向に対応するようにできている。ドイツの抵抗は激しさを増しているが、それでも連合国が優勢のように見える。あまりどきどきして作戦をくわしく追っていけないほどだ。今日のニュースで、バイユー◇1、カーン◇2、カランタン◇3とか他にもいろんなところのことについてラジオが話している。チャーチルはそこを訪れて、Vサインをして見せていたらしい。

本当にいやなお天気だけれど、私と子どもたちは、ネースでのんびりとした生活を楽しんでいる。雨がざあざあ降って、降って、降りまくった。けれど午後になると、暖かくなって晴れてきたので、スティーナ◆4と一緒に牛牧場を通り抜け、鉄道道路まで下って、楽しい散歩をした(溝のそばを通りかかると、そこにはユキワリコザクラがいっぱい咲いていたし、溝の端に小鳥の巣を見つけた)。それからストング川まで歩いて、鉄道道路の橋を越え、ニィッブル農場(ネース農場の北)まで足を延ばしてから家に帰った。自然は本当に今が一番美しい時を迎えている。夕方、ラッセはスティーナと「みんなの公園」へダンスに出かけたけれど、帰りは夜遅くになることでしょう。カーリンは活発に、楽しそうにしていて、まったく私の後を追ったりしない。明日、カーリンと、モーレン(スウェーデン南部のスモーランド地方のイエンシェーピングにある小さな村）までサイクリングに行く予定。カーリンはいつもどおりいい成績で、ABが三つだったと思う。

◇1　コタンタン半島の付け根にあるノルマンディー地域圏の都市。
◇2　ノルマンディー地域圏の都市。連合国軍のノルマンディー上陸後、カーンは激戦地となった。カナダ軍とイギリス軍がカーンを陥落したのは一九四四年七月九日。
◇3　フランス、バス＝ノルマンディー地域圏にある町。一九四四年六月一二日、アメリカ軍とドイツ軍の激闘の舞台となり、アメリカ軍がカランタンを奪還した。
◆4　スティーナ・ヘルギン（一九一一―二〇〇二）アストリッドのすぐ下の妹。

夏至の日

最後に書いてから、およそ次のことが起こった。カレリア地峡へのロシアの攻撃は、休むことなく続いている。なかでもロシアはヴィボルグを陥落させた、ああ、ああ、ああ！　フィンランドにとってはまずいことになっているようだ。少し前から、フィンランド政府の危機が取り沙汰されている。◆1 もしもロシアと平和条約を結べることになるなら、その前にタンネルとリンコミエスは辞めさせられることになる。

ノルマンディーではおよそ三万人のドイツ兵がコタンタン半島で孤立させられているが、当分の間そこで持ちこたえるだろう。

ドイツ軍は新しい悪魔兵器を発明した。イギリスの上空で自由に操ることができる無人飛行機で、大火災を起こしたり爆発させたりできるのだ。イギリス人は大いに憤慨している。なぜなら操縦士がいないから、軍事的な目標に狙いをつけることができず、広く一般人を傷つけることになるからだ。

最近起こったことの中で、一番重要だと思うこと。

そしてラッセと私は、二日間のサイクリング旅行に出た。ヴィルセルム、シルエー、ホルスビィブルン、フォーゲルフルト、クロークスフルト、そしてヴィンメルビーへ戻るコース。両日とも暖かく美しかった。ホルスビィブルンでは、母と父に会いに寄った。スモーランドは気持ちよく、きれいだった。

カーリンは自転車で、ひどい転び方をして太ももに大きな怪我をした。

◆1　エドウィン・リンコミエス（一八九四―一九六三）フィンランド首相、一九四三―四四。

七月一九日

血が流れ、人間の手や足がちぎれ、どこもかしこもが悲惨で、絶望的だ。それなのに、気にもかけずに、自分のことだけでいっぱいだ。でも最後に書いてから何が起こったのかを少しは書いてみることにする。今、私には書くことだけができる。自分の存在に地滑りが起こった。たった一人で凍えたままでいる。「夜明けの時を待つ」ようにしたいが、どうしよう、夜が明けなかったら！

それでも世界で何が起こっているのかを、なんとか書いてみようと思う。

ロシアは目を見張る勢いで突き進んでいて、すでにドイツがあきらめようとしているバルト諸国に入っているようだ。現在ロシア軍は、東プロイセンの国境に最も近い位置にいる。ノルマンディーでは、同じような速さではないが、そちらでもそれなりに進んでいるようだ。

フィンランド政府の代表〔大統領リスト・リュティ〕がリッベントロップを訪問し、ドイツとの盟約をさらに確かなものとした。このことが理由で、アメリカはついにフィンランドと外交関係を断った。

それから後は、もう思い出せない。私は絶望的な苦悶の中にあり、心がすごく痛い――どのようにしてストックホルムの町まで帰って、普段どおりの生活を送るふりができるだろうか。

八月二日

どうにもならない苦しみを抱えて、ダーラ通りでひとりぼっち。カーリンはスーレ、ラッセはネース、リネアは夏休み、ステューレは?

重大なことが起こったが、書く気力がなかった。ヒトラーの暗殺計画◇1というような注目すべきことでさえ、ちっとも気にならなかった。

そして今日の新聞に、フィンランドのリュティ-リンコミエス内閣が辞任したと書いてあった。そう、リュティは大統領だった。しかし今はマンネルヘイムがその後継者になった。もちろんこの新しい政府がロシアと和平を結ぶことになるのだ。

「トルコがドイツと国交断絶」と今夕、掲示板に貼り出されていた。結局物事というのは、いつ何時崩壊するかわからない。私自身の生活が、大きな音をたてて崩壊したように。

◇1　七月二〇日事件。ヒトラー暗殺未遂とナチス・ドイツ政権に対するクーデター未遂事件。ドイツ国防軍の反ナチ将校グループが中心となって計画、実行したが失敗、実行犯及び陰謀に荷担したとみられる者、その親類縁者など多数が自殺または処刑された。

八月二三日

パリがドイツから解放されつつある、◇1 四年に及ぶ占領の後に。エッフェル塔にナチスの鉤十字の旗がはためいたと、掲示板で読んだ日のことを覚えている。何百年も前のことに違いない。

◇1　フランス臨時政府代表のシャルル・ド・ゴールは、まずパリ解放が不可欠と考えた。ヒトラーはパリの破壊命令を出したが、パリ防衛司令官ディートリッヒ・フォン・コルティッツ大将はパリ市内の破壊より郊外での防衛が効果的だと判断し、ヒトラーの命令は実行されず、「パリは燃えているか?」とヒトラーが三回叫んだという話が残っている。最終的にパリのドイツ軍部隊は、八月二五日に降伏した。

八月二七日

この前の――二三日だったと思う、ルーマニアが降伏し、あまつさえドイツに宣戦布告までした。[◇1]ドイツが長く持ちこたえるとは思えない。今日、戦争についての解説を、ダーゲンス・ニイヘッテール新聞の日曜特集で見つけた。先日新聞に載っていたある紳士の写真を貼りつけることにする。当の本人は道を踏みはずしているが。私はとことん落ちこんでいる。

今日――この暖かい八月の日曜日に――イングヴァルや子どもたちと一緒にスカンセンへ行った。

文化の戦士

少し前から、自動車愛好家国立連盟の活動の重要なテーマである、自動車の平和的利用は大きな課題である。我々の注目を引く時事問題の中で最も重要なのは、登録を取り消した車のこと、交通と交通経済の問題、道路と戦争終結後の自動車旅行などだとわかる。以上は、自動車連盟会長のステューレ・リンドグレーンがダーゲンス・ニイヘッテール新聞との対談で述べたことだ。

◇1　一度王位を放棄していたカロル二世は再度即位していたが、クーデターにより国外退去を余儀なくされた後、息子ミハイ一世が再び王位につくも、実質は、後見人でヒトラーに支持されていた国家指導者イオン・アントネスクが統治していた(105頁◇4参照)。ナチス・ドイツと同盟を組み、一九四一年六月に始まった独ソ戦を戦っていたが、ソ連がルーマニア東部に迫ってくると、八月二三日にミハイ一世はアントネスクを解任、ナチスとの同盟も破棄して、連合国側に付き、ドイツに宣戦布告した。

九月七日

戦争が始まって五年経った。そして一度にいろんなことが次々に起こってくる。もっと何かを書けるような状態でないのが恐ろしく残念だ。

フィンランドはドイツと手を切った、そしてロシアとの休戦協定が決まった(この四日だったと思う)。

ブルガリアもドイツと関係を断った。そう、その上宣戦布告をした。

連合国軍により、ドイツ軍がこの戦争の初期に占領したいくつかの都市が、征服された。

東ポメラニア[◇1]で、ロシア軍が行進している。ドイツ軍があきらめるのに長くはかからないだろう。

◇1　ポメラニアはバルト海沿岸の、ポーランド北西部からドイツ北東部にかけて広がる地域をいう。東部にはグダニスク(ドイツ語ではダンツィヒ)があり、一九三九年九月一日、ドイツによる一連のポーランド侵攻により、第二次世界大戦が始まった。この頃多くのドイツ人住民はソ連軍の進撃を逃れ西へ避難したが、戦後残っていたドイツ系住民も、ヤルタ協定によりドイツへ強制移住させられた。

九月一五日

今晩の新聞に、フィンランドとドイツ間で戦争になったと書いてある[◇1]。ドイツ海軍は、昨夜いくつかの地点から上陸しようと試みた。ロシアとフィンランドの和平交渉は進行中だ。

i D.N:s söndagsbilaga.
Jag klistrar in den.
Men först ska jag klistra
in en herre, som satt
på namn- och nytt-sidan
i D.N. häromdan.

Sture Lindgren.

"Kulturbuss."

— Motorismens fredsplanering är ett kolossalt arbetsfält, som Motormännens riksförbunds verksamhet till väsentlig del är inriktat på sedan någon tid tillbaka. Bland de aktuellaste programpunkterna som är föremål för vår uppmärksamhet märks de avregistrerade bilarna, trafik- och trafikekonomiska frågor, vägarna och efterkrigstidens bilturism.

Ovanstående yttrande avges av M:s ordförande, direktör Sture Lindgren, under ett samtal med Dagens Nyheter. - o.s.v.

Originalet vandrade på villo-
vägar. Och jag var svår-
liga betryckt.
I dag — denna vackra
augustisöndag — har jag
varit med Ingvar och
barna på Skansen.

文化の戦士
新聞の切り抜きは出典不明

23.8.-44

Paris är befriat från
tyskarna. Efter fyra års
fångenskap. Jag minns den
dag, man läste på löp-
sedlarna, att hakkors-
flaggan vajade på
Eiffeltornet. Det
måste vara århundradets
sådan.

27 aug. 1944.

Häromdan – den 23,
tror jag, kapitulerade
Rumänien och har t.o.m.
förklarat krig mot
Tyskland.

Det förefaller otroligt
att Tyskland ska kunna
hålla ut länge till.
En bra redogörelse för
läget hittade jag idag

◇1　フィンランドとソ連との講和の条件であるフィンランドの駐留ドイツ軍を排除するために、ラップランド戦争が勃発。かつて継続戦争でフィンランド軍とドイツ軍は共にソ連と戦った同志だったため、ドイツ兵は戦闘をせずに穏便に北へ撤退したが、ヒトラーはラップランド焦土作戦を命じ、壊滅に近い被害を与えた。

一〇月三〇日

日記をますます書かなくなっている。他に考えることがやたらたくさんあり、この秋じゅう神経が高ぶっていたので、書くことができなかった。今は最悪の危機は過ぎたように見えるが、まだしかるべき方向へ向かっているかどうか実際定かではない。けれども時にはいくつかうれしいこともあった。私の生涯で初めての書評をもらった。

ところで、北ノルウェーでロシア軍が戦っていて、フィンランドの自主独立の権利がないがしろにされているようだ。◇1

ドイツの将校がスウェーデン人の妻に宛てた手紙で、子どもに恵まれ、幸せに暮らせることを励みに生きていることや、子どもの名前は男の子ならロルフ、女の子ならイングリッドにしたいなどと書いている。このあと彼は、地下掩蔽（えんぺい）で焼死した。◆2

「ヴィンメルビー出身で、現在全国で最も知られている人物は、スモーランドの石工についての小説や、他の作品で文体と心理描写の巧みさで有名になった若い作家であり、新聞記者であるハンス・

ホーカンソンである。今年彼は名前を変え、現在はハンス・ヘルギンと称している。この写真でハンス・ヘルギンと妻スティーナがヴィンメルビーの市で、「ルッケ」と呼ばれる九二歳のヨハン・ペッテル・スヴェンソンと腕を組みながら歩きまわっているのが見えるだろう。ルッケは、この町で間違いなくとびきり元気な人物だ」

◇1　ラベーン&ショーグレン社主催の少女向け懸賞小説で、アストリッドの『ブリット-マリはただいま幸せ』(石井登志子訳、徳間書店、二〇〇三年)が二等賞になった。一等賞は賞金二千クローネ、二等賞は千二百クローネで、それぞれの作家のデビュー作となった。アストリッドの作品は、「女子生徒の生活が、卓越した真実味のある手紙のやり取りにより、生き生きと、ユーモアたっぷりに描写されている。洗練された中流階級の楽しい作品である」と評された。

◆2　アストリッドが働いている手紙検閲局での手紙の写しから。

一一月二六日

こんなに暗い一一月の日曜日、居間の暖炉の前に座って書いていると、ラッセは今頃——午後三時半——着替えようとしているし、カーリンは自分の部屋でタイプライターを打っている(あら、カーリンが出てきた!)。ステューレは家にいない、いないどころじゃない。カーリンと私は午前中ハーガ公園の墓地を散歩した。

その他には、世の中の動きはだいたいこんな感じだ。ロシア軍が近づいてくる直前にドイツ軍によ

och sina andra både stilistiskt
och psykologiskt goda böcker
är har han bytt namn och
kallar sig nu Hans Hergin
--. Här ser vi Hans
Hergin och hans fru Stina
komma vandrande till
marknaden i Vimmerby,
arm i arm med statens
absolut främste kämp-
gubbe, 92-åringen
Johan Petre Svensson,
såsom annat är 'Lucke'
kallad.[4]

ヴィンメルビーの市の風景
撮影：ジェフ　　雑誌『ヴィ』(1944年6号)からの切り抜き

1 Vimmerbys just nu mest riks-
bekante innevånare är den
unge författaren och tid-
ningsmannen Hans Håkan-
son, som skapat sig ett
namn med sina romaner
om småländska stenhuggare

アストリッドの妹のスティーナとその夫のハンス・ヘルギンが,
村の長老の92歳のルッケを挟んで腕を組んでいる写真.

って強制疎開させられた北ノルウェーの一般市民の間に、恐ろしく惨めなことが起こっている。もちろんオランダでも恐ろしくつらい羽目に陥っているらしいが、それにしてもひどい困難がないところなんてどこだろう？　どこでもひどいと思う。西ドイツでは絶え間ない爆撃で、恐ろしいことになっているのだろうし、その上、連合国軍がすでにドイツ国内に入っているのだ。

ヒトラーは沈黙している、全世界が驚いているのだが、ヒトラーは沈黙している。ナチ党がいつだったか記念日を祝っていたが、その時もヒトラーは話さず、代わりにヒムラーが、総統は司令部での仕事が多くあり、一般の人びとに演説をする間がないのだと話していた。人びとは六回目の戦争の冬を前にして間違いなく恐れを抱いているから、総統の言葉がたぶん必要だろうに。

先日の夜、ゴットランドへの定期船「ハンザ」が、ニイネース港からゴットランドのヴィスビー間の航路で沈んだ。たぶん魚雷で撃沈されたのだろう。二名は救助されたが、およそ百名が船と共に沈んだ。近代になってスウェーデンが受けた被害としては最大の悲劇だ。

以前ドイツは領海外のバルト海はすべて戦争地域と見なすことになると、脅していた。スウェーデンは、その時抗議したが、おそらく我々の抗議に対する仕返しが今回のことなのだろう。

一二月一七日

日記に少し書いてみようかな。アドベント三週目の日曜日、暖炉の火の前に一人で座っている。ラッセは映画に行っているし、カーリンはマッテのところへ「クリスマスツリーに飾る紙のかご作り」

に行っているし、ステューレはイエーテボリイ、もしまだ戻ってきていないとすれば。ちょうどあと一週間でクリスマスイヴになる。そして昨日、食肉加工業者のストライキのせいで、私たちがクリスマスに飢え死にしないようにと、ヴィンメルビーからハム、塩漬け牛肉ロール、豚レバー、豚肩肉ベーコンなどの詰まったかごが届いた。

まだちっとも平和になりそうにない。西部戦線でのドイツの抵抗は激しくなってきた。激しい爆撃でさえ、彼らの戦争継続の意志を一挙につぶすことはできないようだ。ロシアは押し進んでいる。ハンガリーのブダペストが壊滅状態になりかけているようだ。◇1 ギリシャでは、たぶんロシアが後ろで操っているのだろうが、革命派軍が、イギリス占領軍と傀儡(かいらい)政府に対して抵抗している。◇2 北部ノルウェーでは、連合国による占領だけが何十万人を餓死から救うことができる、と新聞に書いてあった。ヨーロッパじゅうで深刻な飢餓があり、このことについて考えると頭がおかしくなりそうだ。この国を除いて！　この国では、戦争中六回目のクリスマスはいつもどおりに祝われるだろう。リンドグレーン家でのお祝いはどのようになるのか、たぶんまだちょっと問題は残るだろうが。きっと良くなると、望みを持っている。それに、『ブリット‐マリはただいま幸せ』では、申し分のない、とびっきりの喜びをもらったし。

◇1　一〇月二九日、ソ連軍がブダペストへの攻撃を開始。一二月二六日ブダペストは包囲され、激戦の末一九四五年二月一三日陥落した。

◇2　枢軸国ドイツ、イタリア、ブルガリアの占領下となったギリシャでは、三〇万人以上が餓死し、数千人が報復で殺され、経済は破綻していた。そのためパルチザン活動が活発になり、ゲリラ戦を展開していたが、主義主張の違いから内戦の勃発を招くこととなった。

クリスマスの日

「私の人生の中で最も幸せな年に違いないと強く自覚しているし、長い目で見てもこれほどいい時はないだろう。試練が必ずあるに違いないと覚悟している」。こんなふうに去年のクリスマスの日に、私は書いた。その時は自分がどんなに正しいか、わからなかったが。試練が来たのだ——それでも自分が不幸だとは言いたくない。私は一九四四年後半の半年間、とてもひどい日々を過ごしてきた。自分の基礎をなす土台が揺れ、うら悲しく、気が滅入り、落胆し、しばしば憂鬱な気分になっていたが——実は不幸ではない。そんな中でも自分の存在を満たしてくれるものがたくさんあるからだ。どう考えても、恐ろしくいやなクリスマスになるところだった——そして確かにクリスマスイヴの前の夜は、ニシンサラダの材料を刻みながら、その中にしょっぱい涙を落とした。でもその時は疲れきっていたので、気が回らなかった。それに、もしも幸せというのが、ちゃんと暮らせることと同じ意味なら、私はきっとまだ「幸せ」なのだ。けれど、幸せであることはそんなに簡単なことではない。とにかく私は一つのことを学んだ——幸せというものは、他の人から与えられるものではなく、その人自身の内から来るものでなくてはならないということ。それにしても私は、幸せになるための要素をかなり上手く思いつくことができるようだ。かなり厳しいプレッシャーになるだろうという予感はあるが、どれほどうまくやれるかお楽しみ。

とにかく、子どもたちやおばあちゃんに何も気づかれずに、我が家で穏やかで幸せなクリスマスを祝うことができたと思う。子どもたちは二人ともクリスマスプレゼントに大喜びだったし、クリスマスイヴにも満足していた。

ラッセは、アノラック、スキー靴、カーディガン、白いウールのマフラー、ズボン下二枚（もちろん毎年もらっている）、カフスボタン、普段ばきのズボン、腕時計用のベルト、『あらゆる世界の冒険』、『まだ生きている間に』◊1、マジパンのブタなどは、私が買いそろえた物だけれど、他にカーリンやインゲエードからのプレゼントや、ラーゲルブラッド夫妻から名刺、ネースの祖父母からクリスマスのお小遣いをもらった。カーリンはグレーのプリーツスカート、濃紺のカーディガン、靴下、『黒い兄弟』◊2、『難破船の島』、『スウェーデンの植物』、『グスタフ・ヴァーサ◊3のダーラナの反乱』◊4、『おとぎの国の王子さま』と『おとぎの国のお姫さま』、「楽しい家族」パズル〔家族合わせカード〕、マジパンのブタ、がま口、それにマッテから『とびらをあけるメアリー・ポピンズ』、インゲエードから便せん、リネアからパズル、ネースの祖父母からクリスマスのお小遣いをもらった。私は、ステューレからとても素敵な目覚まし時計をもらった。クリスマスイヴの二、三日前に届いた。カーリンは私にお風呂で使うボディブラシをプレゼントして、◊5うれしそうだった。

クリスマスイヴにパンの浸し食べをするのを忘れたが――それ以外はすべていつもどおりに行った。

今日の午前中、ラッセと私はハーガ公園の方へ散歩に行った。ステューレったら、クリスマスなのにスカンセンへ行きたがらなかったの、まったく！

夕食に鴨肉をステーキにし、赤キャベツを炒めてから蒸し煮にした――そしてクリスマスの日の仕事としては変だが、りんごのムースを作った。りんごが傷む前に煮なくてはならなかったのだ。クリスマスから三日後、子どもたちはスモーランドへ出発する——そして私も大晦日に行くことにしている。ああ、どんなに待ち遠しいこと！「不眠をともなう神経症」の理由で三週間の病気休暇をとることにする。

もしも何もかもが思いどおりにいっていたら、ちょっとうまくいきすぎになるだろう！ブリット＝マリでうまくいったのだから、他のどれもこれもなんて！今は何もかもが順調ではないけれど、それはそれでいいのかもしれない！何もかもが望みどおりではなく、決して順調にはいかないのだと理解するために、世界を少し見まわす必要があるだけだ。

ドイツ軍は西の方で反撃している、なんてこった！戦争はまだまだ終わらない、まったく終わりそうもない！

◇1　ヘレン・クラーク・マッキネス作、一九四四年刊。
◇2　リザ・テツナー作、一九四一年刊。煙突掃除の少年の話。
◇3　グスタフ・ヴァーサ一世（一四九六—一五六〇）スウェーデン国王、一五二三—六〇。ヴァーサ王朝の祖。
◇4　アンナ・マリア・ルース作、一九一四年刊。子どものための歴史書。
◇5　スウェーデンではクリスマスイヴに、ハム用の豚の骨付きもも肉を茹でた大鍋の汁に、パンを浸して食べる習慣がある。

1945年

アン－マリー，アストリッド，手紙検閲局の仕事仲間のビルギット・スクーグマン．リーディングエーにて，1945年．

一月一七日

恥ずかしいことに、最近書くのを怠けていた。その間にかなりのことが起こっていたと思う。まず、フランスのアルデンヌでドイツ軍が撃退された◇1。相当大規模なロシアの攻撃が、とりわけポーランドで続けられている。夕刊各紙によると、今日、ワルシャワがドイツから解放された◇2。ハンガリーのブダペストのあたりでもずいぶん長く、猛烈な戦いが続けられていた◇3。この町にはもうほとんどなんにも残っていないと思われる。ダーゲンス・ニイヘッテール新聞に、「平和への入口」というシリーズが掲載されているから、平和になるのが遠くないことははっきりしているようだ。職場では、同僚たちが将来のことを心配し始めている——私はまだ病気休暇中なので、今日みたいな日は、何もかもに暗澹(あんたん)たる気持ちになる。先のことをどんなに探ろうとしても、すべてが暗く見えるばかりだ——それでもステューレは、昔のことは過ぎ去ったことだと言っている。本当かどうかは、生きていればわかるだろう〔この一文は英語で書かれている〕。

◇1　アルデンヌは、ベルギー南東部、ルクセンブルク、フランスの一部にまたがる地域で、広大な森が広がる。一九四〇年五月にドイツ軍がこの地域を通りフランス領内に進攻し、フランスを降伏させた。一九四四年一二月、ドイツ軍は再びアルデンヌの森を通って連合国軍を奇襲したが、反撃され敗れた。

◇2　一九四四年八月一日から一〇月二日にかけて、ドイツ占領下のポーランドの首都ワルシャワで武装蜂起が起こった。ドイツ軍はソ連軍の進軍に敗走を重ねていたため、ポーランドのレジスタンス、国内軍、市民は、ソ連軍からの蜂起の呼びかけに鼓舞され蜂起した。ところが、実際にはソ連軍の支援を得られず、ドイツ軍に敗れ、ワルシャワの市街地はほぼ破壊された。蜂起を呼びかけていたソ連軍は一月一二日になってようやく進撃を再開し、一月一七日に廃墟(はいきょ)となったワルシャワを占領した。

◇3　一九四四年一〇月二九日から翌四五年二月一三日にかけて、ソ連軍は、ブダペストに向けてドイツ軍とハンガリー軍に対して大攻勢をかけた。ブダペスト包囲戦は、第二次世界大戦で最も血の流れた戦いの一つである。

一月二一日

ロシア軍は、破竹の勢いで進んでいる。もしロシア軍がベルリンまで到達したら、どうなるか！　毎日戦況報告を切り抜くのがたぶん一番いいのだろう。というのは、これからの戦いはきっと決定的なものになるだろうから。

ステューレと私の間にも、決定的な戦いが進行中だ。ここ二、三日の憂鬱（ゆううつ）な気分は、長い間経験していなかったものだ。

三月二日

連合国軍は西部戦線を進攻し、ケルン◇1は砲火にさらされている。ロシア軍は東部戦線で前進しているが、かつて期待していたほどの勢いではなく――明日ベルリンに到達するとはとうてい思えない。ごく最近、途方もない規模の大きな空爆がベルリンであった。ドイツがまだ生き残っているのはまさに奇跡だ。トルコが、ぎりぎり最後になってドイツに宣戦布告した。サンフランシスコ会議での連合

国〔戦勝国〕としての議席を確実にするために。◇2
私の個人的な戦いはほとんど終了したように思える、私の勝利で。
ところで、目下『バーブロとわたし』を書いている◇3――今一番楽しいのは、これを書いていること。

◇1　ライン川河畔に位置するドイツで四番目に大きな都市。一九四五年三月激しい攻撃で市街地は九割が破壊された。抵抗を続けるドイツ軍とアメリカ軍との間で市街戦となったが、三月五日陥落。

◇2　一九四五年四月二五日から六月二六日の二か月間、アメリカのサンフランシスコで連合国五〇か国が参加した国際連合設立に関する国際会議で、国際連合憲章が採択された。この会議期間中にドイツは降伏したが、日本は日中戦争及び太平洋戦争の交戦中だった。日本が敗戦を迎えるのは、会議で国際連合憲章が採択された後の八月一五日で、降伏文書調印は九月二日。

◇3　題名は『シャスティンとわたし』に変わり、一九四五年刊。日本語版は『サクランボたちの幸せの丘』(石井登志子訳、徳間書店、二〇〇七年)。

三月二三日

今日、おばあちゃんは八〇歳のお誕生日を迎える。私たちはおばあちゃんの家に行けないけれど、ケーキ、チョコレート、本、クリスタルガラス製品のプレゼントを送ってお祝いをした。ちょうど今は一九四五年の春分の時期。そして今日は風の中に春の香りがする。

私たちはおいしい夕食を食べた(燻製トナカイの焙(あぶ)り焼き、小エビの塩茹で、レバーペースト、ビーフステーキ)! ステューレは食後のうたた寝をしているし、カーリンはデンマーク語を訳しているし、ラッセはバンジョーをかき鳴らしているし、私はこれを書いている。

新聞の切り抜きはないので、覚えていることを書いてみる。

最近フィンランドでは、事態が明らかに厳しくなってきている。三月の初め、フィンランドの労働大臣ヴォリが[1]、この国にとって損失となるなら、ナチスの痕跡はすべて抹殺しなくてはならないとする、優れたラジオ演説を行った。記録的広範囲で実施されたフィンランドの国会議員選挙は、「民主主義者」の勝利で終わった。つまりフィンランドでは共産主義は一九三〇年以来禁止されていたが、いまや追い風に乗ったのだ。

ドイツは完全に打ちのめされた状態に置かれることになる。まもなくライン川の西側にはドイツ兵は一人もいなくなるだろう。先日、ストックホルム新聞にドイツの情勢についてどきっとするようなことが載っていたが、残念ながらその記事は手元にない。ヒトラーは降伏したくない、彼は歴史家の判断を恥ずかしく思うだろうなどと書いてあった。

リンドグレーン家に関しては、「家庭は、船乗りが海から帰る家、そして狩人が山から帰る家[2]」だと言える。

我が家は春の大掃除で、すっかりきれいになっている。私は時に喜び、時に悲しくなる。書いている時はたいてい幸せだ。先日、ゲーベシュ出版から出版の申し出があった。

連合国軍がコペンハーゲンにあるドイツ軍司令部シェルハウスを空爆した[3]ことについて、書くのを忘れていた。そばのカトリック系の学校が燃えて、多くの生徒が亡くなった。

ノルウェーでは銃殺執行隊による大量の処刑が行われた。

◇1　エーロ・オルネ・ヴオリ(一九〇〇―六六) フィンランドのジャーナリスト、政治家。
◇2　ロバート・ルイス・スティーヴンソンの詩「レクイエム」からの引用。この詩は南太平洋サモアのウポル島アピアにある、彼の墓碑に刻まれている。スティーヴンソン(一八五〇―九四)はスコットランド生まれの作家、詩人、随筆家。代表作は『宝島』『ジキル博士とハイド氏』。
◇3　三月二一日、イギリス空軍は、コペンハーゲンのシェルハウスにあったゲシュタポ司令部を爆撃。捕らえられていたレジスタンスの救出を目的としていて(カルタゴ作戦)、幸い一八名のレジスタンスは脱出できたが、残る八名のレジスタンスと四七名のデンマーク人雇員などの他、近くの寄宿学校の生徒八六名を含む一二五名の民間人が犠牲となった。

三月二六日

昨日、日曜日の午後、チャーチルは上陸用舟艇でライン川を越え、第九アメリカ軍橋頭堡(きょうとうほ)へ行った。

四月六日

復活祭は終わった――ステューレと二人きりで祝った。それに、子どもたちはスモーランドだから――気持ちの上でかなりきつかった。ドイツが次第に破滅へと向かっていく歴史的な日々、確実にドイツ崩壊前の最後の休日だ。

四月一四日

スウェーデンは赤十字を通じて、困窮するオランダへ食料品を送った。これは、スウェーデンの王と国民へのお礼の手紙。

最も幸運な数千人の中の一人として、スウェーデン王とお国の人びとに、いただいた贈り物への心からの感謝を表すために書いています。我々は女二人で暮らしており、おいしいパン二本と二五〇グラムのバターを受け取り、どちらも本当においしかったです。

陛下とスウェーデンのみなさま。あなた方がなさったことに神さまの祝福がありますように。飢えと寒さは凄まじかったがゆえに、あなた方の贈り物は二重の喜びであり、大歓迎でした。ありがとう、重ねてお礼を申し上げます。またスウェーデンの赤十字の方々のご尽力にも感謝いたします。このような困難な時期におけるご努力に神さまの祝福がありますように。謹んでお礼申し上げます。

メイ・L・コーエンス&メイ・カルディナアール

ベルニッセストラート五八、アムステルダム、オランダ

四月二五日

ベルリンは煙のくすぶる瓦礫(がれき)の山だ。そしてほんの少し前の夕方のニュースによると、完全にロシ

ア軍に包囲されたとのこと。

新聞から全部切り抜くのに何時間もかかる。とくに夕刊各紙には、ドイツの強制収容所からの恐ろしい報告が格別うまく編集されているが、全部を切り抜きたくない。

ドイツからは熱い血の臭いが立ちのぼっているように思う、そして恐ろしい破滅の臭いも。まるで、「西洋の没落」[◇1]のように感じる。

ブーヘンヴァルト強制収容所でのおぞましい現実を見せるために、ドイツの婦人たちが収容所に連れて行かれた[◇2]――そして中立国の新聞記者たちも見ることができた。

赤十字により、テレージエンシュタット[◇3]から救い出されたデンマークのユダヤ人の手紙をたくさん読んだ。現在、彼らはストレングネース〔ストックホルム西のメーラレン湖南岸に面したセーデルマンランド地方の都市〕の近くの宿舎で、極めて安全に、安心して快適に暮らしている。スウェーデンやノルウェーの学生まで、スウェーデン赤十字社は帰国させているが、今のところはすべて秘密にされている。それにしても、ユダヤ人たちの手紙は胸を打つ。テレージエンシュタットは比較的居心地のいいところで、またデンマークのユダヤ人はそこでは特別な立場にあったようだ。

今日、サンフランシスコ会議が始まった(ルーズヴェルトの姿はどこにもなく[◇4])。巷(ちまた)の評論家はなんと言うだろう!

◇1　ドイツの哲学者、オスヴァルト・シュペングラーの代表作、一九一八年刊。

◇2　一九三七年の設置から一九四五年四月のアメリカ軍による解放までの間に、多くの人が囚人として送られた。あまりの惨状に、連合国軍は解放の際、付近の都市ヴァイマルの市民を連れてこさせて、ドイツ政府、つまりナチスが犯した非人間的行為の現実を直視させた。

◇3　ナチス・ドイツがチェコ北部のテレージエンシュタットに造ったユダヤ人ゲットーとゲシュタポ刑務所。一九四一年一一月から四五年四月までに、一四万余りのユダヤ人が収容された。テレージエンシュタットでは、デンマーク赤十字社と国際赤十字社に内部を公開するために、ユダヤ人入植地として銀行、喫茶店、コンサート会場、子どもの遊び場などを作り、施設の美化を偽装した。赤十字社査察官の到着当日には、サッカーの試合を行い、オペラを上演したという。

◇4　ルーズヴェルト大統領は四月一二日に急死していた。

四月二九日

今日、日曜日の朝、土砂降りの雨が雨樋(あまどい)を勢いよく流れる音で目が覚めると、新聞に特別大きな文字で書いてあった。

ドイツが降伏!

ドイツが降伏――ついに! どうしてもう少し早く降伏しなかったのか、ドイツじゅうが瓦礫の山となる前に、また一〇歳から一二歳の子どもたちが死ぬために送られる前に。ステューレと私は、昨夕のニュースですでに聞いていた。いつもどおり土曜日の午後をおしゃべりしながら過ごしている時だったが、最近はいろんな噂が飛んでいたので、すぐに信じようとはしなかった。

極悪人ヒムラーが和平交渉にやってきて、ヒトラーはおそらく死んでいるだろう、降伏の後、四八時間は生き返ることはないと主張。◇1

一人のスウェーデン人がこの交渉全般の仲介をした——伯爵フォルケ・ベルナドッテ、スウェーデン赤十字社副総裁〔後に総裁〕だ。無条件降伏だろう——私はヒトラーがおそらく死んでいるだろうというのを、変だとは思わない。ずっと前に死んでいたのかもしれないし、ヒムラーが殺させたのかもしれない。どうでしょう、ついに戦争が終わるなんて！　信じられない！　ドイツは、スターリングラードの戦いですでに大敗していた——どうして何年もの間、こんなに意味のない戦いを続けていたのだろうか。

スウェーデンの国会で先日、ノルウェーに対して軍事介入をするか否かについて、秘密の本会議が開かれていた。ほとんど満場一致で反対、つまり介入しない、だった。こんな土壇場になって、どうして我々が一緒に戦わなくてはならないのか？　幸運にもこれは現実問題にはならないだろう、ノルウェーとデンマークの両国は戦うことなく解放されることになっているから——連合国側の条件だ。それにノルウェーに駐留しているドイツ兵が、自分たちだけででも戦うと言うほど馬鹿だとは絶対に思えない。

けれど、スウェーデンに住むノルウェーやデンマークからの若い避難民たちは、自国へ帰って、最後の戦いに貢献したいと準備していたのだから、がっかりしたことだろう。ロンドンのノルウェー亡命政府は、干渉したくないというスウェーデンに対して失望している(あるいは、失望した)。ただ我々が他国を失望させたのは今回が初めてではなく、これまでも多々あるから、気にすることはないと思う。例えば、一九三九年から四〇年にかけて、我々がフィンランド支援のために戦わないことを決め、その上、その頃ドイツと友好条約を結んでいたロシアと敵対して戦う連合国軍にスウェーデンの国内通過すら許さなかったことに対して、イギリスとフランスはどんなに失望したことだろう。しかし、もしあの時イギリスやフランスを失望させまいと我々が逆の選択をしていたら、世界の状態は現在どうなっていただろう！　ドイツとロシアが連合していたなんて、あら、あら、まあ、その場合イギリスはたいそう具合が悪いことになっていただろう。イギリスとフランスは、我々がやむにやまれず、ドイツの帰休兵を乗せた汽車の国内通過をノルウェーまで許可しなくてはならない羽目になった時、どれほどの失望を味わっただろうか。このことは本当に嘆かわしく、つらい話なのだが、結局のところ長期的な目で見ると最も賢い方法だったのだ。スウェーデンはどうしても戦争の外側にいる必要があったからだ。もし振り返ってみるとすれば、我々は何がしかの事を成しとげたのだろう、もちろん何も威張っているわけではないが、事を成し得て喜んでいる。我々はフィンランドへも並々ならぬ物資援助をしてきた。もちろんほとんど同規模の援助をノルウェーにもしてきた。どう言ったらいいのかはっきりわからないが——たぶん人数はもっと多いかもしれないけれど、我々はおよそ一〇万人のノルウェーやデンマークの避難民を概ね安全な平和都市として受け入れてきた。それに、彼らノルウェーやデンマークの避難民に、自主独立の日に備えて、警官教育という名目で、「警察キャンプ地」でまさに軍隊訓練以外の何ものでもない訓練をしていた。そしてごく最近、スウェーデン赤十字社は、ドイツで拘禁されていた人、例えば、デンマークとノルウェーのユダヤ人などを引き受け、スウェーデンに連れ帰った。こうした若者たちがスウェーデンに来た後、ノルウェーやデンマークの肉親に宛てて書いた手紙をいくつも読んだが、文面には完全に幸せな喜びがあふれていた。「ねえ、どうだい、人生がこんなに素晴らしいだなんて」とか、「夢を見ているんじゃないよね」などと。きちんとしたベッドで横になり、ちゃんとした食べ物を食べ、森へ行って「イチリンソウ」を摘む、とにかくこんな普通の生活があることが何ものにもまさる幸せなのだ。ある人が、何よりも神に感謝し、次にスウェーデンの赤十字に感謝していると書いていた。そして今度は、ドイツからの和平交渉を仲介するのに活躍するスウェーデン人がいるのだから。だれかは、中立でなくてはならない。そうでないと――仲介者がいないせいで、和平交渉もできないだろう。

どう、平和になるのよ！　あと二、三日で五月――もう春だ。木々は緑の葉に覆われ、心地よい雨が、戦争のあと人類を生かすために豊富な収穫をもたらさなければならない大地を潤す。ありがたいことに、もう一度戦争の冬を経験せずにすむのだ！　戦争が春に終わるのはいいことだと思う。再び冬が来るまでに、苦痛を味わった哀れな人たちが、小さな家を建てたり、食料の準備をしたりする時間があるから。一九四五年の春――戦争が終わるのが、こんなに遅くなるとは思いもしなかった。

◇1　ヒトラーの側近でナチス親衛隊の指導者だったヒムラーは、一九四五年四月二〇日、ヒトラーの誕生日に、総統地下壕でヒトラーに会った時、すでにノイローゼのような様子だったことから敗戦を確信したと思われる。しかしヒムラーの部分降伏交渉のことがヒトラーの知るところとなると、ヒトラーは激怒、ヒムラーの全官職の剝奪と逮捕命令を出した。ヒムラーは、降伏処理のために設立されたフレンスブルク臨時政府にも邪魔者扱いされ、名前を変え変装して逃亡しようとしたが、イギリス軍に拘束され、捕虜としての取り調べ中に毒をあおり自殺した。

◆2　フォルケ・ベルナドッテ（一八九五―一九四八）スウェーデンの軍人、外交官。一九四五年四月、ハインリヒ・ヒムラーと会見し、ドイツの休戦・降伏交渉に関与するが、失敗した。一九四八年第一次中東戦争解決のため、国連パレスティナ調停官に任命されたが、エルサレムで武装シオニストの過激派分子によって射殺された。

◇3　一九三九年八月、ヒトラーとスターリンの間で締結された独ソ不可侵条約。付随していた秘密協定によりポーランドの分割、バルト三国のソ連による占領などを承認していた。

同日夜〔四月二九日〕

嘘だった、あの降伏は！　けれど結局、近いうちに降伏はあるだろう。アメリカでだれかが、ついうっかり秘密をもらしたのだろう。だけどフォルケ・ベルナドッテ伯爵が、ヒムラーから口頭で降伏すると伝えられたのは真実だ。しかしドイツ側は、ロシア軍にではなく、イギリス軍とアメリカ軍にだけ降伏したいようだ。そしてスターリンは、ドイツ軍が完全に打ち負かされるまでは、降伏を受け入れたくないだろう。噂が飛び交っているので、何を信じたらいいかわからない。ヒトラーが脳卒中で今週の初めに死んだと言われているが、きっとそうなのだろう。今日の新聞によると、ムッソリーニが銃殺されたらしい。◇1

◇1　ドイツの敗北が濃厚になっていたことや自身の病気のことなどから、家族を亡命させていたスペインへ出国を試みる最中にパルチザンに捕らえられ、一九四五年四月二八日に愛人のクララ・ペタッチや他のファシスト党の逮捕者と共に銃殺された。遺体はミラノのロレート広場に運ばれ、逆さに吊るされ、公衆の面前にさらされた。かつての盟友ヒトラーはこの報道に戦慄（せんりつ）し、自身の自決後、見世物（みせもの）にされないために、遺体を早急に焼却するよう遺言で指示した。

五月一日

ほんの少し前に、ルンド大学の学生が春への挨拶に歌うのを聴いた。[◇1]「おお、どんなに輝かしく五月の太陽が微笑んでいるか」や「花咲く美しい谷間」、その他春の歌全部。さっき、ローストチキンを食べ、シェリー酒を飲み、チーズを食べた。シェリー酒は——デンマークが自由になり、ドイツ軍は退散するという重大ニュースがあったから飲んだ。（完全に真実というわけではなかった！）

午前中、ステューレとカーリンと一緒にスカンセンに行った。そこはもう春だった。我々はエルブロース農家[◇2]の外に座ってお日さまを浴びて、春の香りを感じていた。昨日は寒くて、雨が降っていたが、今日は春だ。そんじょそこらにざらにある春じゃなくて、平和になったまったく特別な春だ。なんとまあ、心地よいのだろう！

午後は『バーブロとわたし』を、二、三章分しっかり書いた。いつか出版されることがあれば、どういう題名になるかは未定。

さて、スウェーデン通信社のニュースを聴いていると、ベルナドッテ伯爵が記者会見で、赤十字を通じて、ドイツにいたおよそ一万五千人の捕虜をスウェーデンへ救出したと語ったとのこと。

しかし今回は降伏交渉の依頼など何もなかった。ベルナドッテ伯爵は、ヒトラーは——死んでいるか生きているかは別として——ベルリンにいると確信していると話した。

◇1　五月一日には、ルンドやウップサラなどの大学で、また村や町でも、春の到来を祝う。暗い冬が終わり、輝く太陽とみずみずしい新緑を歓迎するために歌を歌ったり、ピクニックに行ったりする。
◇2　野外博物館スカンセンに移築された、一九世紀半ばにスウェーデン北部で暮らしていた農家の住まい。

五月一日　二一時四〇分

ちょうど今、ドイツの国歌「ドイツよ、ドイツよ、すべてのものの上にあれ」がラジオから響き渡るのを聴いている。ほんの少し前に、非常に重要な報道のために、通常の放送が中断された。つまり、午後九時二六分、ハンブルク・ラジオからドイツ国民へ向けての放送があった。ボルシェヴィズムと最後まで戦った、我らが総統アドルフ・ヒトラーは今日の午後逝去、そして海軍元帥デーニッツ◇1がヒトラーの後継者に指名されたことが発表された。戦いは続くようだ。デーニッツがドイツ国民に向けて話し、その後で国歌が演奏された。ヒトラーとナチズムがすべてのおぞましさの根源だとしても、大きな国の崩壊で、それが轟音を立てて奈落へと落ちていく時に、深い感慨を覚えるのは避けられない。ただ今はハンブルクからの放送が繰り返されていて、デーニッツが、私を信頼してほしい！と言っているのが聞こえている。

これは歴史的な瞬間だ。ヒトラーは死んだ。ヒトラーは死んだ。ムッソリーニも死んだ。ヒトラーは、自国の首都ベルリンで死んだ。首都の廃墟の中で、自国の廃墟と瓦礫の山に埋もれて。「総統は司令官としての任務中に亡くなられた」とデーニッツは言った。

かくの如く、この世の栄華は過ぎ去りぬ！

◇1　カール・デーニッツ（一八九一—一九八〇）軍人、政治家。ヒトラーの遺言を受けてドイツの新体制であるフレンスブルク政府の大統領に就任し、連合国への無条件降伏をヨードルに指示した。一九四六年一〇月一日ニュルンベルク裁判で懲役一〇年の判決を受け、シュパンダウ刑務所で服役した。刑期を終え釈放されたのち、回想録を執筆した。

五月五日

歓喜と歓呼！！　デンマークは五年間の隷属(れいぞく)◇1から自由になった。オランダ◇2も。ドイツの降伏は今朝七時。朝、仕事場へ歩いて行った時、デンマーク、スウェーデン、ノルウェーの旗がそろっているのが突然目に飛びこんでくると、どうしても涙が浮かんできた。

職場で、一一時にクリスチャン王の「デンマークの国民のみなさんへ」のスピーチを聴くことができた。まず市庁舎の塔の鐘の音が鳴り響き、次いで王の話があり、その後で国歌「クリスチャン王は高き帆柱の傍らに立ちて」が歌われた。デンマークが自由になった日に、太陽が輝いている。

新聞はニュースであふれている——すべてを切り抜くことができるかわからない。多くの紙面が、スウェーデン赤十字社を通じてスウェーデンにやってきたデンマーク、ノルウェー（そして他の国の人たちも）の捕虜の記事に充(あ)てられている。

日記は今、お昼休みに大急ぎで書いている。

◇1　一九四〇年四月九日、突如ドイツ軍は国境を越えてデンマークに侵攻した。デンマーク国王クリスチャン一〇世は国民の生命と国土を守るため、すぐに降伏しドイツへの協力を約束、デンマークは一九四五年五月五日までドイツの統治下に入った。両国は一〇年間の不可侵条約を結んでいたが、ドイツは一方的に破棄し、無抵抗な小国を制圧した。

◇2　一九四〇年五月一〇日、オランダはドイツ軍の奇襲攻撃を受け一週間戦ったのち、一七日にドイツ軍に降伏した。

同日　午後七時頃

ちょうど今、スヴェン・イエッリング◆1がコペンハーゲンにいる。ラジオの実況放送からデンマークの男女みんなが熱狂的に喜んでいるのが伝わってくる。

◆1　イエッリング（一八九五―一九七九）はスウェーデンのラジオアナウンサー、番組制作者、司会者、スポーツジャーナリスト。スウェーデンでラジオ放送が始まった一九二五年から、ほぼ五〇年にわたり活躍した。

五月七日

勝利の日だ〔V-day（Victory day）〕！　戦争は終わった！　戦争は終わった！　**戦争は終わっ**

た！

アイゼンハワー元帥（ベデル・スミス中将◇1）が連合国側を、ヨードル◆2がドイツ側をそれぞれ代表して、午後二時四一分（だったと思う）に、ランス〔フランス北部の都市〕の小さな学校の赤い校舎で降伏文書に署名した。これにより、ドイツ軍はヨーロッパ全土で武器を置くことになった。つまり、ノルウェーも今は自由だ。目下のところ、ストックホルムは熱狂的な歓喜に包まれている。クングスガータン〔王さま通り〕はビラで埋めつくされて、どの人たちもまるで狂ったように喜んでいる。私たちは職場で、午後三時の放送の後、「我らこの国を愛す」〔ノルウェーの国歌〕を歌った。ステューレは夕食にいなかったけれど、私たちが平和を祝えるようにと、シェリー酒を一本家に届けてくれた。ちょうど今ラジオで、「星条旗」〔アメリカの国歌〕が流れている。私はリネアと一緒に、そしてラーシュともシェリー酒を飲んだので、なんだかふらふらしている。今は春、この祝福された日に太陽は輝いている。そして戦争は終わったのだ。私はドイツ人でありたくない。どうでしょう、戦争は終わったし、ヒトラーは死んだ（ここでラジオから歓声と、バンザイの声が届く。ストックホルムは完全に正気を失っている）。「クングスガータンには、絶え間なく喜びの波が押し寄せています。非常に素晴らしい日です」と、アナウンサーがしゃべっている。

私がラーシュに特別に二クローネ硬貨を一枚あげたら、彼は人ごみの中へと飛び出して行った。カーリンは一クローネ硬貨をもらうと、お菓子を買って平和を祝っていた。

今ラジオでは、ノルウェーの女の人が平和になってどのように感じたかを話している。彼女はイギリスにいる息子に会いたがっている。

ああ、ああ、いよいよ終わったのだ、拷問、強制収容所、空爆、そして町の「抹殺」などが。虐待されていた人間は少し安らげるかもしれない。

ドイツ国とドイツ人は憎まれている――しかしすべてのドイツ人を憎むことはできない。ただ気の毒に思うだけだ。

戦争が終わった――今はそれがすべてだ。

戦争が終わった！　大英帝国、アメリカ、ロシアから同時に発表があるはずだ。

アッリとカーリンとマッテと一緒に、この歴史的な日にストックホルムがどんな様子かを自分たちの目で確かめようと、街の中心へと路面電車に乗って行き、そしてクングスガータンのうきうきした陽気な人ごみの中をゆっくりと、押し合いへし合いしながら歩いた。その後、また電車に乗って家に帰った――そして今ちょうど夕方のニュースで、ノルウェーでの歓喜に沸く喜びの様子を伝える実況放送を聴いている。今日は大勢の人びとが、悲しくも悪名高くなったモラゲート一九番地[◇3]の外に集まり、「我らこの国を愛す」を囚人たちのために歌った。何人かはすでに出獄していたが。グスタフ王はスウェーデン国民に、ドロットニングホルム宮殿から話しかけた。彼はホーコン王に電報を送ったと話した。ドイツとの外交関係は、降伏により断たれた。クングスガータンにあるドイツの旅行会社の前を我々が通り過ぎた時には、三人の警察官が立っていたが、窓には大きなシートがかけてあった。あそこは、ドイツの傲慢さを大いに見せつけるところだった！　戦争中、窓は何度壊されたかわからない！　ドイツ人であるより苦痛なことは他にはないだろう――他の国がドイツによって征服された時には、少なくとも別の国々が寄せてくれる共感と同情により、少しは慰めを得ることができた。けれどドイツが負かされたとなると、世界じゅうが歓喜に包まれている。どうしてある国がそんなに嫌悪されることになるのか。どうしてあれほど非人間的な、残忍な行為に及んだのか、そしてどうして、彼らドイツ人は、すべての人類にとってあれほどの脅威になったのか？

私はエッセとともシェリー酒を飲んだ。彼はもちろんデンマークへ帰るつもりだ。明日、チャーチルが話すことになっている、スターリン、トルーマン、そしてイギリス王も！

◇1　ウォルター・ベデル・スミス（一八九五—一九六一）アメリカの軍人、外交官、政治家。アイゼンハワー元帥の参謀長。一九四五年五月六日、ドイツの降伏交渉にやってきたヨードルにアイゼンハワーの指示で会い、交渉にあたった。

◆2　アルフレート・ヨードル（一八九〇—一九四六）ドイツの上級大将、戦後ニュルンベルク裁判にかけられ絞首刑に処された。

◇3　ノルウェーのオスロの警察署と刑務所の所在地。一九四〇年から四五年のドイツ占領時はナチス公安警察司令部と刑務所として使用された。

五月八日　午後二時一五分

歴史的な瞬間が次々と展開していく。たった今、ウィンストン・チャーチルが世界に向かって、ヨーロッパにおける全ドイツ軍の無条件降伏を発表するのを聴いた。そして勝利を、ヨーロッパでの勝利の日を、ついに祝うことができると告げた。発表は一九三九年九月三日、チェンバレンがドイツに宣戦布告をした時に使われたラジオ局のマイクで行われた。

見事な老ウィンストン、戦争に勝ったのは、まさに彼なのだ。

戦争行為は、五月八日の真夜中を一分過ぎればなくなる、とチャーチルは言った。この七〇歳を過ぎた元気あふれる老人が、大英帝国の人びとに発表するってどんな感じだろう！ チャーチルは今、いかにも一番勢いのある人物らしく、極めて明快に完璧に話した。私は以前よりも好感を持った。その後で「神よ王を守り給え」〔イギリスの国歌〕が演奏され、その力強い響きに泣きそうになった。

今日はうれしいことに、病気休暇が取れて家にいる。昨晩ステューレがストランドホテルのレストランからまず一〇時に、その後一一時にも電話をかけてきて、私にストランドまで来て、一緒に勝利を祝おうと誘ってくれたが、私は疲れすぎていた。その時彼は一時間以内に家に帰ると言ったのに、実際は午前三時に、ご機嫌で、楽しそうに帰ってきた。馬鹿なことに、こっちは心配しすぎて半分おかしくなっていた。それから眠れず、頭が痛くなり、今は家でチャーチルの話を聴いている。ストックホルムのレストランでは、昨晩はどこも大騒ぎで、大にぎわいだったことだろう。レストラン別館のバーでは、客がみんなで歌ったり、スピーチをぶったり、自分のいろんな才能を披露していたらしい。平和を喜んでいるのはたぶん間違いない！

五月八日　午後九時

さっき、イギリス王[◇1]が大英帝国の人に向けて話すのをラジオで聴いた。思っていたよりもうまく、二、三回つかえただけでゆっくりと話した。このスピーチを後で貼ることにする。

今日、少し前に王太子オーラヴ、[2] ホーコン王、ニュゴースヴォル首相のスピーチを聴いた。そろそろ勝利の日が終わろうとしている。カノン砲が静まるはずの夜中の一二時一分まで、私は起きていられないだろう。それに、大砲はすでに静かになっているのだ。昨日、人の命を大切にするために、停戦号令、「撃ち方やめ」がトランペットで吹かれていたと思う。

◇1　ジョージ六世（一八九五―一九五二）イギリス国王、一九三六―五二。第二次世界大戦では、ウィンストン・チャーチルと強く連携した。吃音症（きつおんしょう）のため演説することを苦手としていたが克服した。
◆2　オーラヴ（74頁◆4参照）第二次世界大戦中は父王ホーコン七世と共にイギリスに亡命していたが、ナチス・ドイツに抵抗し続け、ノルウェー解放後に帰国した。

聖霊降臨祭の翌日〔五月二一日〕

カーリンのお誕生日に、窓辺のお日さまの光の中で日記を書いた。美しいペンテコステのお天気なのに、なまくらな家族は、朝の散歩に行くのを断った。ヴァーサ公園で花盛りのウワミズザクラのそばに一人で座った。そしてフルスンドの田舎を恋しく思った。朝、私たち家族は早く起きて、ケーキ、ブリーフケース、万年筆、数冊の本、スカート用の生地などで、カーリンのお誕生日祝いをした。もうすぐお祝いの食事で、ローストチキンやケーキを食べる。船乗り〔英語で書かれている〕は家にいるが、最近またちょっと船遊びで忙しくしていたようだ。

七月一日付で私の「秘密の仕事」が終わりになる。仕事仲間と会えなくなって寂しくなる――と同時に、収入もなくなる。でも、今は戦争が終わったのだから、手紙の検閲をするような国の安全対策はもう必要ない。まだ完全に安全だとは思えないが。サンフランシスコ会議はうまくいっていないようだし、ロシアが要求を持ち出してきている。ポーランド問題は厄介だし、ロシア軍はボーンホルム島◇1を占領したまま、手放す気はないだろう。それに全バルト海を支配しているのだ。

ロシア軍が怖い。

◇1 バルト海にあるデンマーク領の島。スウェーデン、ドイツ、ポーランドに囲まれた戦略的要衝(ようしょう)で、第二次世界大戦中はドイツの占領下にあったが、ソ連は終戦前の三月から砲撃を浴びせ、五月に占領し、一九四六年四月まで撤退しなかった。

六月二日

この一週間、日々の出来事をあまりきちんと把握できていないが、レヴァント◇1で争いがあり、ド・ゴールがひどく怒っているし、テダー元帥◆2がわが国とノルウェーを訪問していたし、避難民たちはそれぞれの国へ帰って行くし、私たちの「秘密の仕事」は七月一日までだと知らされたし、というわけで、平和は本格的に弾けたようだが、戦勝国同志が互いに争っているのを見ると、なかなか信じられない。ロシア軍はまだボーンホルム島に残っている。

『バーブロとわたし』(もしもこの題名で出版されたら)の版権を八百クローネで売った。そして『ブリット-マリはただいま幸せ』の残りとして三百クローネもらい、フィンランド語への翻訳で三百クローネ以上もらったし、ラジオで『ブリット−マリ』を朗読して五八クローネもらった。「作家」って、なかなか楽しい。目下のところ、手に負えないピッピが少しはどうにかなるかと、『長くつ下のピッピ』を見直している。

初夏というのに寒い。私は時々まだ不安定になるし、時々陽気になる。仕事仲間との別れで悲しくもなっている。最近、よく眠れなくなっている。木曜日にカーリンは中等学校の入学試験がある。ラーシュはいろいろな高校卒業パーティーに出ている。そして、見習い船員として船でイギリスへ行くんだと浮かれている。ステューレは、ほとんど毎晩〔デンマーク語で書かれている〕、会合がある。

◇1　東部地中海沿岸地方の歴史的な名称で、およそシリア、レバノン、ヨルダン、イスラエルあたりを指している。

◆2　アーサー・テダー（一八九〇—一九六七）イギリス空軍元帥。アイゼンハワー連合国遠征軍最高司令官のもと、副司令官を務めた。

六月一七日

世界政治には、注目する間がなかったので、しばらく各自で面倒を見てもらわなくてはならなかった。カーリンはスヴェアプラン〔ストックホルム北部〕にある中等学校の入学試験を受け、ありがたいことに入ることができた。[◇1] マッテも同じく合格した。

ラッセは、スンツヴァルを経由してロッテルダム行きの船「アルデニア」に船員として乗ることになった。ラッセのことをいろいろ考えると、すごく心配。カーリンは特別素晴らしい成績だった。ラッセは三科目不合格点だった、かわいそうなラッセ。彼はいったいどうなるのかわからない！

ステューレは新しい仕事で盛り返したようだ。

ホーコン王とマッタ王太子妃が、ノルウェーに帰ってきた。レオポルド王はベルギーへ帰国したいのだけれど、ベルギー国民が彼を望んでいるようには思えない。[◇2] きっともっといろんなことが起こったのだろうが、今は思い出せない。子どもたちはあちこちに飛んで行っているので、ステューレと二人でここに座っている。夜になると子どもたちがいなくて寂しい。

だいたいいつも寒くて、風があり、雨も降っている。やれやれ、いやになる！　昨日、ステューレと映画『孔雀夫人』[◇3]を観たが、ステューレの気に入らない内容の古い映画だった。

◇1　ストックホルムの北約四〇〇キロメートルの産業の盛んな都市。

◇2　ベルギー王レオポルド三世は、ドイツ軍がベルギーに侵攻した時、果敢に抵抗するも降伏。政府の全機能はロンドンに亡命。ブリュッセルに残った国王一家はナチスへの協力を拒絶し、ドイツやオーストリアで軟禁状態に置かれた。一九四五年アメリカ軍により解放されたが、国王の戦争中の行動をめぐり論争が起こって帰国できず、スイスで六年間の亡命生活を送った。一九五〇年の国王の復帰の是非を問う国民投票により認められたが、抗議行動が激しく、内戦の危機を避けるため、翌五一年退位。二〇歳の息子ボードゥアンが即位した。

◇3　一九三六年に制作、公開された、ウイリアム・ワイラー監督によるアメリカ映画。

夏至祭の日

夏至祭りでこれほど美しい日はかつてなかっただろう。信じられないほど寒くて、いやなお天気続きの初夏の後に、祝祭日にぴったり間に合うように、ようやく暖かくなったのだ。でもきっとまた訪れた時と同じほど突然に消えてしまいそう。

ステューレと二人きりで、ダーラ通りの家で夏至祭のお祝いをしている。とても感傷的で、ちょっぴり湿っぽい夏至祭。私たちは今からすぐにチキンを食べて、それからストランドのベランダで、コーヒーやリキュールを飲んで、その後ブランシェ劇場へ行って、カルデムンマ氏の軽喜劇を観るつもり。午前中、掃除をしてから、ステューレが寝そべって新聞を読んでいる間に、一人でハーガ公園へ自転車で行った。「丘の母」というカフェの上の方の日だまりに座っていると暖かくて、もう少しでとけてしまいそうだった。

カーリンがスーレーで、気持ちのいい、楽しい夏至祭を過ごしていてほしいと願っている。ラッセは今、スンツヴァルにいる。一昨日の夜、電話をかけてきた。船はまずイェーテボリイに行き、それからイギリス、そしてオランダへ向かうようだ。ちょっとの間でも彼と話せてよかった。

昨日、ステューレと映画に行き、リバイバル上映の『我が家の楽園』を観た。古いキャプラ映画だ。[◇1]

ピッピの書き直しを完了。[◆2] そしていよいよ新しい、もっと普通の子どもの本を書き始めることにする。ペール゠マーティンはラジオ用に新しい家族もののシリーズを書くようにしたらと勧めてくれた。もしもうまく書けたら、すごくうれしい。でも、ろくでもないものしか書けないかもと思うと怖くなる。

あと一週間で、手紙検閲局での仕事は終わる――その後、フルスンドの別荘へ出発する。

◇1 フランク・キャプラ（一八九七―一九九一）イタリア生まれのアメリカの映画監督。一九三八年、この作品でアカデミー作品賞、監督賞を受賞。

◆2 ペール＝マーティン・ハンベリイ（一九一二―七四）手紙検閲局の同僚で親しい友人。多芸多才で、後にピッピ映画の歌の作曲・作詞をしたり、ラジオ番組を担当したりした。

七月一八日

書くのには暑すぎる。もっともチャーチルとトルーマンは、ベルリンでヒトラーの総統官邸など、まだ残っている主要な場所を見てまわっているけれど。スターリンもベルリンへ向かっている。こんなこと以外、他に世界で何が起こっているかよくわからない。日本は、まだあらん限りの力で、戦っている。◇1

私たちもまたフルスンドで戦っている。おばあちゃんと。ハムのことなどで。狂ったような猛暑で、我々は陸に揚げられた魚のように喘（あえ）いでいる。ステューレ、カーリンと一緒にこちらに来ている。去年の七月七日にあの苦しみが始まって、ちょうど丸一年になる。

ラーシュは大海原の真っただ中で波に揺られているけれど、それがどこなのかわからない。毎晩彼のことを考えて、船旅に行かせたことを後悔している。でもすぐに帰るはずだ。

六月三〇日で、手紙検閲局での仕事は終わった。最後の日の前日の夕方、レストラン・ベルマンスローでお別れ会があった。会はすごくいい雰囲気で、楽しかった。翌日、つまり最後の日は、悲しみに満ちていて、あちらこちらで涙がこぼれていた。ランチは、レストラン・ヴィクトリアで、アンﾆマリー、ルート・ニルソン、私、ニイグレン嬢、リイディック、デュボワ、シィレルシュテット、そしてヴィークベリイと食べた。ニルシェも、ちょっとだけ顔を出した。そしてその後、王宮の庭公園で互いに名残惜しんで、お別れの挨拶を交わした。一つの時代が終わったのだ。

私はフルスンドでも、水泳と水泳の間に、この小さな大好きな日記を書いている。夕方、リネアと私は、自転車でマッテを迎えに行くことになっている。

ラーシュも早く家に帰ったらいいのに！

◇1　一九四五年七月一七日から八月二日にかけて、ベルリン郊外のポツダムで、アメリカ(トルーマン大統領)、イギリス(チャーチル首相)、ソ連(スターリン共産党書記長)が集まり、第二次世界大戦の戦後処理について話し合った(ポツダム会談)。そして七月二六日に、アメリカ大統領、イギリス首相、中華民国主席(蔣介石)の名において日本に対して、「全日本軍の無条件降伏」などを求めた全一三か条からなる日本への降伏要求の最終宣言、即ちポツダム宣言が発された。他の枢軸国の降伏後も抗戦を続けていた日本は、その間に各地で空襲を受け、広島と長崎に原子爆弾を落とされた。日本がポツダム宣言を受諾したのは八月一四日。九月二日に降伏文書に調印、第二次世界大戦はようやく終結した。なお、ソ連は日ソ中立条約の手前、最初の段階では署名せず、八月八日に対日参戦したのち署名。

八月一五日

今日、第二次世界大戦は終わった。日本と連合国との間で休戦合意、と今朝の放送で言っていた。我々は、アトリー[1]が話すのを聴いた。その後でイギリス、アメリカ、ロシア、中国の国歌の演奏があった。これらに先だちスウェーデン人は、エイヴィンド・ユーンソン[2]が平和について話すのを聴いた。

なんと本当に、戦争がついに終わったのだ。二週間足りないけれど六年もの間。どんなによく覚えていることか、ヴァーサ公園で座っていたら、アッリが来て、ドイツ軍がポーランドに侵攻したと話したのだった。あの日は暖かくて美しい日だったし、終わった日も暖かくて美しい日だ。私はこの平和の日を、スーレーでオート麦の刈り入れを手伝うことでお祝いした。暖かく、お日さまが輝いていた。カーリンとグンヴォールは老馬の馬車に乗り、麦を束ねるのを手伝った。スティーナも同じように手伝った。

ステューレが盲腸の手術をしたので、私はスモーランドに来ずに、ストックホルムで一四日間、彼に付き添った。学校が始まるまで、ここスモーランドにあと一週間いることにする。ラーシュは外国への船旅から帰宅し、詰めこみ勉強のためにノッラ・ラテン高校の夏の家に行っている。夏はもうすぐ終わる。

ところで、忘れるところだったが――昨夜、ペタン元帥が死刑を宣告された。けれど彼の年齢を考慮して、判決はおそらく執行されないだろう。

たった今この瞬間、地球はどこも落ち着いて平和なのだろうか、爆弾は全然落とされてないのか、大砲はまったく撃たれてないのか、戦艦は一隻も沈められてないのか。もしそうなら、なんて静かで不思議な感じなのだろう！

◆1　クレメント・アトリー（一八八三―一九六七）イギリスの首相、一九四五―五一。労働党党首（一九三五―五五）。第二次世界大戦中、チャーチルの挙国一致連立内閣で、副首相（一九四二―四五）を務める。一九四五年七月の総選挙で、チャーチル率いる保守党が大敗、チャーチルは内閣総辞職しアトリー内閣が発足した。

◆2　エイヴィンド・ユーンソン（一九〇〇―七六）スウェーデンの作家。一九七四年ノーベル文学賞をハリー・マーティンソンと同時受賞。

一一月二〇日

イギリス人は我々よりもゆっくり車を運転する、そして『長くつ下のピッピ』は面白い――なんてのんきな言葉でもって、今日の切り抜きの収穫を終わりにする。新聞は恐ろしいことばかり扱っているのだから。今夜はずっと座って、先月やその前の月の新聞からも切り抜いた。最後に何か書いたのはずいぶん前のことになる。いろんなことが起こったが、切り抜きで、何が起こったのかほとんどがはっきりわかるようになればと願っている。残念ながら、クヴィスリングの死刑執行についての切り抜きが見つからない（クリスマス前の大掃除で見つけた）が、いつだったか、もう少しくわしく言うと、一〇月のいつかの夜に、クヴィスリングは監獄から護送車でアーケシュフース城へ運ばれ、そこで銃殺刑に処せられた。私は、この男は自分がノルウェーのために一番いいことを実際にしたのだと信じていた気がする――不思議なことに。何はともあれ、彼はもう虫の餌になって食べられているのだ。ラヴァル[◇1]もしかりだ。そして今日、まもなくドイツの主要戦争犯罪人たちの裁判[◇2]が始まる。現在どの国も粛清(しゅくせい)に躍起だ。そうやってスケープゴートがつまみ出されるのだ。

ドイツの凄まじい窮乏は、切り抜きぐらいでは十分明らかにはならない。ウィーンやベルリンではこの冬、乳児たちはみんな死ぬのではないかと予測されている。

そしてコーヒーが一一月一日から配給ではなくなった(すべてのコーヒー好きにとってうれしいことに)、紅茶やココアも一緒に。時々バナナを見かけるようになった。タバコの配給も廃止されたし、香辛料も同じく解除。

そして『長くつ下のピッピ』で一等賞を取った[◇3]。もうまもなく出版されることになっている。

ステューレは、全然行きたくなかったようだが、ロンドンに行っていた。ロンドンは戦争の後、まったく陰鬱(いんうつ)な感じで、食べ物や他の物も少ないし、汚れているし、惨めな感じだそうだ。

カーリンはスヴェアプランの学校の一年生で、行いもよく、生き生きと意欲的だ。ラッセは三年生(三科目の追試を受けてから)だが、どうなることやら!

私は今「一九四四年度国立パートタイム労働調査委員会」で働いているが、時々昔の手紙検閲局が懐かしくなる。ここ〔自宅〕で、一三日に一一セクションと一二セクションのかつての仕事仲間とパーティーをしたが――あんなふうにまたみんなで集まれるかな。

さっきラジオで、ニュルンベルクからの生放送の再放送を聴いた。ドイツのナチスの幹部であった殺戮者(さつりくしゃ)たちが全員立って、「無実です」と弁明しているのを聴いた。フランク[◆4]――ポーランドの殺戮者、シュトライヒャー[◆5]、ユダヤ人迫害者、ゲーリング、[◇6]ヘス[◆7]など、みんなしっかりした声で、罪のない子羊のように無実だと確かに証言していた。

◇1　ピエール・ラヴァル、(157頁◆1参照)積極的な対独協力政策を推し進め、フランスが連合国軍により解放された後、国家反逆罪で死刑判決を受け、銃殺刑に処された。
◇2　ニュルンベルク裁判。第二次世界大戦におけるドイツの主要戦争犯罪を裁いた国際軍事裁判。一九四五年一一月二〇日から四六年一〇月一日まで、ドイツのニュルンベルクで開かれた。
◇3　ラベーン&ショーグレン社主催の子ども向け懸賞小説で一等賞になった。昨年は少女向け懸賞小説で二等賞だった。
◆4　ハンス・フランク(一九〇〇―四六)ドイツの弁護士、政治家。ナチスの弁護士として活動するうちに党幹部となり、ポーランド総督を務めた。戦後ポーランド人への蛮行とユダヤ人虐殺に関与したとして、ニュルンベルク裁判で裁かれ絞首刑に。
◆5　ユリウス・シュトライヒャー(一八八五―一九四六)ドイツの政治家、ジャーナリスト。反ユダヤ主義の週刊新聞シュテュルマーの発行者。ユダヤ人排斥運動を煽(あお)ったとして、ニュルンベルク裁判で絞首刑に。
◇6　ヘルマン・ゲーリング(20頁◆8参照)航空相など要職を歴任しヒトラーの後継者と目されていたが、ドイツ空軍の劣勢と共に、次第に政権内での影響力を低下させていた。ニュルンベルク裁判で死刑判決を受け、執行前日に服毒自殺。
◆7　ルドルフ・ヘス(120頁◆1・◇2参照)ニュルンベルク裁判で終身刑の判決を受け、シュパンダウ刑務所で服役し、一九八七年九三歳の時に自殺。

一一月二五日

現在スウェーデンの人びとは、大量のバルト諸国の避難民を引き渡せという、ロシアの要求に同意するスウェーデン政府の決定について、議論し、反対し、絶望的になっている。ロシアはこうした避難民を殺すために連れ帰りたいのだ。これは、我々が帰休兵列車のスウェーデン国内通過に関して、ドイツに屈した時と同じほど卑劣で、不名誉な感じがする。反対の声があちこちで高まっている――近々この恥知らずな決定が実際に実行されるかどうかがわかるだろう。こんな提案を持ち出してくるなんて、ロシアはなんて愚かなのだろう！　ロシアで実際になんらかの経験をした人はみんな、ロシアというのは、ドイツがかつて犯した残虐行為と同じほど罪深いことをしていたと思っていることが明らかになった。今これについて話すのは適切ではないだろうが。ロシアは、スウェーデンから人を連れて行かなくても、国には殺すための人は十分いるのに。

靴と織物などの生地の配給制度は月曜日に中止になるし、今日からはガソリンが自由に買えるようになった。

そして昨日、本屋さんへ行って、『長くつ下のピッピ』の本を一冊買った。この痛快で、面白い本は、もしも私が一九四四年の冬の終わりに足をくじいていなかったら決して生まれてはいなかっただろう。もちろん、この本が生まれていなかったとしても、別にたいしたことではないけれど！

クリスマスの日

窓の外では雪が降っている、部屋の中は静かな平安が支配している。おばあちゃんがだれか私の知らない人のことを事こまかに話す時だけ、静寂が破られる。

我々は、本当に素晴らしいクリスマスイヴを平穏と幸福のうちに迎えられた。去年とはちょっと違う感じで、ニシンサラダの中に涙を落とさなかった。今年は疲れることもなかった。パートタイムの仕事だけでゆっくりと時間があったために、どれもちょうどいい具合に準備する時間があったのだ。

カーリンは、クリスマスイヴに申し分なく幸せそうだったし、今日も変わらず満足している。朝からステューレとカーリンと私とで、ユールゴーデンに行こうと思ったが、路面電車一四番を長く待っていても来なかったので、代わりにカールベリイ通りをまわってサンクト・エリックスプランのあたりを散歩した。一日じゅう雪が降っていて、何よりクリスマスらしくなっている。昨晩ラジオでクリスマス・キャロルを聴いた。そしてしばしなんとも言えない喜びに浸った。自分が過分に恵まれていると感じる。万事が順調で、たくさんの友だちがいて、家庭があり、子どもたちがいて、私のステューレがいる。どうやらなんでもある。

今回、平和になって初めてのクリスマスだ——ここスウェーデンでは、ずっと物が十二分にある中で暮らしてきたから、違いはあまり大きくないが。残念ながら、諸外国でも違いはそんなに大きくないだろう。戦争中と同じく食料や物資の欠乏ははなはだしく、相変わらず凄まじい状態なのだから。

我々の暖かい部屋の中を見まわしてみると、白いヒヤシンス、ロウソク、クリスマスツリー、テーブルの上にはピラミッド形のスペッテ菓子などがあり、とても居心地よく(私には)見えるが、今日がクリスマスだと気づくこともできない多くの貧しい気の毒な人びとや、すべての痛ましい子どもたちのことを考えてしまう。

　私の子どもたちは、次のようなクリスマスプレゼントをもらった。ラッセはスキー用ジャケット、スキー用帽子の約束、『七つの海』[◇1]からの選集、手袋、（私の本二冊）、安全カミソリ、マジパン、カーリンからひげ剃りブラシ、リンドストレーム家〔ステューレの一番下の妹一家〕のいとこたちから石けん、ネースの祖父母〔アストリッドの両親〕とアンナおばさん〔ステューレの妹〕からクリスマスのお小遣い、そして私からステューリエン[◇2]へのスキー旅行一週間分の費用など。リネアからキャメル〔アメリカ製紙巻きタバコ〕。カーリンはかなりたくさんの本をもらった。『変身動物園 カンガルーになった少女』[◇3]、『クエスチョンマークのような鼻』[◇4]、『オランダのふたご』[◇5]、シャープペンシル、裁縫箱、歯ブラシ、下着セット、マジパン、それにアン‐マリーからの、今年のクリスマスイヴで最も脚光を浴びた素敵なブレスレット、ネースの祖父母やアンナおばさんからのクリスマスのお小遣い、アッリとマッテから『メアリー・ポピンズ』と『三角形』[◇6]、ブリット‐マリー[◆7]・ロッムから木彫りのダーラ馬、リネアから縫い物道具、これで全部だと思うけれど、十分でしょう。

　明日、リンドストレーム家のみんながこちらへ食事に来ることになっている。トナカイのステーキとフルーツサラダの予定。今日は、黒雷鳥を食べる。もうすぐね！

　私がクリスマス・プレゼントでもらったものも書かなくちゃ。ステューレがヘードネーシュ夫妻〔ステューレの同僚〕と一緒に買い物に行った時に買ったとても素敵な手袋、交換しようかなと思っているジャンパーとカーディガン、これも交換しようと思っているブーツ型オーバーシューズ。きれいな絹のストッキング二足。ラッセからは万年筆をもらった、それで今書いている。彼は中古で買ったのだって。そしてカーリンからは、おしろい用パフとオーデコロンをもらった。

ステューレはＯ・Ａ[◇8]の風刺漫画コレクション、ハッセ・Ｚ[◇9]の『ゆかいな仲間』、『赤いヘビ』[◇10]、コートハンガー数本、コニャック半リットル、子どもたちからいろんな手作りのものなどももらった。『赤いヘビ』はラッセから、そしてカーリンとラッセが、『リーダーズ・ダイジェスト』の購読予約をプレゼント——その他はもう思い出せない。

ピッピはちっちゃないい子で、成功しそうに思える。ノルウェーにも売れた。『ブリット－マリはただいま幸せ』と『サクランボたちの幸せの丘』と同じように。

◇1 ラドヤード・キプリング作、一八九六年刊。イギリスの作家、詩人。一九〇七年ノーベル文学賞受賞。
◇2 スウェーデン、イエムトランド地方。ノルウェーとの国境に近い山岳地でスキーができる。
◇3 エリック・リンクレイター作、一九四四年刊。スコットランドの作家。この作品でカーネギー賞受賞。日本語版は神宮輝夫訳、晶文社、一九九二年刊。
◇4 エーリク・ルンドゴールド作、一九四五年刊。スウェーデンのジャーナリスト、作家。
◇5 ルーシー・フィッチ・パーキンス作、一九一一年刊。アメリカの児童文学作家、イラストレーター。
◇6 インゲル・ベントソン作、デンマークの作家。
◆7 ブリット－マリ・ロッムは、フルスンドの別荘の隣人の孫娘。
◇8 オスカー・アンダーソン、スウェーデンの風刺漫画家。
◇9 ハッセ・セッテシュトレム、スウェーデンの作家、コラムニスト。
◇10 フランス・Ｇ・ベングトソン作、一九四一年刊。スウェーデンの作家。

大晦日

こうして再び新しい年になっていくのだろう！　一年のめぐりは足早に過ぎていく。

一九四五年は、二つの驚くべきことをもたらした。第二次世界大戦後の平和と原子爆弾。原子爆弾は将来どう言われることになるか、そして人類存続に関して、新時代全体に傷跡を残すことになるのではと心配している。平和もたいして頼りにならず、安全を保障するものではない。原子爆弾が平和に影を投げかけているから。モスクワで会議◇1が行われた。そして新聞は、この会議のあと、世界平和はいっそう希望が増してきたように見えると書いているが、割り引いて聞くことにする。ドイツでの困苦欠乏は凄まじい。食料不足はきっとスウェーデン以外はほとんどどこでもだ。

明後日、スモーランドへ行くことにしている、カーリンはもう行っている。ラッセは昨晩、ステューリエンに向けて出発した。ステューーレと私はおばあちゃんと一緒に新年を祝うことにしているが、おばあちゃんは金曜日(四日)にはフルスンドの一人住まいの家に帰ることになっている。かわいそうなこと。明日、ステューーレと私はストランドで食事をして、その後セードラン劇場でレビューの初演を観ることになっている——去年とはずいぶん違う。私が落ち着いていれば、何事もうまくいくようだ。

今年の私の「文学活動」のキャリアは上々だったが、これから先はきっと落ち目になるのだろう。ピッピは、批評家から驚くばかりの熱烈ないい批評をもらったし、一般の人からでさえ、熱狂的な評判だ。『サクランボたちの幸せの丘』はもう少し混ざった評価になったが、それでも私はこの作品がとにかく好きだ。それにシャンナ・オーテルダール[2]はティーンエイジャーに大いに評価されるだろうと書いてくれたし、実際私もそう思う。彼らはあのようにくだけた楽しいのが好きだから。私の書いた『一番大事なことは、健康であることよ』という演劇の脚本について、どこかでちょっとおせっかいなことを言われたけれど、極めて的はずれだったので、ここに書く必要はないと思う。

私はわくわくしながら一九四六年を待っている――いろんな理由で。一九四五年は部分的にとても困難な年だった、とくに前半は。だけど秋になってからも大変だった。手紙検閲局での仕事は、平和になったことで、今年終了した。九月一〇日から、「一九四四年国立パートタイム労働委員会」で速記者として働いている。

カーリンはシャルフ〔学校名の略称〕での一学期を終えた、よくやっている。ラーシュは英語で落第点だったが、化学ともう一科目はBaで、彼にすれば上出来だ。ラーシュは友だちや知り合いがたくさんいて――しかも男も女も両方――それによく出かけている。一方ステューレは家にいることが多い。自分自身へ良い新年を、と願っている！　私自身と私の家族へ！　そして世界じゅうにと願っているけれど、それはあまりにも望みすぎだろうか。最高の新年にならないとしても、たぶん今までよりは良い新年になるだろう。

◇1　モスクワ三国外相会議。アメリカ国務長官、イギリス外相、ソ連外相が出席して開かれた。一九四五年一二月二七日に、極東における占領政策、朝鮮半島での単一の自由国家の成立、平和の確立について討議された。

◆2　シャンナ・オーテルダール（一八七九―一九六五）スウェーデンの作家、詩人。教員をする傍ら、新聞に児童文学のコラムを持ち、児童書や若者向けなど多くの作品を発表し、女子の権利の向上、とくに教育での不平等などについての講演活動も活発に行った。

アストリッド．1942年．
スヴェンスカ・ダーグブラーデット新聞のアーカイブより．

あとがき

カーリン・ニイマン〔アストリッド・リンドグレーンの娘〕

第二次世界大戦が勃発した時、わたしは五歳でした。わたしのような当時のスウェーデンの子どもは、戦争が始まってすぐの頃から、外の世界のいたるところで戦争になっているのは、ほとんど当たり前で、普通のことのように感じていました。それに、わたしたちの国には、なんとなく戦争を回避できる保証があるのだと、ごく自然に思っていたのです。しょっちゅう、「大丈夫、大丈夫、心配しなくていいよ。スウェーデンは戦争にはならないから」と、聞かされていましたから。食料などをとくに節約しなければならない時は特別な感じがしましたが、それもどういうわけか、極めて正当なことで、当たり前のように思えたものでした。

母が新聞を切り抜き、それをノートに貼りつけているのも、奇妙なことではなかったし、わたしはただ単に、両親がしているふつうのことだと思っていました。今なら、おそらく母はとてもユニークな三二歳の主婦であり、母親だったのだとわかります。秘書教育を受けてはいましたが、政治的な活動経験もないのに、自分のためだけに、きっちり戦争の六年間、切り抜きと論評を欠かさず、ヨーロッパや世界での出来事を記録することにあれほどの強い意欲を持っていたのですから。また、彼女がささっと綴った日記の文章は、きちんと書かれているため、省略をする必要もないし、そのまま魅力的な読み物として再現できるというのも、かなり特別なことでしょう。

このことは、もちろん、サリコン社〔スウェーデンの出版社〕が戦争日記を出版したいと思った理由ですが、日記は戦争中のストックホルムでの一家庭の日常生活をとてもよく描写しているし、毎朝新聞で読む恐ろしい戦争の記事に対して、無力な人間の絶望が見事に表れています。情報を得るのは主に新聞からで、テレビはまだありませんでした。ラジオはありましたが、それも生放送や特派員が直接伝えるニュースではなく、スウェーデンニュース通信社からの電報を読み上げるだけでした。

ところが、戦争が一年ほど続いた頃、アストリッドには、情報源が増えることになりました。軍人や一般市民が海外とやりとりする手紙の検閲官の一人として、秘密の戦時手紙検閲局での任務に就くよう依頼されたのです。手紙は蒸気に当てて開封され、検閲されました。軍事的な場所の特定や防衛上の秘密保持のために、該当する箇所を見つけて黒く塗りつぶす必要があったのです。極秘の作業であったため、わたしたち子どもは、母が夜遅くの仕事で何をしているかなど知ることはできませんでした。けれどこの秘密主義のせいで、母が、占領下の国々の状況を垣間見た興味深い手紙から、日記に写したり、引用したりしても、邪魔されることはありませんでした。

日記は、アストリッド・リンドグレーンの作家としての別の側面を見せています。当時はもちろんまだ作家ではなかったですし、作家になるつもりもまったくありませんでした。けれどこの緊張した激動の時期、一九四一年の冬のある時、彼女は、慣習にとらわれない、自由な心の「長くつ下のピッピ」のお話をごく気軽に話し始めたのです。最初は、わたしのための就寝時のお話だったのですが、次第にいつ何時でも話してくれるようになっていきました。自分の子どもだけでなく、その友だちなど、もっと続きを聞きたいという子どもがどんどん増えていったからです。一九四四年の初め、彼女はピッピのお話のいくつかを一冊の本にまとめました。最初ボニエル社から出版を断られた後、一九四五年、ラベーン&ショーグレン社から出版されました。それが始まりでした。その少し前までこの世にピッピはいなかったことや、この時点でアストリッド・リンドグレーンに、将来児童文学作家としての道が開けているとは、まったく予想もしていなかったことを考えると、ちょっと夢のようです。

彼女やわたしたちが、まったく何も知り得なかったのは、幸運だったのかもしれません！　当時の彼女には、世界的な名声も、児童文学作家としての将来も、どんなにか現実味のないことだったでしょう。ちらっとでも見えていたら、彼女は、恐ろしくて、目をそらしただろうと、わたしには想像できます。後年、名声は現実となりました。そして彼女の視力が低下し、読者からどっと届く感謝の手紙を自分で読めなくなった時、わたしは、彼女の作品が、それぞれの読者の方の人生にどれほど大切であるかについて感動的に証言する手紙を、声に出して読みました。彼女は、わたしを見上げて、読むのを中断させると、畏(おそ)れ多いといったようすで言ったものです。

「これって、素晴らしいことだと、思わない？」

「ええ、そうね」と、言いましたが、まさにわたしもそう思っていたからです。本当に素晴らしいことです。

Stockholm den 27 april 1944.

Albert Bonniers Förlags A/B,
Sveavägen 54-58,
Stockholm.

Inneliggande tillåter jag mig översända ett barnboksmanuskript, som jag med full förtröstan emotser i retur snarast möjligt.

Pippi Långstrump är, som Ni kommer att finna, om Ni gör Er besvär att läsa manuset, en liten Uebermensch i ett barns gestalt, inflyttad i en helt vanlig miljö. Tack vare sina övernaturliga kroppskrafter och andra omständigheter är hon helt oberoende av alla vuxna och lever sitt liv ackurat som det roar henne. I sina sammandrabbningar med stora människor behåller hon alltid sista ordet.

Hos Bertrand Russell (Uppfostran för livet, sid.85) läser jag, att det förnämsta instinktiva draget i barndomen är begäret att bli vuxen eller kanske rättare viljan till makt, och att det normala barnet i fantasien hänger sig åt föreställningar, som innebära vilja till makt.

Jag vet inte, om Bertrand Russell har rätt, men jag är böjd för att tro det, att döma av den rent sjukliga popularitet, som Pippi Långstrump under en följd av år åtnjutit hos mina egna barn och deras jämnåriga vänner. Nu är jag naturligtvis inte så förmäten, att jag inbillar mig, att därför att ett antal barn älskat att höra berättas om Pippis bedrifter, det nödvändigtvis behöver bli en tryck- och läsbar bok, när jag skriver ned det på papperet.

För att övertyga mig om hur det förhåller sig med den saken, överlämnar jag härmed manuskriptet i Edra sakkunniga händer och kan bara hoppas, att Ni inte alarmerar barnavårdsnämnden. För säkerhets skull kanske jag bör påpeka, att mina egna otroligt väluppfostrade små gussänglar till barn inte rönt något skadligt inflytande av Pippis uppförande. De ha utan vidare förstått, att Pippi är en särling, som ingalunda kan utgöra något mönster för vanliga barn.

Högaktningsfullt

Fru Astrid Lindgren,
Dalagatan 46, I
Stockholm.

ボニエル社への手紙

ストックホルム　1944年4月27日

アルバート・ボニエル社
スヴェア通り54-58
ストックホルム

子どもの本の原稿を同封し，送らせていただきますが，出版の見こみがない場合は早々に送り返してくださいますようお願いいたします．

長くつ下のピッピは，面倒でも原稿を読んでくださるとおわかりいただけるのですが，まったく普通の環境に移り住んだ，子どもの姿をした小さな超人◊1です．人間離れした身体能力やある事情のおかげで，ピッピはすべての大人から自立していて，楽しく，自由に暮らしています．大人と論争になれば，いつも言い負かします．

バートランド・ラッセルの本(『教育と善き人生◊2』の85ページ)によれば，子ども時代の際立った本能として，大人になる願望，あるいはもっと正確に言えば，力への憧れがあります．そして普通の子どもは，力への憧れを秘めた空想にふけっていると書かれています．

バートランド・ラッセルが正しいかどうかは，わたしにはわかりませんが，ここ数年ずっと，長くつ下のピッピがわたしの子どもや同じ年頃の友人たちの間で楽しまれ，熱狂的な人気を得ていることから，この説を信じるようになりました．とはいえ，かなりの子どもたちが，ピッピのすごい離れわざについての話を聞くのが好きだからといって，わたしは自分が書いたお話を，印刷して読める本にする必要があると思うほど，厚かましくはありません．

でも実際にはどうなのかを確かめたく，原稿を貴社の専門家にお預けいたしますが，みなさまが児童保護委員会に通告なさいませぬようにと願うばかりです．念のため申し上げておきますが，信じられないほど順調に育った，天使のようなわたしの子どもたちは，ピッピの振る舞いからの影響はなんら受けておりません．ピッピは特別変わっていて，自分のお手本には決してならないと，子どもたちは好意的に理解しております．

敬具

ミセス　アストリッド・リンドグレーン
ダーラ通り46番地，2階
ストックホルム

◊1　ドイツの哲学者フリードリヒ・ニーチェの『ツァラトゥストラはかく語りき』の中で提唱した概念のひとつ．自分の内に価値の基準があり，何が善く，何が悪いかを自ら確立した意志でもって行動する人を指す．アストリッドの手紙では，Übermensch(超人)とドイツ語で書かれている．

◊2　*Education and the good life.* 日本では未訳．

STOCKHOLM den 20 september 1944.

K.P.

Fru Astrid Lindgren,
Dalagatan 46, I,
STOCKHOLM

Vi ber om ursäkt för det osedvanligt långa dröjsmålet med vårt svar. Det har berott på att vi gärna skulle ha velat ge ut Er bok och manuskriptet har därför fått vandra runt inom förlaget för läsning, vi har försökt ändra på våra planer så att Ert manuskript skulle kunna passas in, men tyvärr förgäves. När vi i förra veckan gick igenom vårt barnboksprogram, visade det sig att det för Bonniers Barnbiblioteks del finns manuskript inköpta för hela 1945 och 1946 års produktion och att redan nu binda oss för 1947, det vill vi inte.

Manuskriptet är mycket orginellt och underhållande i all sin otrolighet och vi beklagar verkligen att vi inte skall kunna åtaga oss utgivandet. Vi återsänder det samtidigt med detta brev som assurerat postpaket.

Med utmärkt högaktning

ALBERT BONNIERS FÖRLAG A.B.

Karin Fahlsson

ボニエル社からの返信

ボニエル社
書籍及び雑誌
会社設立
コペンハーゲン 1804 年
イェーテボリイ 1827 年
ストックホルム 1837 年

ストックホルム　1944 年 9 月 20 日

ミセス　アストリッド・リンドグレーン
ダーラ通り 46 番地，2 階
ストックホルム

我々の返事がたいへん遅くなったことをお許しください．あなたの本をなんとか出版したいという思いから，原稿を社内で回し読みしていたために遅くなってしまいました．あなたの原稿を本にしてこちらの出版計画に追加できないかと調整を試みましたが，残念ながら叶いませんでした．先週，我々ボニエル社児童図書部の企画を確認したところ，1945 年と 1946 年の 2 年間に出版する作品の原稿はすでに買い上げをすませており，1947 年の分を今からお約束することは望んでおりません．

原稿は信じられないほど独創的で面白いので，出版をお引き受けできないことを誠に残念に思っております．原稿をこの手紙と一緒に書留郵便にて返送いたします．

謹んで

アルバート・ボニエル社
Karin Påhlsson
カーリン・ポールソン

訳者あとがき

一九四五年四月三〇日、ベルリン陥落が迫る中、アドルフ・ヒトラーは総統地下壕内で、結婚したばかりのエヴァと共に自殺。五月八日、ドイツは連合国に対して無条件降伏し、ヨーロッパの第二次世界大戦は終わりました。それから七〇年後の二〇一五年五月八日、ヨーロッパ戦勝記念日に、この『アストリッド・リンドグレーンの戦争日記　一九三九―一九四五』はスウェーデンで出版されました。

アストリッドの息子ラーシュの娘アニカ・リンドグレーンさんが、「編集にあたって」で述べているように、リンドグレーンの自宅の洗濯かごの中に日記が入っていることは、家族みんなが知っていましたが、その膨大な量のため、長い間出版など思いもよらなかったそうです。けれども検討の結果、新聞の切り抜きを大幅にカットすることで出版に漕ぎつけたとのこと。記事の要点は、アストリッドの言葉で日記に書きこまれていることが多いため、自筆の日記を全部載せれば十分だと判断したのです。ちなみに、以前アストリッドの娘カーリン・ニイマンさんに聞いたのですが、そのかごは戦時中、ストックホルムで不足していた野菜、卵、パン、バターなどを、アストリッドの実家のネース農場から両親が汽車便で送ってくる時に使われていたものだったそうです。

日記を付け始めた当時、作家でも歴史家でもなく、夫ステューレと二人の子どもと暮らす三二歳の事務員だったアストリッドは、スウェーデンの新聞、雑誌、書物、ラジオからの情報を元に書いていました。けれども、「まえがき」で作家シャスティン・エークマンが述べているように、アストリッドはすでに作家でした。カーリンさんの「あとがき」にも、日記はほとんど無駄なくきちんと書かれていたため、清書するのに手間はかからなかったとあります。のちにアストリッドは、『リンドグレーンと少女サラ』という書簡集の中で、サラがどんなふうに物語を書いたらいいのかを尋ねた時、作品は何度も推敲し、正確にぴったりくるまで新しく書き直すが、手紙を書く時は、ただ、だらだらと書いてしまうと語っていました。きっとこの日記もそうだったのでしょうが、すらすら書かれた文章はよどみなく、書き直しもほとんどないし、なんといっても簡潔で見事です。

加えて一九四〇年九月一五日から、アストリッドは秘密裏に政府管轄の戦時手紙検閲局で働き始めたため、ラジオや新聞からの情報以上のものを得られるようになりました。兵士など軍関係の手紙を蒸気にあてて開封し検閲する立場にあったので、戦況を把握しやすかったのでしょう。そのため日記はかなり正確な記録となり、ヨーロッパの第二次世界大戦の推移と共に全体像を大まかに知ることができるものとなりました。時おり語られる日本の動向も、驚くほど的を射た内容で興味のあるものになっています。

歴史は連続しています。第二次世界大戦も突然起こったのではありません。第一次世界大戦後、戦後処理の問題をめぐって、ヨーロッパには絶えず不満がくすぶっていました。第一次世界大戦勃発時、七歳だったアストリッドは、四年後休戦協定が結ばれると、これで平和が続くだろうと期待しました。

ところが二一年後、世界は再び戦火を交えることになったのです。第一次世界大戦で、兵士及び民間人の死者は約三千七百万人とも言われる大きな犠牲を払ったのに、どうして再び戦争になってしまったのか。アストリッドの苦悩と怒りと絶望は大きく、どうして人間はもう少し賢く平和に暮らせないのか、爆撃される都市には子どもたちが残っているのにと、繰り返される人間の愚かさを嘆いています。この「どうして」という気持ちが戦争日記を付けるきっかけになったのでしょう。

第二次世界大戦での戦いは広範囲に及びました。ナチス・ドイツは、ポーランドに攻め入っただけにとどまらず、翌年にはノルウェー、デンマーク、オランダ、ベルギー、ルクセンブルクへと短期間のうちに次々侵攻し、占領して領土を拡大していきました。独ソ不可侵条約を結んでいたソ連も、秘密議定書により、フィンランドに攻めこんで冬戦争の勃発を招き、さらにバルト三国へも侵攻しました。フィンランドはソ連を恐れるあまり、あろうことかドイツに近づき、再びソ連との継続戦争へと突き進んでいったのです。

一方、地中海ではイタリアがギリシャに宣戦布告し、太平洋では日本がインドシナに進駐してアメリカやイギリスと対立、日独伊三国同盟を結び、枢軸体制に組みこまれていきます。ブルガリア、ハンガリー、ルーマニア、ユーゴスラヴィアなどバルカン半島の国々も枢軸国に加わるものの、以前から引きずってきた争いはより激しさを増し、北アフリカ戦線でイタリアの惨めな戦いに荷担せざるをえなくなったドイツは疲弊していきます。戦争には、戦場で戦う兵隊だけでなく、戦闘力を維持するために武器や食料や物資の調達をする兵站（へいたん）が必要ですが、手を広げすぎたドイツは徐々にその後方支援が手薄になり、兵士たちは過酷な戦いを強いられることになっていったのです。打開しようと始めた独ソ戦でも、最初こそ勢いのある戦いを繰り広げ勝ち進んでいったものの、最終的には自滅への道をまっしぐら。日本も真珠湾攻撃の後は、アストリッドの言葉を借りれば、「太平洋で大騒ぎのシラミの如く暴れて」「モンスターのように突き進んでいる」状態でしたが、国力の差により、やがてアメリカ軍に東京を、さらに地方を爆撃されていきました。

一九四五年五月八日、ヨーロッパでは終戦を迎え喜びに沸きかえっていたのに、残念ながら日本はなおも悲惨な戦いを続けていました。そして七月二六日に出されたポツダム宣言を無視したと見なされ、各地で激しい空襲を受け、八月には広島と長崎に原爆を落とされ、ようやくポツダム宣言を受諾することになったのです。せめてポツダム宣言の直後に降伏していれば、原爆投下は免れたし、空襲で亡くなる人も増えずにすんだのに……と、だれもが悔やむことになったのです。

スウェーデンは、一九世紀初頭のナポレオン戦争以来二〇〇年余り戦争をしていません。二つの世界大戦の間もじっと我慢の時を過ごし、中立であり続けました。第二次世界大戦下、一〇年以上も首相を務めたペール－アルビン・ハンソンは、国王と共に、連合国と枢軸国の両方からかけられる圧力に、また近隣諸国との軋轢（あつれき）に「狐の知恵、獅子の勇気、貝の忍耐」の姿勢を貫き、戦争をせずに国民を守り抜きました。日記の終盤でアストリッドは、スウェーデンが中立を固守したことを威張るわけではないが、それなりの意義はあったと書いています。国民にあの恐ろしい戦争を経験させなかった為政者は立派だったと思いますし、その政治家を選んだ国民も立派だったと言えるでしょう。

世界の運命を決めるのは個々の人間だということ。これが、平和を願うアストリッドの結論でした。

絶滅収容所でのユダヤ人の虐殺、リディツェ村の抹殺、占領下の国々での反ナチの人びとに対する残酷な殺戮（さつりく）など……しかしこれだけ恐ろしい悪行（あくぎょう）は、ヒトラーやムッソリーニなど一部の独裁者だけで成し得るのだろうかと日記に記しています。そう、アストリッドは気づいたのです。戦争へと突き進んでいったのは、独裁を許した個々の人間、みんなの責任なのではないかと。

その彼女の気持ちは三二七頁に収められている手紙によく表れています。ボニエル社へ長くつ下のピッピの原稿を送る手紙の中で、アストリッドはピッピのことを、「まったく普通の環境に移り住んだ、子どもの姿をした小さな超人」だと紹介しています。「超人」というのはニーチェの言葉で、深く考えず画一的かつ受動的に行動をする愚かな大衆ではなく、自らの確立した意志でもって行動する人のことを指します。ピッピはまさに自分で考えて行動する超人なのです。お行儀の悪いいたずらっ子と見られがちなピッピですが、火事の時には超人ぶりを発揮して、四階建ての家の屋根裏で助けを求めて泣く二人の男の子を救いますし、なんといっても圧巻は、世界一強い怪力の大男アドルフを何度もマットに倒してしまう場面です。ええ、アドルフって名前には覚えがあります……。

戦争が終わった年に、超人であるピッピの本が出版されたのは偶然ではなく、まさに必然だったと思えます。アストリッドは一九七八年、ドイツ書店協会平和賞の授賞式で「暴力は絶対だめ！」というスピーチをしましたが、その中で、人類が何千年もの間絶えず戦争をし続けてきたのは、子どもの育て方に問題があったからではないかと問うています。圧力や暴力（精神的なものも含めて）を受けずに育てられるなら子どもは本来の人格を自由に発揮して、自分で正しい判断ができるようになるのではと言うのです。あの悲惨な戦争を六年間観察したアストリッドは、子どもや若者が二度と戦争に巻きこまれないようにするためにはどうすればいいのかを、その後も模索し続けていたのです。書籍化された『暴力は絶対だめ!』の「おわりに」で、ラーシュ・H・グスタフソンは、「大人だというだけで、その人の言うとおりに、絶対しなくていいの! 大人の指図に従うなら、そこにはきちんとした理由がなくちゃならないわ!」というピッピからのメッセージは極めて明解だった、と述べています。

こうした世界の平和と子どもの幸せを願う気持ちを内に秘めながら、アストリッドは次々に作品を発表していきました。

物語でなら、「遊んで、遊んで」で培った楽しい想像力を存分に発揮することができます。まるで戦争の六年間じっとしていた蛹(さなぎ)が蝶へと変わり飛び立つかのように、彼女は一九四四年の『ブリット-マリはただいま幸せ』でデビューを果たした後、翌年に『シャスティンとわたし』(邦題『サクランボたちの幸せの丘』)、続いて『長くつ下のピッピ』を出版して子どもたちを魅了し、その人気は世界を駆けめぐりました。『長くつ下のピッピ』はこれまでに、およそ七〇言語に訳され、一〇〇か国以上で出版されたそうです。

巻末の略年譜や作品リストに見られるように、その後アストリッドは、自分の執筆はもとより、出版社の編集長として作家を育てたり、避難民の子どもの支援をしたりと幅広く活躍し、それこそ超人的な活躍をしました。平和を訴えるゆるぎない確信は、この戦争日記から得たに違いなく、すべての土台に、戦争日記を付け、世界を見つめた日々があったと思われます。二大悪ナチズムとボルシェヴィズムの戦いの観察からは、悪と戦う美しい兄弟愛の物語『はるかな国の兄弟』が生まれました。

日記には、戦争のことだけでなく、ストックホルムでの生活や、家族のことなども綴られています。アストリッドはストックホルムを美しい夏の都と書いていますが、そのとおりです。緯度は北緯五九度と高いのですが、メキシコ湾流(暖流)のおかげで温暖な気候で、夏の日中は平均二二度ぐらいで快適ですし、日照時間も長く、朝三時半ぐらいから夜一〇時ぐらいまで明るいのです。その反対に冬は暗く長いのですが……。また、水の都とも言われるように、おおよそ大小一四の島で成り立っていて、王宮や国会議事堂など町全体が島の上にあります。東のバルト海には多島海と呼ばれる美しい島々が点在し、西にはメーラレン湖があります。アストリッドがよく訪れていたスカンセンもユールゴーデン島にあります。国土が強固な岩盤の上にあるため、地震の発生が極めて少ないことは、うらやましいことです。

また、アストリッドは頻繁(ひんぱん)に自然のことにふれています。親友のアン＝マリー夫妻と、満月の明かりのもと、菩提樹(ぼだいじゅ)の花とウワミズザクラの蕾(つぼみ)の香りに鼻をくすぐられながら散歩して素晴らしいと感激していますが、彼女は何よりも自然が好きでした。実家のあるスモーランド地方のネース農場のあたりは美しく、生涯愛してやみませんでした。『やかまし村の子どもたち』や『エーミルはいたずらっ子』には、スモーランド育ちの父親の子ども時代のお話がたっぷり語られています。また、息子ラーシュや娘カーリンと一緒にサイクリングに行ったり、時間を見つけては自然の中に身を置いたりしています。夫ステューレの両親が買った、多島海に浮かぶ島フルスンドにある家へもしょっちゅう訪れていますし、夏休みには長く滞在していました。二階のベランダに籐椅子を持ち出し、バルト海を眺めながら物語を紡ぎ、庭続きの海に突き出した桟橋から飛びこんでは、大好きな水泳を楽しんでいました。フルスンドでの暮らしは、『わたしたちの島で』という作品になりました。

わたしは、『おもしろ荘の子どもたち』『川のほとりのおもしろ荘』を訳した後、一九九四年にダーラ通りの家に招いていただきました。アストリッドが家じゅうをくまなく案内してくれた時の感激は忘れられません。この日記の中にも、カーリンさんのベッドの記述がありますが、あのベッドだと思うとなんだかうれしくなりました。またアストリッドが亡くなった後でしたが、カーリンさんにフルスンドへ誘っていただき、ベランダで心地よい海風に吹かれながら、アストリッドのことを語り合ったことも貴重な思い出です。別荘の裏庭の芝生の続きにひたひたと波打つバルト海があるなんて、潮の満ち引きの大きい日本では考えられないなあと思ったものです。

今回彼女の日記を訳すにあたり、わたしはヨーロッパでの第二次世界大戦について自分の知識の乏しさを面目なく思い、日記に綴られた現在進行形の戦況を学びながらたどることにしました。そして、アストリッド・リンドグレーンの幅広い読者の方々に読んでいただけるよう、ヨーロッパの地名や歴史上の出来事などに訳者の注◇を付け説明を添えましたが、原書の注◆と合わせると、かなりの数になってしまいました。紙面の都合上簡潔にする必要があり、十分満足できる内容とは言えませんが、読み進む上での一助になればと願っています。注を書くにあたっては、イギリスの戦史ノンフィクション作家、アントニー・ビーヴァー著『第二次世界大戦 一九三九―四五』全三巻（平賀秀明訳、白水社、二〇一五年刊）、柴宜弘著『図説 バルカンの歴史』（河出書房新社、二〇〇六年刊 改訂新版）、石田勇治著

『図説 ドイツの歴史』（河出書房新社、二〇〇七年刊）、柴宜弘著『ユーゴスラヴィア現代史』（岩波新書、一九九六年刊）、後藤寿一監修『図解 太平洋戦争』（西東社、二〇一〇年刊）、角田文衛著『世界各国史6 北欧史』（山川出版社、一九五五年刊）などを参考にしました。

また家族の生活に関することはカーリンさんに何度も質問をし、彼女でなければわからないことを親切に教えていただきました。

最後になりましたが、岩波書店の編集担当の宮村彩子さん、愛宕裕子さん、校正の大之木里奈さん、その他大勢の方々にひとかたならぬお世話になり、感謝の気持ちでいっぱいです。厚くお礼を申し上げます。

二〇一七年一〇月

石井登志子

写真クレジット

【口絵】
p. 1: Astrid Lindgren ©Saltkråkan AB

p. 2–3: 1 sept. 1939. Första noteringen
p. 4–5: "Judestäder bakom höga stenmurar"
p. 6–7: Tidningskälla oidentifierad
Photos by Andrea Davis Kronlund, Kungliga Biblioteket ©Saltkråkan AB

p. 8: Krigsdagböcker Photograph by Ricard Estay ©Saltkråkan AB
p. 8: A part of the diary dated 1 Sept. 1939 ©Saltkråkan AB

【1939 年】
p. 2: Sture och Astrid (private)
p. 23: Sommar på Näs (private)

【1940 年】
p. 26: Astrid med barnen Lars och Karin (private)
p. 70: "Ransoneringen i Danmark"
p. 71: "Kar de Mummarevyn"
p. 82: Ransoneringskuponger
Photos by Andrea Davis Kronlund, Kungliga Biblioteket ©Saltkråkan AB

p. 98: Lars och Karin (private)

【1941 年】
p. 100: Familjen Lindgren på Vulcanusgatan (private)
p. 108: "Nya män vid flera noder — nya krafter vid årsskiftet. Ny direktör för 'M:s' 25,000"
Photo by Andrea Davis Kronlund, Kungliga Biblioteket ©Saltkråkan AB

p. 146: Familjen Lindgren på Vulcanusgatan (private)

【1942 年】
p. 148: Family Photo (private)

【1943 年】
p. 180: Julaftonen 1943 (private)

p. 224: Tidningskälla oidentifierad
p. 226: Söndagsnissestrix
p. 229: "Göteborg ett 'allemans laud' i krigsfångeutväxlingens tecken"
Photos by Andrea Davis Kronlund, Kungliga Biblioteket ©Saltkråkan AB

【1944 年】
p. 242: Astrid, Karin och Lars, 1943 (private)

p. 270–271: "Kulturbuss"
p. 274–275: "Vid Vimmerby-marknaden"
Photos by Andrea Davis Kronlund, Kungliga Biblioteket ©Saltkråkan AB

【1945 年】
p. 282: Anne-Marie, Fries, Astrid och Birgit Skogman. Lidingö 1945 (private)
p. 321: Astrid, 1942. Photo by Svenska Dagbladets arkiv

【あとがき】
p. 326: Astrid's letter to Bonnier (the biggest publishing house in Sweden, today the "mother" company of Bonnier Books) ©Saltkråkan AB
p. 328: A letter from Bonnier to Astrid ©Saltkråkan AB

アストリッド・リンドグレーン略年譜

1907 11月14日，アストリッド－アンナ－エミリア，父サムエル－アウグスト・エリクソンと，母ハンナの長女として，ヴィンメルビー郊外のネースで生まれる．1歳上に兄グンナル．

1911 3月1日，妹スティーナ生まれる．

1914 8月，小学校入学．

1916 3月15日，妹インゲエード生まれる．

1920 中等学校入学．

1921 9月，学校の作文が「ヴィンメルビー新聞」に掲載される．

1923 中等学校を優秀な成績で卒業する．

1924 「ヴィンメルビー新聞」で働き始める．

1926 妊娠し，ストックホルムの下宿へ移る．速記とタイプの学校へ行く．12月4日，息子ラーシュ(愛称ラッセ)をコペンハーゲンで出産し，未婚の母となり，養家に預ける．

1928 国立自動車連盟に就職．

1930 ラーシュ，養母病気のため，ネースの実家に移る．

1931 ステューレ・リンドグレーンと結婚．ヴルカヌス通りの家に引っ越し，ラーシュを引き取る．

1933 「田舎のクリスマス新聞」と「ストックホルム新聞」にお話を書く．

1934 5月21日，娘カーリン生まれる．フルスンドでの避暑を楽しみ始める．数年間，主婦として家庭に入ったあと，速記者として弁護士事務所などで臨時に働く．

1940 手紙検閲局で45年まで秘密裏に働く．

1941 リンドグレーン家，ダーラ通り46番地に引っ越す．

1944 カーリンの10歳のお誕生日に，長くつ下のピッピの原稿を綴じてプレゼントする．ボニエル社にも原稿を送付するが，出版を断られる．
『ブリット－マリはただいま幸せ』で，ラベーン&ショーグレン社の少女向けの懸賞小説に応募し，2等賞をとる．作家デビュー．

1945 『長くつ下のピッピ』で，ラベーン&ショーグレン社の子ども向け懸賞小説に応募し，1等賞をとる．『長くつ下のピッピ』出版．

1946 ラベーン&ショーグレン社に児童書の編集長として採用される.

1948 ラジオ番組「20の質問」の回答者として人気を得る(1960年まで出演).

1950 『親指こぞうニルス・カールソン』で,ニルス・ホルゲション賞を受賞.

1952 夫ステューレ,53歳で死去.

1958 国際アンデルセン賞を受賞.

1961 母ハンナ死去.

1963 九人協会のメンバーに選任される.

1965 エリクソン家が教会から借りていたネースの農場,閉鎖.

1969 父サムエル-アウグスト死去.

1970 ラベーン&ショーグレン社を定年により退職.

1971 スウェーデン・アカデミーより,「大きな金メダル」を受賞.

1974 兄グンナル死去.

1976 税金問題について新聞に書いた物語「モニスマニエン国のポンペリポッサ」が論争を呼び,社会民主労働党を政権交代に追いこむ.

1978 ドイツ書店協会平和賞を受賞.「暴力は絶対だめ!」という題でスピーチをする.

1985 獣医クリスティーナ・フォーシュルンドと,動物のもっとましな生活の権利キャンペーンを始める.

1986 息子ラーシュ死去.

1987 80歳の誕生日プレゼントとして,イングヴァル・カールソン首相が,動物保護法案を贈る.

1991 親友アン-マリー・フリース(愛称マディケン)死去.

1993 『クリスマスをまつリサベット』の出版で,作家活動に終止符を打つ.

1994 子どもと動物の権利に尽力したとして,ライト・ライヴリフッド賞を受賞.

1996 ロシア科学アカデミーより"アステロイデン3204"という洗礼名を授かる.

1997 妹インゲエード死去.「今年の世界のスウェーデン人」に選ばれる.

2002 1月28日,ダーラ通り46番地の自宅にて死去.スウェーデン政府は,アストリッド・リンドグレーン記念文学賞を,児童文学のノーベル賞として設立.妹スティーナ死去.

アストリッド・リンドグレーンの主な作品

【児童書】(*印は絵本)

1944 『ブリット－マリはただいま幸せ』(石井登志子訳，徳間書店)

1945 『サクランボたちの幸せの丘』(石井登志子訳，徳間書店)
『長くつ下のピッピ』(大塚勇三訳，岩波書店)

1946 『ピッピ 船にのる』(大塚勇三訳，岩波書店)
『名探偵カッレくん』(尾崎義訳，岩波書店)

1947 『やかまし村の子どもたち』(大塚勇三訳，岩波書店)
『ぼくねむくないよ』 ビルギッタ・ノルデンシェルド絵→1987 年，イロン・ヴィークランド絵(ヤンソン由実子訳，岩波書店)*
『こんにちは，長くつ下のピッピ』 イングリッド・ニイマン絵(いしいとしこ訳，徳間書店)*

1948 『ピッピ 南の島へ』(大塚勇三訳，岩波書店)

1949 『やかまし村の春・夏・秋・冬』(大塚勇三訳，岩波書店)
『親指こぞうニルス・カールソン』(大塚勇三訳，岩波書店)

1950 『カイサとおばあちゃん』(石井登志子訳，岩波書店)
『アメリカのカティ』

1951 『カッレくんの冒険』(尾崎義訳，岩波書店)
『わたしもがっこうへいきたいわ』 ビルギッタ・ノルデンシェルド絵→1979 年，イロン・ヴィークランド絵(いしいみつる訳，ぬぷん児童図書出版)／『わたしもがっこうにいきたいな』(石井登志子訳，徳間書店)*

1952 『やかまし村はいつもにぎやか』(大塚勇三訳，岩波書店)
『船長通りのカティ』

1953 『名探偵カッレとスパイ団』(尾崎義訳，岩波書店)

1954 『ミオよ わたしのミオ』(大塚勇三訳，岩波書店)
『パリのカティ』
『ぼくのあかちゃん』 ビルギッタ・ノルデンシェルド絵→1978 年，イロン・ヴィークランド絵(いしいみつる訳，ぬぷん児童図書出版)／『ぼくもおにいちゃんになりたいな』(石井登志子訳，徳間書店)*

1955 『やねの上のカールソン』(大塚勇三訳，岩波書店)

1956 『さすらいの孤児ラスムス』(尾崎義訳，岩波書店)
『親指こぞうニルス・カールソンのひっこし』イロン・ヴィークランド絵*
1957 『ラスムスくん英雄になる』(尾崎義訳，岩波書店)
1958 『ちいさいロッタちゃん』(山室静訳，偕成社)
1959 『小さいきょうだい』(大塚勇三訳，岩波書店)
1960 『おもしろ荘の子どもたち』(石井登志子訳，岩波書店)
1961 『ロッタちゃんのひっこし』(山室静訳，偕成社)
『馬小屋のクリスマス』ハラルド・ヴィベリイ絵→2001年，ラーシュ・クリンティング絵(うらたあつこ訳，ラトルズ)*
1962 『やねの上のカールソン とびまわる』(大塚勇三訳，岩波書店)
1963 『エーミールと大どろぼう』(尾崎義訳，講談社)／『エーミルはいたずらっ子』(石井登志子訳，岩波書店)
『やかまし村のクリスマス』イロン・ヴィークランド絵(尾崎義訳，ポプラ社)*
1964 『わたしたちの島で』(尾崎義訳，岩波書店)
1965 『やかまし村の春』イロン・ウィクランド絵(すずきてつろう訳，ポプラ社)*
1966 『エーミールとねずみとり』(尾崎義訳，講談社)／『エーミルとクリスマスのごちそう』(石井登志子訳，岩波書店)
『やかましむらのこどもの日』イロン・ヴィークランド絵(やまのうちきよこ訳，偕成社)*
1968 『やねの上のカールソン だいかつやく』(石井登志子訳，岩波書店)
1970 『エーミールと60ぴきのざりがに』(小野寺百合子訳，講談社)／『エーミルの大すきな友だち』(石井登志子訳，岩波書店)
1971 『ロッタちゃんとじてんしゃ』イロン・ヴィークランド絵(山室静訳，偕成社)*
『写真絵本 長くつ下のピッピ』写真：ボー－エリック・ジィベリイ(いしいとしこ訳，プチグラパブリッシング)*
『ピッピは大きくなりたくない』イングリッド・ニイマン絵*
1972 『こんにちは，いたずらっ子エーミル』ビヨルン・ベリイ絵(石井登志子訳，徳間書店)*
1973 『はるかな国の兄弟』(大塚勇三訳，岩波書店)
『ひみつのいもうと』ハンス・アーノルド絵(石井登志子訳，岩波書店)*
1976 『川のほとりのおもしろ荘』(石井登志子訳，岩波書店)
『エーミルが，リーナの虫歯をぬこうとしたとき』ビヨルン・ベリイ絵*

1977 『ロッタちゃんとクリスマスツリー』イロン・ヴィークランド絵(山室静訳，偕成社)＊

1981 『山賊のむすめローニャ』(大塚勇三訳，岩波書店)

1983 『雪の森のリサベット』イロン・ヴィークランド絵(石井登志子訳，徳間書店)＊

1984 『エーミルと小さなイーダ』(さんぺいけいこ訳，岩波書店)

『よろこびの木』スヴェン・オットー・S絵(石井登志子訳，徳間書店)＊

1985 『エーミルのいたずら325番』(さんぺいけいこ訳，岩波書店)

『赤い目のドラゴン』イロン・ヴィークランド絵(ヤンソン由実子訳，岩波書店)＊

1986 『エーミルのクリスマス・パーティー』(さんぺいけいこ訳，岩波書店)

『ゆうれいフェルピンの話』イロン・ヴィークランド絵(石井登志子訳，岩波書店)＊

1989 『こうしはそりにのって』マーリット・テーンクヴィスト絵(今井冬美訳，金の星社)＊

1990 『ロッタのひみつのおくりもの』イロン・ヴィークランド絵(石井登志子訳，岩波書店)＊

1991 『おもしろ荘のリサベット』(石井登志子訳，岩波書店)

『おうしのアダムがおこりだすと』マーリット・テーンクヴィスト絵(今井冬美訳，金の星社)＊

1993 『クリスマスをまつリサベット』(石井登志子訳，岩波書店)

1994 『夕あかりの国』マリット・テルンクヴィスト絵(石井登志子訳，徳間書店)＊

1995 『エーミルとレバーペーストの生地』ビヨルン・ベリイ絵＊

1997 『エーミルとスープばち』ビヨルン・ベリイ絵＊

『さわぎや通りのロッタちゃん』イロン・ヴィークランド絵＊

2000 『ピッピ，公園でわるものたいじ』イングリッド・ニイマン絵(いしいとしこ訳，徳間書店)＊

2002 『ふしぎなお人形ミラベル』ピア・リンデンバウム絵(武井典子訳，偕成社)＊

2003 『赤い鳥の国へ』マリット・テルンクヴィスト絵(石井登志子訳，徳間書店)＊

2004 『ピッピ，南の島で大かつやく』イングリッド・ニイマン絵(石井登志子訳，徳間書店)＊

2007 『ペーテルとペトラ』クリスティーナ・ディーグマン絵(大塚勇三訳，岩波書店)＊

2014 『ピッピ，お買い物にいく』イングリッド・ニイマン絵(いしいとしこ訳，徳間書店)

【その他の本】

1975 『セーヴェーズトルプ村のサムエル－アウグストとフルト村のハンナ』

1978 『暴力は絶対だめ！』(石井登志子訳，岩波書店)

1987 『わたしのスモーランド』 共著：マルガレータ・ストレムステッド，写真：ヤン－ヒューゴ・ノルマン

1990 『わたしの牛は楽しく暮らしたい 動物保護の論争への意見——どのようにして，なぜ，こうなったのか』 共著：クリスティーナ・フォーシュルンド，さし絵：ビヨルン・ベリイ

1993 『ロッタちゃんの日記ちょう』(ひしきあきらこ訳，偕成社)

2007 『原本 ピッピ』 まえがき：カーリン・ニイマン，解説：ウッラ・ルンドクヴィスト

2012 『リンドグレーンと少女サラ——秘密の往復書簡』(石井登志子訳，岩波書店)

2015 『リンドグレーンの戦争日記』(石井登志子訳，岩波書店)